오늘만 사는 여인들

김현정 지음

오늘만 사는 여인들

1판 1쇄 발행 2025년 6월 20일

지은이 김현정

교정 신선미 편집 이새희
마케팅·지원 김혜지

펴낸곳 (주)하움출판사 펴낸이 문현광

이메일 haum1000@naver.com 홈페이지 haum.kr
블로그 blog.naver.com/haum1000 인스타 @haum1007

ISBN 979-11-7374-047-3(03810)

좋은 책을 만들겠습니다.
하움출판사는 독자 여러분의 의견에 항상 귀 기울이고 있습니다.
파본은 구입처에서 교환해 드립니다.

이 책은 저작권법에 따라 보호받는 저작물이므로 무단전재와 무단복제를 금지하며,
이 책 내용의 전부 또는 일부를 이용하려면 반드시 저작권자의 서면동의를 받아야 합니다.

모든 신발 어린이

1.

　　아침이면 습관처럼 커피믹스 담은 종이컵을 들고 아련한 추억의 맛을 음미하며 발코니에서 홀짝 목을 축이며 잡념에 빠지는 것이 일상이 되었다. 매일 보는 경치이거늘 감탄이 절로 나온다. 이런 풍경이 또 어디에 있을까?

　　대한민국은 사계절이 뚜렷한 나라라고 어느 가수가 불렀던 노랫말이 생각난다. 그러나 이곳은 그런 말이 무색할 정도로 딴 세계인 것 같았다. 추운 겨울에도 춥지 않으며 눈도 오지도 않고, 여름에는 폭염이라는 단어를 쓰기에는 어색할 정도로 덥지도 않고 비도 잘 오지 않는 지역. 축복받은 곳이라 해야 할지, 아니면 축복 속에 내가 알 수 없는 저주 같은 것이 상반되어 있는 건지도 모른다. 나는 그래서 난 이곳을 상춘(常春)이라고 부르기로 했다.

　　오늘도 어김없이 커피믹스로 한 모금 목을 축이고, 밤새 피우지 못한 니코틴을 채우기라도 하듯, 담배 한 개비를 깊이 빨아 뿜어낸 연기로 눈에 보이는 풍경들을 뿌옇게 만들었다. 한가롭게 보이는 것들을 부정하고 싶은 마음에서일까? 여전히 늘 같은 자세로 내 눈을 호강을 시켜 주고 있다.

　　개천에는 알 수 없는 작은 물고기 천지라 떼를 지어 바쁘게 움

직이고 있었고, 개천 주변은 계절마다 바뀌는 여러 종류의 꽃들이 지천으로 피어 있어 조깅하는 사람의 눈과 코를 트이게 해 주었다. 그리고 그것들을 보호라도 하는 듯이 하늘거리며 흐드러진 버드나무와 싱그러운 이름 모를 풀들이 바닥에 자리 잡고 있다.

아기자기한 주택들과 어우러지게 아파트들이 사이좋게 들어서 있다. 그리고 알 수 없는 거대한 산이 이곳을 받쳐 주기라도 하듯 든든하게 감싸고 있다. 나는 이 광경을 매일 한눈에 볼 수 있었다.

지난 힘겨운 날들을 보상이라도 받는 듯해, 한때는 이 상춘을 '희망을 불어넣어 주는 곳'이라고 생각했었다. 그랬던 내가 어쩌다 이곳에 넌더리가 났을까 회의를 느꼈다.

나는 예전부터 인간들을 믿을 수 없는 의심이란 병을 지독하게 앓고 있었다. 태어날 때부터 타고난 성향은 바뀌지 않는 것을 알면서도 나는 미처 깨닫지 못했다. 지금까지 이곳에서 살면서 나 자신이 얼마나 미숙하고 어리석었는지, 환멸을 느끼다 못해 상춘에서 벗어나려 하고 있었다. 상춘을 잊고 싶을 만큼 떠날 채비를 하고 있었다.

"언니, 언제 출발해요?"

"지금 출발할 거야. 건강 잘 챙기고, 돈도 많이 벌고, 기회가 되면 다시 보자."

"그럼요, 권리금 없이 넘겨줬는데 열심히 해서, 돈 벌어서 언니한테 맛있는 거 대접하고 싶어요. 상춘에는 언제 내려올 거예요?"

"글쎄, 모르겠네."

"왜 안 올 것처럼 얘기해요?"

"딸이 여기 있는데 왜 안 오겠어? 딱히 언제일지 날짜를 잡을 수가 없어. 이사 가서 정리되면 내려올게, 정심아. 수고하고!"

애써 미소를 보이며 정심이 매장에서 나왔다. 이젠 볼 일도 없기에 마음에 없는 말로 마지막 인사를 나누었다.

정심이는 각별하게 친하다고 느낀 적도 없었던, 데면데면 봐 왔던 동생인데 가게를 넘겨준 이후로 몇십 년을 알고 지낸 것처럼 갑자기 친하게 굴었다. 가증스럽고 꼴 보기 싫었지만 내색은 하지 않았다. 딸년이 아직까진 상춘에서 살기 때문이었다.

독하다 할 만큼 앞만 바라보고 달려왔던 내가 한순간 나약하게 무너졌다. 의지가 약해서인지 가늠할 수 없지만, 세상살이가 마음 먹었던 대로 될 수 없는 법이었다. 다시 정신 상태가 나락으로 떨어져 정상으로 돌아오는 데 시간이 얼마나 걸릴지 나 자신을 믿을 수가 없었다. 딸년이 내게 한 말이 생각났다.

"엄마는 멋있는 여자라는 거 난 알아. 하지만 친절을 돈으로 베풀면 당연한 줄 알고 나중에는 그것이 권리인 줄 알아. 고마움도 상실해 버리고 초심으로 돌아가기는 힘들지. 그래서 지금의 사달이 난 거야!"

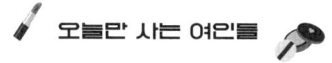

딸년이 이런 말들을 늘어놓을 정도였다. 나도 알고는 있었지만, 묵묵히 지켜만 보다가 얼마나 답답했으면 떠나는 마당인데도 굳이 그 말을 하고 싶었나 보다.

상춘을 떠나기로 결심한 이후론 어울렸던 이들과 거리를 두었다. 이것들 또한 눈치를 챘는지 나를 멀리하기 시작했다. 나로 인해 삶의 질이 올라갔던 주제에 교만하기 짝이 없었다. 본인들이 어떤 처지에 놓여 있는지를 잊고 있는 모양이었다. 꼭 오늘만 사는 여자들처럼, 점심을 먹고 나면 으레 차를 타고 근사한 카페에 가야만 하고, 커피와 후식으로 조각 케이크를 꼭 먹어야만 하는 이들. 나를 알고 나서부터 생활 습관이 고급스럽게 바뀌어 버렸다. 물론 계산은 내 차지였지만.

상춘에서 나는 수입 의류와 소품을 파는 매장을 운영하며 조미자라는 아이를 직원으로 두었다. 이 이야기에 나오는 이들이라 함은 미자의 측근들이었다. 정심이도 마찬가지였고, 그렇기에 거리를 두는 이들 중에는 정심이도 포함되어 있었다. 가게를 내놓는다는 소문을 듣고 한걸음에 달려와 인수하고 싶다고 아양까지 떨며 동정심을 유발하던 그녀는 얼굴만큼이나 민첩하며 간사하기 짝이 없었다. 정심이를 처음 보았을 때 이국적인 얼굴에 베트남에서 온 줄 알았다. 멋을 한껏 부리다 못해 명품으로 휘감고 있었다. 사실 그 명품들은 짝퉁이었고, 상춘의 모든 여자는 명품에 환장해 있었다.

정심이와 헤어짐의 인사가 끝나고 차에 몸을 실었다. 연고도 없는 상춘에서 정착해서 살 줄 알았던 난 끝내 정착을 못 하고, 중년의 나이가 되어 서울로 올라가는 것이다.

상춘을 빠져나오며 바깥 풍경을 다시 한번 내 눈에 담아두고 싶어 한참을 바라보았다. 다시 못 볼 아름다운 풍경. 그 모습과 어울리지 않는 부도덕한 인간들이 살기에는 아까운 상춘. 그럼에도 상춘은 철마다 각자의 역할들을, 묵묵히 제 할 일들을 할 것이다.

* * *

내가 상춘에 정착을 하게 된 계기가 생각난다.

조미자라는 동생 때문이었다.

그때 당시 나는 정신적 몸과 마음이 피폐해져 죽고 싶을 정도로 나약해져 있었다. 누군가의 도움이 절실히 필요했었다. 다행히도 언니 간병을 미자가 해 주었기에 이때부터 미자와 언니 동생 사이가 됐다. 어쩌다 고객으로 만나 인연이 되어, 머나먼 길을 가는 언니를 배웅해 줄 때도 미자가 있었고 그 슬픔의 공백을 채우는 데도 미자가 옆에 있어 주었다.

핸드폰이 울려 받았다. 미자 목소리가 카랑카랑하게 핸드폰 밖으로 울려 퍼졌다.

"언니, 문 앞에 왔어요. 문 열어 주세요!"

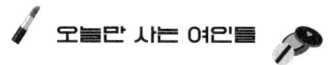

겨우 일어나 현관으로 가는 데도 시간이 걸렸다. 어릴 때는 큰 집이 좋았고 큰 차가 좋았고 명품만 좋아했던 시절이 있었다. 이런 나를 보고 이모부는 늘 그랬다. '그렇게 큰 차가 좋으면 버스를 사라'고. 그때는 정말 철이 없었다. 제기랄, 집이 큰 것도 짜증이 난다. 문을 열자 미자가 활짝 웃는 얼굴로 맞아 주었다. 못생겼지만 치아가 유난히 하얘 보여 그 모습이 내 눈에는 귀여워 보였다.

"언니, 뭐 좀 먹었어요?"

입맛이 없어서 아무것도 못 먹었다고 얘기하자 미자는 자기 집인 양, 주방으로 달려가 소반에다 무언가를 주섬주섬 챙겨 왔다. 냉장고에 매일 본 음식들 냄새도 맡기 싫었다.

미자한테는 천천히 먹는다고 핑계를 대며 소반을 밀어냈다. 그리고 미자에게 고맙다는 말과 함께, 상춘을 떠난다고 작별인사를 하며 고마운 마음으로 수고비를 챙겨 주었다.

"어디로 가는데요?"

"서울…."

미자 얼굴이 수심에 가득 차, 금방이라도 울 것 같은 표정으로 나를 한참을 쳐다보았다. 눈은 더 찢어져 보이고 얇은 입술은 굳게 다물어 더욱더 얇아져 있어 보이지 않았다. 미자와 나는 한참을 말이 잊지 못하고 어떻게 말을 이어갈지 난감했다. 갑자기 미자가 먼저 말을 걸었다.

"언니, 서울에 누가 있어요? 언니 이사 가면 한 달에 한 번씩 갈게요!"

미자의 말을 듣는 순간 놀랐다. 도대체 미자가 왜 이리 나에게 집착하는지 알 수가 없었다. 딱히 잘해 준 것도 없는데…?

"계집애야! 말도 안 되는 소리. 서울을? 말이라도 그래 말해 줘서 기분은 좋은데, 네가 이렇게 나를 좋아하는지를 몰랐는데…?"

"상춘에서 언니 같은 분 만난 것도 처음이고, 사실 언니한테 의지도 많이 했어요. 상춘에 언니가 없다고 생각하니 생각만 해도 기분이 이상해요."

처음 미자를 대면했을 때는 매우 인상이 강해 보였다. 양쪽 볼이 너무 움푹 들어가 광대뼈가 두드러지게 튀어나와 촌스럽기 그지없었다. 행색 또한 힘들게 살고 있다는 것이 한눈에 보였다. 그리고 미자가 무속인 일을 한다는 것을 그때 알았다.

살갑게 다가오는 미자가 싫지는 않았다. 그래서인지 어찌 사는지 궁금하기도 하고 종종 재미 삼아 몇 번 가 본 적이 더러 있었다. 미자가 일러 준 대로 동네를 찾아갔다. 집집마다 빨간 깃발들이 꽂혀 있고 집들이 너무 낡아 사람이 살긴 할까 의구심마저 들 정도였다.

갈 때마다 느끼는 거지만, 이런 일을 하는 사람들은 거의 허름하고 곧 쓰러질 듯한 집에서 거주하는 것 같다. 신통력을 발휘하기 위해 이 세계의 룰을 지키는 것처럼, 하나같이 똑같은 분위기였다. 문을 두드리자 안에서 미자의 목소리가 들렸다.

"언니, 들어오세요."

미자가 반색을 하며 맞아 주었다.

5살 정도 되는 사내아이가 배꼽인사를 인사를 하며, 곧바로 이모라고 부르며 나에게 말을 걸었다. 아마도 상담하러 오는 고객들에게 그래 하라고 줄곧 교육을 시킨 것 같았다.

아이를 좋아하지 않는 나는 어색하면서도 마지못해 웃음을 보이며, "네 아들이구나? 똘똘하게 생겼다."는 영혼 없는 말과 함께 겉옷을 벗고 거실에 앉았다. 미자가 차를 준비하는 동안 앉아 있다 보니 집안 내부가 한눈에 들어왔다.

'헉! 이런 데서 어떻게 아이를 키울 수 있을까?' 하는 생각이 들 정도로 집 안은 밖에서 보였던 환경과 별반 차이가 없었다. 방 세 개, 거실 겸 주방은 20평도 안 돼 보였다. 방 하나는 잠자는 방으로 쓰며, 나머지 방은 창고와 작업실로 쓰고 있었다. 아무리 집이 작고 낡아도, 아이를 위해서라도 쾌적한 환경이야 하거늘 바퀴벌레가 벽에 기어 다니고 있었다. 너무 낡고 오래된 집이라 방문들이 매달려 있는 것만으로도 황송하기 그지없었다.

무속인 집이라 그런지 법당만은 TV에서 본 것처럼 제법 갖추고 있었다. 살림살이는 지금 당장이라도 갖다 버려도 손색이 없을 정도로 쓸 만한 가구라고는 전혀 보이질 않았다. 그중에 이상하리만큼 눈에 띄는 것이 있었다. 유독 냉장고만큼은 신식이고 엄청 커 보였다. 아마도 집안이 작아서 더 크게 보였는지도 모른다.

미자가 먼저 온 여자와 상담을 하는 동안, 미자가 건네주었던 커피를 마시며 기다리고 있었다. 아이가 나와 뭔가를 같이 하고 싶은 모양이었는데, 아이가 말을 걸까 봐 핸드폰만 연신 만져대고 있었다. 사실 난 아이를 좋아하지 않는다. 애를 좋아서 낳은 것도 아니고 키우고 싶어서 키운 것도 아니었다. 그렇게 했어야만 하던 상황이었기에, 어쩔 수 없이 자식이 성인이 될 때까지 내 본분을 지켰을 뿐이다.

어릴 때는 부채 같은 존재로 키웠다 보니, 내 핏줄이라는 생각은 요즘에서야 들기 시작했다. 지금은 모녀 사이보다는 변하지 않는 내 편이 생겼다는 느낌이다. 내 딸년과는 그 정도의 모녀 관계로 유지하고 있다.

아무튼 미자가 나의 사주팔자를 풀이해 주었지만 신통치 않았다. 누가 들어도 얼마든지 일어날 수 있는 얘기들이었다. 그래도 열심히 경청하고 복채를 법당 위에 올려놓고 나왔다. 그래서인지 미자 집에 갔다 온 날부터 부쩍 나를 따르는 느낌이었다.

* * *

한 번은 처음으로 내 집에 미자가 온 날이 기억이 난다. 미자한테서 전화가 왔다.

"언니 집에 놀러 가도 돼요?"

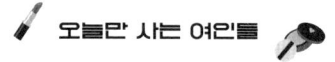

의아했다. 갑자기 훅 들어오는 이 아이 대체 뭐지? 상춘에 이사 와서 3년 동안 외부 사람을 들인 적이 한 번도 없었다. 얼떨결에 아파트 이름과 동호수를 가르쳐 주었다.

얼마 후에 벨이 울려 문을 열어 주니, 미자가 얼이 빠진 얼굴로 서 있었다. 애써 표정 관리하는 게 보였다.

"어서 와. 잘 찾아왔네?"

"상춘에 이런 집이 있었어요? 이런 큰 평수 집은 처음 봐요! 여기에 이런 아파트가 있었어요?"

한참을 집 구경하느라 미자는 정신이 없었다. 신세계 보는 듯 감탄사를 연발하며 나를 색다르게 보는 눈치였다.

"구경 그만하고 앉아!"

"언니가 이곳 사람이 아닌 걸 알았지만, 부자인 걸 몰랐어요."

순진한 건지 세상 물정을 모르는 건지, 필터 없이 솔직 담백하게 보이는 대로 말을 쏟아 내는 것이 너무 순진해 보였다.

"남들이 알면 웃겠다! 부자는 무슨 부자? 서울에서 이런 집 사려면 감히 생각도 못 해. 도대체가 서울은 왜 그렇게 비싼지 몰라?"

"어유, 전 여기도 비싸요!"

사실 상춘에 100평짜리 아파트가 있다는 것조차 여기 사람들도 알지 못한다. 흔히 부자들이 산다고 말하는 펜트하우스였다. 상춘에서는 이런 집이 두 채밖에 없어 모르는 이들이 많았다.

그래서인지 미자 눈에는 부자라고 착각할 수도 있겠다는 생각

이 들었다. 갑자기 미자가 훅 던진 말이 당돌해 보였다.

"언니가 이사 안 가고 상춘에 살면 언니의 손과 발이 되어 줄게요. 안 가면 안 돼요?"

이 말을 듣는 순간 귀를 의심했다. 나에게 이런 말을 할 정도로 친했나? 미자 얼굴을 보자 금방이라도 울 것 같은 표정을 지었다. 이 아이의 달콤한 말에 좌지우지될 내가 아니지만 다만 내 처지를 미자가 돌아보게 만들었다.

막상 서울로 간다 한들 오라는 사람도 없었다. 서울 가면 내가 달라질 게 있을까? 무미건조하게 생활할 모습이 그려졌다. 일단 미자 마음을 달래 돌려보냈다.

정착이란 걸 해 본 적도 없는 생활에 나도 지쳐 있었다. 어찌 보면 미자가 그런 내 마음을 읽었는지도 모른다. 큰 집에 혼자 사는 건 무리다. 누구라도 같이 살아야 할 것 같았다. 딸에게 상춘으로 내려와 같이 살자고 했다. 소도시지만 살기에도 좋고 개를 키우기엔 안성맞춤이라고, 입에 발린 말들을 주저 없이 늘어놓았다. 개를 위해서라면 뭐든 다 하는 딸년이었다. 그렇게 나는 상춘에서 정착하기로 마음을 먹었다.

내가 어떠한 결정을 내렸을지, 미자는 하루가 일 년 같았을 것이다. 일주일이 지나서야 미자에게 전화를 걸었다. 기다렸다는 듯이 내 전화를 받자마자 내 집으로 한걸음에 달려왔다.

"언니, 어떻게 하기로 했어요?"

"저번에 나한테 얘기했듯이 정말 내 손발이 되어 줄 수 있겠어? 나를 케어해 줄 사람이 필요하고 너도 돈이 필요할 거고, 서로 상부상조하면 좋을 것 같은데…."

미자는 무속인 일을 하고 있지만, 손님을 상대한 지 얼마 안 되어서 수입이 거의 없었다. 남편이 가져다주는 월급으로 생활하기엔 턱없이 부족해 생활고에 시달리고 있었다. 그렇다고 딱히 하는 일도 없었다. 어쩌면 미자는 이런 제안을 기다렸는지도 모른다.

"저 언니한테 잘할 거예요!"

입이 귀에 걸려 함박웃음을 보였다.

이 결정이 나에게 무엇을 의미하고 어떠한 어떤 결과를 가져다 줄 것인지, 내가 신도 아니기에 어리석게도 미처 깨닫지 못했다. 미자가 어찌 사는지 좀 더 알고 싶어졌다. 지금까지는 아는 동생으로 아쉬울 때 부르고 도움을 받는 대가로 얼마씩 쥐어 주고 말았지만, 내 옆에 두는 이상 미자가 어찌 사는지 신원도 알아야 했기에 처음으로 상춘에서 궁금증이라는 게 생겼다. 어떻게 무속인이 되었는지, 가족 관계 등 아이 아빠를 어떻게 만났는지… 이날 하루를 꼬박 미자의 인생사를 들었다.

미자는 말문이 트인 것처럼 봇물 터지듯이, 옛 시절을 회상하듯 살아온 인생사를 한 맺힌 여인처럼 장황하게 늘어놓기 시작했다.

미자는 고등학교 졸업과 동시에 최대한 집과 멀리 떨어진 곳을 찾아, 천안에 있는 대기업 생산직에 근무했다. 집에 매달 생활비를 보내고 얼마 남지 않은 돈으로 생활했다. 기숙사 생활을 했기에 돈 쓸 시간이 없어 안 쓰고 모두 생활비로 보내주면 할머니가 알아서 저축도 해 줄 거라 믿고 있었다.

미자 생각과는 달리 모든 식구가 미자가 주는 돈으로 먹고 쓰고, 으레 급여 나오는 날이면 다들 목 빠지게 기다렸다. 미자 말로는 자기는 앵벌이나 마찬가지였다고 하며 한숨을 토해냈다. 돈이 통장에 들어오지 않는 날이면 남동생, 미자 아버지, 씨가 다른 고모, 할머니까지 식구들이 번갈아 가며 핸드폰에 불이 나게 전화를 했다.

이 사실을 알고 미자는 생활비를 중단했다. 그렇게 몇 달이 지나자, 고모와 아버지가 부산에서 천안까지 찾아와 회사에서 나오는 미자를 강제로 부산으로 끌고 내려갔다. 혹시 미자가 도망갈까 싶어 도착하는 내내 팔짱을 놓아주질 않았다.

도착하자마자 남동생 빼고는 모두가 미자를 취조하기 시작했다. 남자 만나서 자기들이 받아야 할 생활비를 어떤 놈에게 바치는 줄 알고 있었다.

미자는 생각했다. 이 사람들과 인연을 끊지 않으면 내 인생은 없을 것이라고. 그래서 미자는 지금까지 내가 보내준 생활비 통장을 보여 달라고 했다. 그러자 보여 달라는 통장은 안 보여 주고, 새로 만든 통장을 보여 주며 할머니 하는 말이, "지금까지 너희들 키

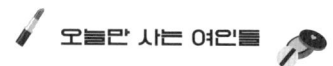

워 준 대가로 일억을 내놓지 않으면 생활비라도 꼬박꼬박 입금해라!"라고 했다.

　그렇게 취조가 끝난 뒤 확답을 받고서야 숨통을 틔워 주었지만, 그래도 순순히 놔줄 것 같지 않았다. 지금이라도 돌아가지 않으면 회사 잘릴 수 있다고 반대로 미자가 주도권을 잡자, 어찌하겠는가? 미자가 일을 안 하면 돈 나올 구멍이 없어 어쩔 수 없이 미자를 놓아주었고, 천안에 도착하자 미자는 모든 걸 차단하고 인연을 끊었다.

　미자 얘기는 여기서 일단락되었다. 듣는 내내 괴로웠다. 별별 사람들이 있다 하지만, 악질 같은 인간들은 어디를 가도 상주하고 있었다. 사람 살맛 안 나게 만든다.
　이날은 미자를 위한 무대가 있는 것처럼, 나는 그 무대를 더욱 더 빛나게 경청하며 맞장구를 쳐 주었다. 응어리진 마음을, 그렇게나마 마음껏 토해내라고 말이다.
　미자가 고개를 돌려 벽에 걸려 있는 시계를 올려다보았다. 시간이 많이 흘렀다는 걸 인지했는지. 핸드폰을 가방 안에 넣으며 아이 올 시간이라며 돌아갔다. 미자가 신을 신으며 한마디 한다.
　"여기 사는 사람들, 이런 집이 있는 줄 모를 거예요."
　무언가를 자기만 아는 비밀인 양 엘리베이터에 탈 때까지 연속으로 감탄하던 미자가 나를 보며 '빠이빠이' 하며 오래전부터 알고

지낸 것 사이인 것처럼 깊이 있는 행동을 보였다.

다음날 오전 9시 정각에 미자가 출근했다. 얼굴에 생기가 넘치고 미소가 떠나지 않았다. 꼭 내일 소풍이라도 가는 아이처럼 들떠 있었다. 내가 좋아하는 커피믹스와 과일을 내놓으며 어제 못다 한 얘기를 늘어놓았다.

"그래, 무속인의 길은 어떻게 해서 가게 된 거야?"
미자는 한참을 생각에 잠겼다.
"지금 생각해 보면 내림굿을 안 받아도 되는데 꼬임에 넘어갔어요."

미자의 말을 들어 보니, 남동생이 공장에서 일하다 손가락이 잘려 장애인 판정을 받아 답답함 마음에 친구들 따라서 점을 보러 갔다고 했다. 식구 중 한 명은 신을 받아야 액막이를 할 수 있다 해서 그 길로 퇴직하고 내림굿을 받느라 퇴직금까지 탕진했다고 한다.

듣고 있자니 이런 바보가 또 있을까? 말문이 막혔다.
"그럼 신랑은 어떻게 만났어?"
다시 미자의 무대가 시작되었다.

내림굿 해 준 사람이 시어머니이며 둘째 아들과의 만남을 권했고, 몇 번 만나 보고서 마음에 들지 않아 만나지 않자 다시 첫째 아들과 만남을 권해서 둘째보다는 키도 크고 인물도 훨씬 좋아 동거를 했다고 한다. 그렇게 애도 낳고 시어머니와 늘 기도하러 다니느라 외부 사람들과 단절하고 살다가, 지금은 시어머니와 결별하고 나서야 외부 사람들과도 만났다고 한다. 그러다가 언니를 만나게 됐다고 좋다면서 해맑은 미소를 짓고 있었다.

언니를 안 순간, 이런 사람이 내 옆에 있구나 하는 생각에 언니를 롤모델로 삼고 싶었다고 했다. 그런데 언니가 서울로 이사한다는 소리에 하늘이 무너져 내리는 것만 같았다고, 군더더기 없이 속마음을 털어놓았다.

미자의 마음을 조금은 알 것 같았다. 왜 그렇게 나에게 집착을 했는지…. 미자 얘기에 숨이 막혀 답답하면서도 한걱정 밀려왔다. 이 아이가 세상 물정을 너무 모르고 산다는 것이 답답하면서도, 왠지 모를 부담감이 밀려와 미자의 사생활을 알려고 했던 것이 후회됐다.

* * *

미자와 함께한 생활이 두 달 정도 지났을 무렵, 집 안에서만 칩거하고 있는 내가 답답해 보였는지 아니면 미자가 답답했는지, 친한 언니가 있으니 셋에서 드라이브할 겸 나가서 점심 먹자고 미자가 처음으로 자기주장을 내세웠다.

내 집에서 일하기 전까지는 감히 미자 입에서 자기주장을 내세워 본 적이 없는 아이였다. 미자와 나는 띠동갑이라 나이 차이가

꽤 있었기에 지금까지 내 말에 무조건 수긍하고 토를 달아 본 적이 없었다.

　바깥 공기를 마신 게 몇 달 전인지…. 평소 나는 죽지 않을 정도만 하루에 한 끼 겨우 대충 때우고, 저녁이면 술과 담배로 허기진 마음을 채웠다. 여러 달이 지나도 달라지지 않는 나를 미자가 애써 챙겨 주었다.

　하지만 아침 9시부터 오후 3시까지 집 안에서만 있는 것이 얼마나 답답했을까? 시어머니 그늘에 있다 바깥세상 맛을 봤으니, 얼마나 놀고 싶었을까? 미자의 무료함을 달래 주기 위해 승낙했다.

　미자가 내 눈치를 보고 있었다. 도착한 곳은 내가 예전에 살던 분당이었다. 어느 한 가정집에 15명 되는 남녀들이 섞여 있었고, 나이가 있는 중년의 여자가 열심히 강의하고 있었다. 한마디로 다단계 집단이었다. 당황스럽고 어찌할 바를 몰랐다.

　미자가 내 눈치를 보며 강의하시는 사모님 남편과 방에 들어가 모든 차를 즐겨 보라 한다. 남편이란 사람은 차에 대해 열심히 설명하고 있었다.

　귀에 들리지도 않을뿐더러 차 맛이 뭔지도 모르겠고, 빨리 강의가 끝나기만을 기다렸다. 밥때가 되자 여러 여자들이 식사 준비를 하며 뭐가 그리 재미있는지 깔깔거리며 웃음이 끊이질 않았다.

　미자를 따로 불러 다시는 이런 곳에 데려오지 말라고 불편함을

호소했다. 집에 빨리 가고 싶다고 미자에게 투정을 부렸다. 다음날 미자가 출근하자마자 어제의 불편을 쏟아내었다.

"미자야! 난 사람 많은데도 싫고 아직까지는 다른 사람들과 교류하고 싶은 마음은 전혀 없어. 너도 다단계 일을 하고 싶은 거니?"

"언니를 만나고서야 제가 한심하다는 걸 알았어요. 언니 집에서 일해서 월급을 받아도 둘 다 신용 불량자라 빚 갚느라 정신없어요!"

"그래서… 우리 집 일 끝나고 부업 삼아 해 볼 심산이었구나? 말리지는 않겠지만, 승산이 없는 게임이라고 생각해. 거기다 그 브랜드는 나 어릴 적부터 있었는데 지금도 하는지 몰랐어. 알 만한 사람들은 많이 벌고 손을 떼는 시기인 것 같은데? 그래도 정 네가 하고 싶으면 해야지… 말리지는 않을 생각이야! 네가 알아서 잘하겠지만…."

"하고 싶어서 하는 게 아니라 일단 돈이 들지 않으니까 해 보는 거지요."

증명이라도 하듯 다단계에 미쳐 출근함과 동시에 전화에만 매달려 있었다.

무속 일은 애저녁에 접은 것 같았다. 가끔 고객이 와서 미자가 해결할 수 없는 주제가 나오면 오히려 나에게 물어본다. 그래도 연륜이 있다고 날 믿고 솔직하게 대하는 미자의 행동이 순진하게 보이기까지 했다.

처음 미자에게 점을 보러 갔던 적이 기억이 난다. 생각하면 웃음이 절로 나오지만, 그때는 나도 맞지 않는 점을 보면서도 신중하게 미자 말을 듣는 척 연극을 하고 있었다.

지금까지 살면서 여러 인간들을 만나 봤다. 사람의 탈을 쓰고 못된 짓을 한 사람도 많이 봤고 비열하게 구는 인간들, 사기 치는 인간들… 결국은 돈이라는 것 때문에 인간 말종들이 돼 버린 사람들을 수없이 봤다. 물론 법 없이 살 사람이 이 세상에 더 많다는 것을 알지만, 그러면서도 부정적인 방향으로만 쏠리는 것은 아마도 쓰디쓴 삶의 맛을 너무 많이 보았기에 머리에 각인되어 버린 탓이리라.

* * *

일 년을 미자와 지내다 보니 상춘에서의 생활도 어느 정도 적응이 되어 가고 있었다. 장날이면 미자와 시장 구경도 했다. 마지막으로 음식을 길거리에서 사 먹었던 게 언제였는지 기억도 안 난다. 아마도 학창 시절에 친구들과 길거리 음식을 사 먹었던 일, 그때가 마지막 기억인 듯 생각난다.

가을이면 지역마다 축제가 열려 구경하는 재미도 쏠쏠했다. 지금까지 살면서 이렇게 한가롭고 여유로운 생활을 처음으로 느껴 보았다.

그리고 미자로 인해 안면은 있었지만 그저 스쳐 지나가는 만남

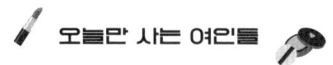

이었지 말을 주고받고 그러지는 않았었는데, 언제부터인지 미자가 어떤 식으로 나의 이미지를 어떻게 포장을 해서 전달했는지 알 수 없지만 계집애들이 나를 대할 때면 예의를 갖추며 극진하게 대해 주었다.

한편으로 미자에게 고마웠다. 은둔 생활을 하는 나를 밖으로 나오게 만들어 준 걸 고맙다는 마음이 들 정도로 나에게는 너무 헌신적으로 잘했다.

그래서인지 가난에 허덕이는 미자에게 도움이 되어 주고 싶은 마음이 들어 더 잘해 주려 했다. 나 또한 유년 시절 가난이란 걸 뼈저리게 겪은 아픔을 갖고 있었기에 그것이 얼마나 사람을 비참하게 만드는지 몸소 느껴 보았기 때문이다. 누구의 잘못도 아니지만 인제 와서 탓을 하자면 무능력한 아버지에게 화살을 돌리고 싶었다.

지금의 나는 누가 봐도 가난이란 말은 어색할 정도로 함부로 범접하지 못할 우아한 자태로 환골탈태했다. 하지만 그렇다고 나의 과거를 어느 누구에게도 까발리고 싶지는 않았다.

상춘에서의 생활은 점점 몸에 배어 가고 있었다. 미자와의 관계는 친자매로 착각하게 할 정도로 더욱더 친밀해져 갔다. 그러면서 미자가 만나는 주변 인물들을 알게 되면서부터 상춘에 어떤 성향의 사람들이 모여 사는지 알아 가기 시작했다.

그때까지만 해도 난 알지 못했다. 가끔 이용하는 개인택시 여사

님이 나를 볼 때마다 "사장님 같은 사람은 여기서 사시면 안 된다"고 했는지… 그때는 이해를 못 했었다.

어느 날, 미자가 처음으로 친한 동생이라며 여자아이를 소개해 주었다. 굳이 알고 싶지도 않은 아이를 왜 소개해 주었는지, 첫눈에 보고도 미자의 생각을 읽을 수 있을 것 같았다. 나한테 상춘에서의 자기 인지도를 보여 줌과 동시에 자랑을 하고 싶은 것이었다.

그 아이와 처음 대면하자마자 평범한 아이는 아니라는 것을 알 수 있었다. 상춘에서 볼 수 없는 예쁜 얼굴, 피부색은 하얗다 못해 핏기조차 없어 보였다. 머리 색깔까지 은빛이라 이 친구의 외모는 상춘하고는 더욱더 상반되는 이미지였다.

상춘하고는 전혀 어울리지 않는 비주얼. 내 눈에는 강남 유흥업소에서 일하는 호스티스 같은 이미지 흔한 외모였다.

"미자야! 이렇게 예쁜 동생이 있었어?"

감탄을 자아내자 미자는 더욱더 제니의 미모를 험담하면서도 자랑을 하고 있었다.

"언니, 제니하고 다니면 주차비도 깎아 주고 서비스도 좋아요. 자고로 여자는 예쁘고 봐야 해요. 남자들은 제니만 보면 환장하며 잘해 주고 싶어 안달이 나 있어요!"

미자는 고등학교를 졸업하자마자 사회에 나왔지만 고쳐지지 않는 부산 사투리로 감칠맛 나게 말을 이어 나갔다. 듣다 보면 귀엽

고 재미있다가도, 어떨 때는 억양이 세다 보니 가끔 심기가 불편할 때는 적응하기 힘들다 못해 불쾌한 적도 더러 있었다.

　말을 아끼는 건지 나를 견제하는 건지 알 수는 없지만, 조용히 있는 제니의 행동거지가 자꾸 신경이 쓰였다. 미자와 말을 하면서도 습관적으로 계속 머리칼을 쓸어 올리는 길고 흰 뽀얀 손가락에 낀 반지들이 제니의 미모를 더욱더 빛내기라도 하듯이 반짝거렸다. 억지로 내는 건지 진짜로 내는 건지, 본인도 여기 있다는 것을 알리기라도 하듯 십 분마다 마른기침을 토해 내며 미자가 말하는 걸 미소만 지으며 듣고 있었다.

　내 생각이 맞는 건지 보고 싶어 제니에게 내가 먼저 말을 걸었다.
　"제니는 올해 몇 살이야?"
　"미자 언니보다 한 살 어려요."
　"서른 하나?"
　"네!"
　"친구나 마찬가지네. 하도 언니, 언니 해서 나이 차이가 많은 줄 알았지. 미자하고는 어떻게 만났어?"
　궁금했다. 도시에서나 볼 수 있는 아이를 친한 동생이라며 나에게 데려와 소개해 준다는 것이 아이러니했다. 제니가 말을 하기도 전에 제니 대변인 것처럼 미자가 입을 열었다.
　"제니 하는 일이 안 풀리고 집안에 우환이 있어 시엄마가 굿을 해 주었어요. 고객으로 알게 되어 친하게 되었어요."

"그럼 미자 식구들하고도 친하겠구나?"

내 물음에 제니가 아닌 미자가 입을 열었다.

"시엄마하고도 제니하고 친하게 지냈어요. 지금은 시엄마하고 연을 끊어서 제니도 안 보지만요."

"그럼 제니는 무슨 일을 하니?"

하도 미자만 얘기하는 바람에 직구로 제니에게 물었다. 그제서야 제니의 목소리를 들을 수 있었다.

"친구하고 온라인으로 의류업을 하다가 친구가 임신을 해서 어쩔 수 없이 접고, 지금은 아는 언니 카페에서 알바로 도와주고 있어요."

"의류업은 얼마나 했는데?"

제니가 피식 웃으며 대답을 회피했다. 이것만으로도 대충 짐작이 갔다. 의류업은 허울 좋은 이력이고 본업은 따로 있다는 것을….

상춘에서 미자의 첫 번째 지인을 알게 되었다. 미자가 내 옆에 있다 보니 하루가 멀다고 제니가 놀러 왔다. 그러다 보니 처음 대면했을 때와는 다르게 제니의 본모습이 슬슬 나오기 시작했다.

여자들만 있어서 그런지 이미지 관리도 어느 정도 시간이 흐르면 무너지게 될 수밖에 없었다. 시간이 지날수록 제니는 성적인 말들을 스스럼없이 적나라하게 표현했고, 잘하다 못해 사실 성적인 얘기만 한다.

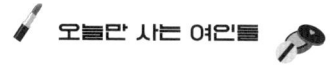

경험에서 나오는 말들이기에 재미있기도 했지만, 놀랍다는 생각이 들 정도였다. 남자들과의 성관계를 어떻게 했는지, 어떤 행위와 자세를 하면 남자들이 좋아하는지, 남자의 성기가 각양각색으로 어떻게 생겼는지, 성기는 크지 않아도 일 자로 반듯하게 생긴 것이 제니한테는 느낌이 빨리 와 좋아한다고 표정 하나 안 바꾸고 아무렇지 않게 조용하게 조곤조곤 설명하는 것이 헉 소리가 나올 정도였다.

그러면서도 제니의 말들이 재미는 있었다. 요즘은 대세가 이렇구나, 동생들과 어울리려면 아무렇지 않게 받아 줘야 한다는 생각이 들었다. 아니, 사실 나 또한 제니 말들을 듣는 것을 즐겼다.

미자 또한 더 적나라하게 표현을 하게끔 제니 말에 맞장구치며 장단을 맞추어 주었다. 그러다 보니 점점 더욱더 친해지다 못해 서로 창피함이란 것도 없을 정도로 각별한 사이들이 됐다. 물론 내 이미지는 철저하게 관리하느라 나의 사생활은 일절 발설하지 않았지만.

어쨌든 나는 이상하게도 제니가 좋았는데, 사실을 말하자면 제니의 본업은 꽃뱀이었다. 예쁜 얼굴과 몸매가 제니에게는 생업을 이어 가는 자산이었다. 내가 생각했던 대로 제니는 호스티스였으며 손님과 눈이 맞으면 그 상대가 몇 명이든 간에 그 남자들이 제니의 물주였고, 어느 정도 제니의 값어치가 떨어지는 날이면 다른 물주를 물색하기 위해 다시 술집에 나갔다.

나에게는 찾아볼 수 없는 당당한 모습의 제니가 맘에 들었다. 남에게 피해 주는 것도 아닌데 돈을 어떻게 벌든 무슨 상관인가? 개같이 벌어서 정승같이 쓰라던 말도 있다. 제니가 그랬다. 부모님께 용돈까지 쥐여 주고 집안 대소사까지도 도맡아 했다.

물론 주제넘게 이런 말을 하는 나 자신도 도덕적으로 반듯한 삶을 살지는 않았다. 제니처럼 마음 가는 대로 즉흥적으로 행동을 했던 적도 있었다. 지금도 잊히지 않은 기억이 있다.

예전, 남자친구가 일방적으로 이별을 통보했을 때 분하고 미칠 것만 같았다. 내가 갖기는 싫고 남 주기는 아까웠던지, 나를 친누나라 속이고는 양다리를 걸쳤다. 만났던 여자가 정말 내가 친누나가 맞는지 확인차 연락하자 양심의 가책을 느꼈는지 그가 먼저 헤어지자고 먼저 말을 꺼냈다.

미련 없다고 말은 꺼냈지만, 속으로는 천불이 나서 죽을 것만 같았다. 그리워서도 아니고 나 말고 딴 여자가 생겨서도 아니다. 그동안 흘러간 시간과 돈이 아까워서였다. 남자친구가 있다는 것만으로 허튼짓 안 한 것이 후회되고, 그깟 놈한테 돈을 쳐 바른 것이 아까웠다.

이별 통보를 받고 곧바로 혼자 있고 싶은 날이면 가끔 이용하던 호텔의 스위트 룸을 잡았다. 집에서 혼자 술을 먹고 있는 모습이 청승 떠는 것 같기도 하고 미련이 남아서 발악하는 모습으로 비칠까 봐, 진탕 술이나 먹고 깨어나면 룸서비스로 해장할 생각으로 호텔로 간 것이다.

호텔 방에 있는 양주 한 병을 다 마시고도 분이 안 풀렸다. 취기는 있는데도 정신이 더 말똥말똥해지는 것이 기분이 더 더러웠다.

분위기를 바꿔 볼까 하며 호텔 라운지 바로 옮겨 한잔 더 하고 싶었다. 술이 떡이 되도록 마셔도 호텔이라 안전할 것이고 방을 찾지 못해 헤매도 객실까지 안전하게 데려다줄 것이다. 그게 바로 호텔까지 와서 술을 먹는 이유 중에 하나였다.

위스키 한 병을 시켜 유리잔에 얼음과 위스키가 희석될 때까지 기다리던 참이었다. 유리창 너머로 건물에서 비추어 주는 불빛이 너무 화려하다 못해 밤인지 낮인지 구분할 수 없을 정도여서, 빌딩의 참다운 모습이 눈에 보이질 않았다. 위스키 한 모금 마시고 탁자 위에 내려놓는 순간, 누군가 내 앞에 서 있었다. 앳되어 보이는 젊은 친구가 말을 걸었다.

"보니까 혼자 오신 것 같은데 같이 술 한잔해요. 혼자 드시면 재미없잖아요?"

객실에서 먹었던 술기운 때문인지 대범하게 "그래요."라고 기다렸다는 듯이 바로 대답을 줬다.

젊은 친구가 다시 돌아가더니 얼마 후에 다른 일행과 같이 테이블로 돌아왔다. 언뜻 봐도 내 나이와 비슷해 보이는 남자와 내게

말을 걸었던 젊은 친구가 내 앞에 앉았다.

둘 다 호감형이었다. 젊은 친구는 아직도 풋풋했다. 나이가 어려 여자들이 줄줄이 굴비 엮듯이 꼬일 귀여운 얼굴이었다. 그 친구 얼굴을 보니 오늘 나에게 헤어지자고 통보한 남자친구 얼굴이 갑자기 떠올랐다. 사실 남자친구와 나는 10살 차이가 났다. 그래서 헤어지자고 말을 들었을 때 아쉽지가 않았다. 예상은 하고 있었다. 언젠가는 떠날 거라는 걸. 그래도 이럴 줄 알았으면 진작에 이런 얼굴도 사귀어 봤을 걸 하는 생각이 들었다.

내 나이와 비슷한 친구는 자기 나이에 맞게 말하는 어투나 일반 사람들과 사뭇 다르게 옷차림부터 세련미가 더해 더욱더 멋지게 보였다.

"왜 혼자서 술을 마셔요? 일행은 없어요?"

"그러게요, 어찌하다 보니 혼자 마시게 됐네요. 그쪽들은 무슨 일로 남자 둘이서 술을 마셔요? 여자친구들도 없이?"

"오늘 여기 있는 동생 생일이라 한 차례 마시고 일 얘기도 할 겸 조용한 데 찾다 보니 호텔까지 오게 됐어요."

"무슨 일 하는지 물어봐도 될까요?"

"그냥 조그맣게 요식업에 종사하고 있어요. 여기 동생하고요."

"아, 그래요?"

"이렇게 만났는데 편하게 이름 부르면 어색하지 않고 좋을 텐데

통성명이라도 할까요?"

나이가 있는 남자가 계속 말했다.

"여기 동생은 준우고 저는 용희라고 부르면 돼요!"

둘 다 잘생겼지만 풍기는 매력이 확연하게 달랐다. 준우는 나이 맞게 귀여움이 있었고 용희 또한 나이에 맞게 중후한 매력이 풍겼다.

둘의 이미지에 잠깐 동안이지만 전 남친의 헤어지자는 말들을 까맣게 잊고 있었다. 잘생긴 이들의 얼굴 좀 봤다고 이러다니, 사람의 마음이 얼마나 간사한지를 나 자신을 보고도 알 수 있었다. 아마도 전 남친도 또한 나와 같은 마음일 거라 스스로 위로하고 싶었는지도 모른다.

"전 소원이라고 해요!"

그러자 용희가 되물었다.

"이름이 독특하네요? 가명인가요?"

"일반 사람이 굳이 가명을 쓸 이유가 있나요? 왜, 촌스러워요?"

"촌스럽다기보다는 이름이 당신과 이미지와 맞아요."

다들 취기가 오르자 자연스럽게 서로 이름을 부르게 되었다. 준우하고는 12살 차이가 났고 용희는 나보다 한 살 어렸다. 어색함이 언제 있었냐는 듯 둘 다 소원이라는 이름을 거침없이 불러 댔다. 뭐 상관인가? 오늘이 처음이고 오늘이 마지막인 것을….

우리 셋은 객실로 가서 한잔 더 하기로 했다. 준우와 용희가 쓰

는 객실은 투 베드라 내가 쓰는 스위트 룸에서 놀기로 했다.

　셋이 인사불성이 될 때까지 마셔서 어떤 얘기를 주고받았는지 알 수 없지만, 지금은 그것이 중요한 것이 아니다. 지금의 상황과 분위기에 충실하고 싶었다.

　준우를 보는 순간 남자친구 얼굴이 잠깐 스쳐 갔다. 술기운을 빌려 마지막 인사로 키스를 하고 싶었다. 무작정 준우에게 키스를 해댔다.

　어찌 된 일인지 내가 하는 행동에 준우는 넉살도 좋게 받아 주고 있었다. 용희는 그 광경을 보면서도 가만히 지켜만 보고 있었다. 준우와의 키스가 끝나고 바라만 보고 있던 용희가 나에게 다가와 조심스럽게 내 가슴을 만지면서 자연스레 용희의 입술이 내 입술에 닿고 있었다.

　어쩌자는 거냐고 머리로는 말하고 있지만, 몸은 벌써 용희한테 맡기고 있었다. 그래, 지금만 생각하는 거야. 어디까지 갈 수 있는지, 미친년처럼 말이다. 내일이면 준우와 용희를 볼 일은 없을 테니까. 내 몸 한 번 아낀다고 누가 상 주는 것도 아니고, 그렇다고 젊은 남자친구는 젊은 년이 좋다고 헤어진 마당에, 거리낄 것도 없으니 내 몸이 좋다고 들이대는 용희를 굳이 밀쳐 버릴 이유가 없다.

　남편이 있는 것도 아닌데 술을 얼마나 처먹었으면 손 하나 까딱할 수 없어 용희가 하는 대로 내버려 두었다.

　다음날 낮에 눈이 떠졌다. 준우는 온데간데없고 용희만 내 옆에

서 곤히 자고 있었다. 둘 다 발가벗은 채로 행위를 한 것 같기는 한데 기억이 나질 않는다. 객실 안을 천천히 둘러보았다. 어설프게 치운 흔적들이 보였다. 용희가 눈을 뜰까 봐 조심스럽게 일어나 가운을 걸치고 화장실로 들어갔다.

소변을 누고 휴지로 닦다 보니 중요한 부분이 아려 왔다. 섹스를 하긴 했구나. 용희 얼굴 보기가 쪽팔려 맨 정신으로 볼 수가 없어서 화장실에서 한참을 뜸을 들이다 나왔다.

용희가 깨어 있었다. 용희 얼굴을 보는 순간 아무렇지 않게 말했다.

"일어났어?"

"화장실에서 뭐 하느라고 지금 나와?"

하룻밤을 같이 보냈다고 연인처럼 대하고 있었다.

"준우는 언제 자기 방에 간 거야?"

"소원이 너랑 키스하니까 알아서 우리 방으로 갔어. 소원이 네가 준우와 키스하는 거 보고 질투 났어. 처음 볼 때부터 네가 마음에 들었거든!"

그렇게 말하면서 다시 내 몸을 더듬기 시작했다.

"나 하고 싶어!"

"한 것 같은데?"

"너무 좋았어, 또 하고 싶어, 응응? 하면 안 돼?"

그렇게 말하면서도 이미 행위는 하고 있었다. 젖꼭지를 빨면서

손으로는 내 음부를 만지고 있었다.

　그래, 어제 기억도 안 나는데 오늘 한번 느껴 보자. 말없이 응해 주었다. 용희 것이 내 안으로 밀고 들어오자 아픔이 밀려왔다. 섹스를 안 한 지도 꽤 오래됐다. 말이 남자친구였지, 처음 만났을 때나 두어 번 정도 했을 뿐 몇 년을 내 집에서 살면서 가족이나 다름없어 섹스와는 거리가 멀었다. 남동생을 건사한 거나 마찬가지였다.

　경험이 풍부한 건지, 이 친구의 것이 맞는 건지 한 번도 느껴 본 적 없는 황홀감에 빠져 버렸다. 용희도 좋았는지 사정을 하고도 좀처럼 내 몸에서 내려오지 않고 계속해서 연달아 사정을 또 했다.

　그제서야 내 몸에서 내려와 나를 껴안으며 사귀고 싶다고 한다. 그때 인연으로 지금까지도 준우와 용희는 끈을 놓지 않고 만남을 이어 가고 있었다.

* * *

　상춘에 두 명의 동생이 생겼다. 미자가 내뱉은 말에 증명이라도 하듯 나의 손발이 되어 주었다. 물론 내가 시키는 일에는 어떠한 토씨도 달지 않았으며 무심코 던진 말도 새겨들었다가 나조차도 까맣게 잊고 있던 사소한 일들, 음식부터 생활용품까지 알아서 척척 준비해 주었다.

　나를 정성껏 보필해 주는 것들에, 그때는 미자에게 고맙고 이런

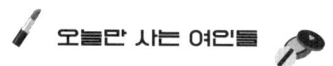

동생을 만난 것이 내 복이라 생각이 들 정도로 착각을 했었다. 하루가 멀다고 내 집에서 셋이 지내는 시간이 다반사다 보니 미자와 제니의 밑바닥까지 알게 되었다.

제니는 왜 꽃뱀이 되어 버렸는지, 미자는 가난에서 벗어나지 못하고 지금까지 허덕이며 하루를 위태위태하게 사는지…. 다들 하루살이 인생을 살고 있었다. 동생들은 하나같이 환경 때문이라고 탓을 돌리고 있었다.

인생사를 들어보면 꼭 그렇지만도 않은 것 같았다. 이들은 시작점부터 잘못 선택한 것 같았다. 그럼에도 이들이 하는 말에 동조를 해 주었다. 지금에 와서 무슨 말을 한들 상황은 달라지지 않을 것이니까. 지금의 현실에 어떠한 말도 도움이 될 수 없을 것이다. 그들만이 현실에 부딪혀 살 수밖에….

집에서 보내는 것도 한계가 있다 보니 셋이서 딱히 하는 일도 없고, 얘기할 주제도 바닥이 났다. 이때부터 동생들과 집 밖으로 나오기 시작했다. 은둔 생활을 이때부터 접었다.

미자가 더욱더 좋아했다. 제니가 들어오는 날이면 밖에 나가 점심을 해결하고 분위기 좋은 카페에 가서 커피와 함께 건들기 아까울 만큼 예쁜 조각 케이크를 먹는 것이 유일한 낙이 되고 밖으로 나가는 일이 빈번해졌다.

몇 달 전까지만 해도 상춘이 어떻게 생겼는지조차 알 수 없었는

데, 이제는 하나씩 눈에 들어오기 시작했다. 제니를 나에게 소개해 주면서 또 다른 미자의 지인들을 소개시켜 주었다. 왜 그렇게 나에게 지인들을 소개하는지 미자의 마음을 알고는 있었다. 미자 옆에 건재한 내가 있다는 걸 자기 측근들에게 알리고 싶은 것이다.

두 번째로 소개받은 이는 메이크업 숍을 운영하는 원장이었다. 미자보다 나이는 있었지만, 미자 지인들 중에는 내 또래가 없었다. 지금 생각해 보면 상춘에는 상춘에서 태어나 자란 이들은 객지로 썰물처럼 빠져나가고, 나이 드신 어르신 말고는 미자 또래의 어린 친구들이 장악하고 있었다.

"안녕하세요! 언니 얘기 미자한테 많이 들었어요. 궁금했어요. 생각했던 이미지하고는 너무 다른데요?"

세희는 나를 '부를 축적할 만큼 산전수전 다 겪은 중년의 외모를 가진 억센 여자'로 생각했을 것이다. 막상 나를 보니 상반되는 이미지였다. 키 150㎝, 몸무게는 40kg 겨우 나가는 왜소한 체구를 보고 놀랐다.

나이답게 인생사를 거친 얼굴이 아니라 나이에 맞지 않게 최강 동안이어서 스무 살은 어려 보였다. 보자마자 첫마디가 "너무 귀엽고 예뻐요!"라서 당황스러웠다. 고맙다며 인사치레로 대답을 해 주고 미자한테 말을 많이 들었다고 반겨 주었다.

호들갑을 떨어 가며 아부하는 모습이 천상 서비스 업종에서 일

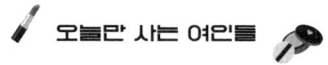

한다는 것을 확연하게 보여 주었다.

"세희라고 했나? 생각보다 밝은 성격을 가졌구나. 힘든 일을 많이 겪었다고 들었는데 좋아 보이네."

또 마음에도 없는 말을 지껄이고 있었는데, 실은 세희를 보고 실망을 했다. 메이크업을 하는 원장이라면 세련된 이미지라고 생각했다. 하지만 세희 얼굴에 그늘이 있어서 그런지 칙칙하다 못해 너무 말라 내 눈에도 병자 같아 보였다. 마음고생을 얼마나 했길래…. 내가 고객이라면 절대 세희에게 얼굴을 맡기지 않을 정도로 초라하다 못해 밝은 척하는 모양새가 애처로워 볼 수 없는 지경이었다.

"내가 미자 덕에 세희도 알게 되고 영광인데?"

"미자가 언니 자랑을 하도 해서 저도 궁금했어요. 제가 영광이죠! 언니를 알게 돼서 너무 좋아요. 언니하고 친해지고 싶어요~"

도대체 여기 사람들은 필터가 없다. 마음 가는 대로 지껄이는 것이 이들에게는 일상이 되어 있었고, 돌려서 말하는 것을 사치인 양 절대 사용을 안 했다.

세희 사정은 이러했다. 쌍둥이로 태어나 언니와 어릴 때 헤어져 소식조차 모르고, 할머니가 어린 세희를 키워 줬으며 할머니 또한 연세가 있어 세희의 손길이 가고 있었다. 세희가 갑상선암에 걸려 투병 생활을 하면서 지금의 남편이 병간호를 오랫동안 해 주었다.

지금의 세희는 아픈 몸 때문에 괴로운 것이 아니고 남편이 바람

을 피우고 있다는 사실에 내면의 고통이 더 컸다. 답답함에 무엇이라도 매달리고 싶었는지 무속인에게 매달리고 있었다.

　이 과정에서 미자와의 연결 고리가 깊이 맺어져, 이제 세희에게 미자는 없어서 안 되는 존재가 됐다. 나와 같이 있을 때도 세희와 통화를 하면 한 시간 넘게 주고받는다. 미자는 들어주며 조언을 한 마디씩 해 주는 입장이고, 세희는 미자에게 하나부터 열까지 하루에 있었던 일을 보고라도 하듯이 고해성사를 했다.

　나로서는 도저히 납득이 안 가는 일들이 내 눈앞에 벌어지고 있었지만, 아무렇지 않은 척 표정 관리를 하며 미자에게 물어보았다.

　"매일 같이 하루도 안 빠지고 통화하는 이유가 뭐야? 그렇게 친한 사이인 줄 몰랐는데?"

　"처음부터 세희 언니하고는 친하지도 않았어요! 시엄마가 굿을 해 주고 산에 올라가 기도까지 해 주는 대신 많은 돈을 굿당에다 갖다 바쳤어요. 그러다 보니 빚까지 생겨 초초해지고, 해결되는 건 없고, 자꾸 굿당에만 의지하며 미련을 못 버리고 있었어요. 세희 언니가 사람은 착한데 사람을 무시하는 경우가 있어요. 시엄마가 굿을 하면 제가 잡일을 하는 거지만, 저도 엄연히 무속인인데 저를 아랫사람 부리듯이 대하더라고요. 저한테 말도 걸지 않고 먼저 말을 걸어도 대답도 안 해 주고 얼마나 쌀쌀맞게 대하는지…. 어느 날 시엄마가 기도하러 가는 날인데 세희 언니도 같이 가게 됐어요. 우연히 한 방에서 같이 자게 됐는데 먼저 저에게 말을 걸더라고요."

미자가 그때를 회상하는지, 어딘가 먼 곳을 바라보듯 기억을 더듬는 시선이 멀어져 간다.

"자기는 언제부터 이런 일 얼마나 한 거야?"
"회사 그만두고 바로 내림굿을 받았으니까 한 십 년은 된 것 같아요."
"오래됐구나? 한 번 더 굿을 하려고 하는데, 자기는 어떻게 생각해?"
"제 생각은 굿은 그만해도 될 것 같은데…."
"왜 그렇게 생각하는데?"
"아무리 생각해도 저도 이 길을 가고는 있지만 신도들에게 매번 굿을 하라고 부추기는 건 사기나 다름없어요. 이 세계는 사람 봐 가면서 신도 하나 걸리면 뽑아먹을 수 있을 때까지 놔주질 않아요. 생각해 보면 저도 사기당한 거나 다름없어요. 혼자 살 때보다 지금 이 생활고에 더 시달리고 자유도 없고…. 돈이 된다 싶으면 형제도 인정사정없이 전부 가져가야 직성이 풀리나 봐요. 정말 이 세계에 정의라는 게 있는 건지 의심이 들 정도예요. 매일같이 법당에 기도하고 시엄마 따라 산에 가서 지성으로 손바닥 지문이 없어질 정도로 비벼 대며 기도해도, 형편이 나아지기는커녕 오히려 남편이랑 저는 신용불량자가 됐어요. 저라면 이쪽에 미련은 그만 접고 현실에 맞게 대처하며 사는 것이 맞는 것 같아요."

과거로 떠났던 미자의 시선이 제자리로 돌아오더니, 나를 똑바로 바라보며 웃는다.

"이래 말해 주니까 세희 언니는 저에 대한 믿음이 확고해졌다고 할 수 있죠! 저도 언니 만나고 나서 깨달았어요. 지금까지 되지도 않은 일에 매달려 살아왔다고 세희 언니에게도 그래 말했어요! 그 때부터 시엄마 법당에 발길을 끊고 제 말을 더 신임하더라고요! 저도 점사는 잘 맞추거든요. 세희 언니가 무속인 소굴에 발을 들이고 나서부터 혼자 결정 못 하고 매번 무슨 일이 생기면 일단 저한테 물어보고 움직여요. 하다못해 본인이 하고 있는 전문적 분야 미용 관련 일까지도 나에게 물어봐요. 제가 그걸 어찌 알겠어요? 그래서 성가실 때도 있어요. 짜증도 나고. 제 일을 못 할 정도로, 그 정도로…. 사실 가끔 언니한테 물어보던 일들이 세희 언니 일이었어요."

미자는 포장 없이 솔직하게 말해 주었다. 그래서 가끔씩 나에게 자문한 거였구나.

미자 얘기를 들으면 들을수록 미자가 답답해 보였다. 어쩌면 미자는 사람과의 의리라는 것을 상실해 버렸다는 걸 인지하지 못했다 는 생각이 들었다. 세희를 굳이 나에게 소개해 주는 이유도 알 수 있었다. 세희에게 그동안 받았던 서러움을 나를 통해 만회하고 싶었던 모양이었다.

그렇게 세희까지 알게 되었다. 또 어떤 지인을 알게 해 줄까? 미

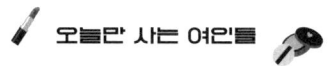

자의 다음 행보가 궁금해졌다. 미자, 제니, 세희와 아무 생각 없이 일 년을 보냈다.

　일 년이 지루했는지 미자는 자기만의 일을 찾기 위해 내 옆에 있는 시간이 점점 단축되었다. 종종 아침에 오는 시간이 늦어지는가 하면 퇴근 시간도 빨라졌다. 하루이틀 보는 관계가 아닌지라 속좁게 지적질을 할 수도 없고, 월급은 고정적으로 나갔다.

　"미자야! 우리가 뭘 할 수 있을까? 나름 너도 일거리를 찾고 있는 거 같은데 월급은 고정적으로 나가고는 있지만, 딱히 내 집에서 할 일도 없는데 같이 할 수 있는 걸 찾아보자. 어떠니, 네 생각은?

　"어유, 제가 할 수 있는 게 있나요? 기술도 없고 손목이 아파 식당에서 일을 할 수도 없지만…. 그래도 전 언니가 무엇을 하든 시켜만 주시면 열심히 일할 자신 있어요."

　때를 기다렸다는 듯이 바로 답이 나왔다. 내가 무슨 일을 할지 알 생각은 전혀 없는 것 같았다.

　처음부터 이렇게 나오니 더 이상 미자에게 의견을 물어보는 것조차 무색해졌다. 미자는 모든 것을 내 처분만 기다리고 있으니 별 수 없이 의논 따위는 필요가 없었다.

　그렇지 않아도 상춘에서 할 일을 물색하고는 있었으니, 일 년을 넷이서 상춘을 헤집고 다니면서 상권을 눈여겨보았다. 서울에서도 볼 수 있는 것들이 즐비하게 갖추어져 있었지만, 딱 하나 없는 게 있었다. 바로 여자들이 좋아하는 수입매장이었다.

멀티숍 느낌으로 머리부터 발끝까지, 한 번 들어오면 머리에 꽂는 핀 하나라도 살 수 있게끔 세심하게 모든 걸 갖추기로 했다. 그냥 들어왔다 가도 머리핀 하나라도 구입할 수 있게, 그냥 나가기가 민망스러울 정도로 분위기로 압도해야 한다.

그렇게 강남에서나 볼 수 있는 매장을 마련했다. 추진력, 이것이 나의 장점이자 단점이었다. 미자에게 실장이라는 타이틀을 만들어 주었다. 사람 상대는 미자에게 맡겼다. 내가 할 수 있는 건 손님들의 취향에 맞게 물건을 세팅해 주는 일이었다.

그러나 고급스러운 수입매장에서 사람을 상대하기엔, 미자는 상춘의 기준에서도 초라한 행색이었다. 워낙 촌스러워 미자가 물건을 권해 준다 한들 믿음이 가지 않을 것 같았다.

성형외과에 데려가 보톡스와 필러를 자비까지 써 가면서 맞혀 주었다. 이런 나의 행동이 어떤 결과가 나를 맞이할지 난 미처 깨닫지 못했지만, 돈이 사람의 이미지도 확연하게 바꿀 수 있다는 것에 다시 한번 돈의 위력을 느꼈고 미자는 이 맛을 알아 버려 본인이 알아서 때가 되면 시술을 하기 시작했다.

어쨌든 나의 예감은 적중했다. 돈 좀 쓴다는 사람들은 내 매장으로 몰려들었다. 알 만한 연예인들조차도 단골이 되었다. 시기라도 하듯 같이 온 일행들조차 한 사람이 사면 덩달아 과시하며 서로들 돈 쓰느라 정신이 없었다. 이 상황을 이용해 서비스는 물론, 이날은 한 사람만을 위해 오픈한 듯한 모양새로 그럴싸한 분위기도

잡아 주었다.

　하나를 가르치면 열을 알 정도로 미자는 스펀지처럼 습득이 빨랐다. 옛날 미자의 모습은 온데간데없고, 세련미 넘치고 넉살 좋게 진상 손님들 하는 말도 잘 받아쳤다. 무속인이라서 그런지 사람을 압도하는 경우도 종종 있었다. 왠지 그런 모습이 가끔 낯설어 보였다.

　나만 느끼는 것일까?

ㄹ.

고인이 된 언니 없는 상춘 생활이 또 일 년 지나갔다. 따져 보면 이 년이 지났다. 일 년 동안 매장은 더할 나위 없이 탄탄해져 갔다.

하루하루 다르게 하루 매출 앞자리 금액이 달라지고, 내가 없어도 미자가 충분히 이끌어 갈 정도였다. 매장은 늘 아지트처럼 미자, 제니, 세희가 진을 치고 있었으며 일 년 사이에 미자의 또 다른 지인들을 더 소개받았다.

그녀는 보험 설계사였다. 윤채영, 이 친구는 지금까지 만나 본 이들과 확연히 달랐다. 채영은 남편 없이 두 아이를 돌보며 열심히 사는 지극히 정상적인 여자였다.

넉넉한 생활은 못 하지만, 나름 분수에 맞게 사는 본분을 지킬 줄 아는 그런 아이였다. 채영에 대해서는 이 글에 쓸 만한 놀라운 특징은 없지만, 한 가지 말하자면 여기 모인 이들 중에 미모와 자태는 출중했다. 배울 만큼 배워서 그런지 언변도 고상하고 조용하기도 해서 이 친구가 제일 마음에 들었다. 지극히 평범하면서도 열심히 사는 친구였다.

오랜만에 모두가 매장에 모였다. 미자가 만든 그림인지 알 수는 없지만, 우연처럼 다들 모였다.

"간만에 다들 모였는데, 미자야! 일찍 문 닫고 다들 저녁 먹으러 가자."

다들 환호성을 지르며 야단법석을 떨었다.

"오늘만큼은 거하게 내가 살게. 먹고 싶은 것들 먹어!"

말이 떨어지게 무섭게 매장에 있는 옷들로 한껏 멋을 부리는가 하면, 세희와 제니는 화장을 고치느라 정신이 없었다. 모양새가 혹시 내가 변덕이라도 낼까 싶어 그런지, 아니면 매장을 빨리 벗어나고 싶은 건지 내 말이 떨어지기가 무섭게 미자는 뒷정리하느라 분연하게 몸을 움직였다. 아마도 이것이 매장 오픈식이며 첫 회식이나 다름없었다.

미자, 제니, 세희, 채영, 도희, 정심. 일차로 고깃집을 선정했다. 어디를 가든 홍일점은 주로 내 위주였다. 다들 못다 한 얘기가 있는지 자기들 얘기에 심취해 무슨 얘기가 오고 가는지 들리지가 않았다.

"제니야, 네가 얘기해 봐!"

도희는 세희에게 뭔가 성(性) 쪽으로 물어보는 것 같았다.

"제니한테 물어봐!"

세희는 뭐가 재미있는지 깔깔거리며 웃어 댔다. 주변에 모든 사람이 한 번씩 모두 쳐다보고 있었다.

세희는 주목받기를 좋아하고 모든 면에 자기가 우선이어야 하는 성격이었다. 난 이들의 얘기를 듣고 있음에도 알아들을 수도 없

어서 대화의 어디 한 군데도 낄 수 없는 처지였다.

남편 아니면 자식 또는 명품 얘기 끝나면 성적인 얘기였다. 어디 한 군데도 내가 끼여 얘기할 수 있는 부분이 없었다. 남편이 있는 것도 아니고, 어린아이가 있는 것도 아니고, 애인이 있는 것도 아니어서 술만 들이켜며 이들 얘기만 듣고 있었다.

도희는 가정주부이자 미자와 같은 나이면서 아이 둘도 같은 학년이며 같은 반이었기에 둘은 더욱더 친밀해 보였다. 어쩌다 나와도 인연이 됐는지 알 수 없지만, 미자 때문에 친해진 건 분명한 사실이다. 모두 같이 있으면 적당히 친분이 있는 것 같은 생각이 들지만, 도희하고 둘만 남겨지면 왠지 서먹한 부분이 있었다.

언젠가 다 같이 점심을 먹고 나서의 일이다. 미자가 일이 있다며 도희와 먼저 마시고 있으라며 커피숍에 내려주면서, 빨리 다녀오겠다고 쏜살같이 가버렸다. 점심은 내가 샀으니, 당연히 커피값은 도희가 계산할 거라 생각해 먼저 테이블에 앉아 버렸다. 도희가 따라오지 않기에 그녀가 커피를 가져올 줄 알고 마냥 기다리고만 있었다.

화장실을 갔나? 도통 기다려도 도희가 오질 않아 입구 쪽을 쳐다보았다. 도희가 밖에서 누굴 기다리는지, 뒤통수만 보였다.

"도희야! 더운데 밖에서 뭐 해? 들어오지 않고?"

"미자 기다리고 있어요."

"미자가 일 보고 빨리 온다고 했어? 들어가자, 더운데."

도희가 안으로 들어오더니 내가 앉아 있던 테이블로 가서는 내가 앉았던 자리 맞은편에 앉았다.

그제야 알았다. 커피를 주문하면 계산을 해야 하니 들어오질 않고 있었던 것을. 다른 이들이 있다면 물론 부담이 있겠지만, 달랑 나 혼자이거늘 나에게 커피 한 잔도 대접 못 할 정도로 그렇게 여력이 없어 보이지는 않아 보였는데. 그러면서도 가지고 다니는 가방들은 명품이어서 점점 사람을 질리게 만들었다.

질리는 일화는 하나 더 있다. 도희가 육 개월이 지나도록 생리가 없어 자가 진단했는데, 두 개의 줄이 보여 산부인과 다녀왔다며 임신 6개월이라 한다.

세희가 듣고 그동안 아무 증상이 없었냐고 물어보았다. 도희는 초고도 비만이라 티가 안 나서 임신인지조차 몰랐던 것이다. 어쩌다 얼핏 본 적이 있었는데 신랑 역시 마찬가지로 고도 비만이었다.

그리고, 아무리 비만일지라도 임신이라면 신체적으로 증상이 있을 텐데 아무런 증상을 못 느꼈다는 말에 기가 막히다 못해 미련해 보이기만 했다. 축하보다는 역겨움이 밀려왔다.

뚱뚱해도 할 건 다 하는구나 싶었다. 그때도 이런 말을 들어 가며 이 자리에 왜 있어야 하는지 몰라 연거푸 맥주만 들이켜고 있었다.

"도희 언니 여자 맞아? 피임 안 하는 거야?"

제니도 어처구니가 없는지 할 말을 잃었는지, 더 이상 말을 이어 가지 못했다. 그리고 채영도 한걱정이 되는지 한마디 덧붙였다.

"도희야! 지금 낳아서 언제 키워?"

한참을 웃고 떠들다 채영은 아이들이 기다린다고 자리에서 일어났고, 도희 역시 남편과 딸에게 밥 해 줘야 한다며 둘은 집으로 돌아갔다.

"언니, 잘 먹고 놀다 갑니다."

"언니, 종종 자리 만들어요! 밥 먹고 수다 떨다 보니 그나마 스트레스도 풀리고 너무 좋아요!"

채영이 그래 말하자 나는 "당연하지!" 하며 또 마음에도 없는 소리를 지껄이고 있었다.

취기가 올라오고 있었다. 이들은 갈 마음이 없어 보인다. 수다가 끝이 없었다. 고기 냄새가 머리부터 발끝까지 코팅되어 가고 있었다. 나가고 싶었다. 일 년 치 삼겹살을 다 먹은 느낌이었다. 삼겹살 냄새에 숨을 쉴 수가 없었다.

"우리 다 먹었으면 다른 데로 옮기는 건 어떨까?"

"언니, 노래방 가요?"

당연히 노래방에 갈 거라고 예상했다. 갈 사람들은 가고 미자, 세희, 제니, 정심, 제니가 이끄는 대로 따라갔다. 아마도 제니가 자주 가는 곳이라는 생각이 들었다. 종업원들이 제니를 보자 반가워하며 한참 만에 왔다고, 남자 종업원 하나가 애교 섞인 목소리로 제니의 어깨를 감싸안았다.

"오늘은 귀한 손님이랑 왔으니까 서비스 잘해 줘야 돼!"

제니가 말하는 귀한 손님이란 나를 뜻했다.

"애들도 같이 왔으면 좋았을 텐데."

"언니, 여기는 그냥 노래방 아니에요."

제니가 내 말에 상큼하게 대꾸하며 능수능란하게 양주 한 병과 과일 안주를 시켰다.

"이따가 선수들 들어오면 소원 언니가 먼저 마음에 드는 애 골라 봐요."

"내가 먼저 골라야지!"

세희가 들떠서 목소리 톤이 너무 올라가다 못해 소리를 지르는 듯이 들렸다. 미자는 이런 문화가 마음에 안 드는지, "난 혼자서도 잘 놀아요. 저는 필요 없어요!" 한다.

"미자 언니는 신랑을 존나 사랑하나 봐?"

제니 말에 모두가 키득키득 웃어 댔다. 어쩌면 미자의 이런 행동이 나에게 신임을 더욱더 일부러 보여 주려는 의도였을까? 애초에 다른 남자들이 미자한테 관심이 없는 건지는 알 수 없었지만.

이런 문화는 이들보다 내가 먼저 알고 있었지만, 티를 안 내고 있을 뿐이었다. 그리고 재미도 없었다. 내 또래 친구라면 몰라도 다들 동생들이라, 괜히 내 이미지만 손상될까 싶어서 품위 유지에만 신경 쓰고 있었다.

지금의 분위기는 내가 아는 척을 안 하는 것이 이들이 편하게 놀 수 있게끔 만들어 주는 것이었다. 얼마 후에 열 명 정도의 남자들, 일명 '선수'가 줄줄이 들어왔다.

잘생긴 애도 있는가 하면 못생긴 애들도 있었다. 제니는 인물을 보는지 잘생긴 남자 두 명을 앉혔다. 세희는 주얼리라도 구경하듯이 한참을 보고서야 한 명을 지정해서 앉혔다. 정심이도 질세라 마음에 드는 남자를 골라 옆에 앉혔다. 내 차례가 되자 왠지 서 있는 남자들이 나를 집중해서 보는 시선들에 낯 뜨거워져, 분위기를 빨리 바꾸고 싶다는 생각에 "노래 잘하시는 분 앉으세요." 했다. 남자들이 머뭇거리다 어느 한 명이 내 옆에 앉았다.

제니는 나에게 신세계를 보여 주기라도 하듯이 과감하기 그지없었다. 남자들에게 반말은 기본이고 함부로 대하는 모습을 여과 없이 보여 주었다. 본인도 남자들에게 술 따라 주며 웃음도 파는 년이면서, 어쩌면 이들에게도 하인 부리듯이 똑같이 할까? 마치 자기가 겪었던 것을 복수라도 하듯이…. 술이 그렇게 취해 정신없는 와중에도 제니 행동들이 거슬리다 못해 창피했다. 자기 하고 싶은 대로 다 해도 된다는 식이다. 은색 머릿결을 습관적으로 귀 뒤로 쓸어 올리며 나에게 과시라도 하듯이, 나와 처음에 대면했을 때처럼 헛기침을 하며 파트너에게 위세를 부렸다. 의외로 제니는 술을 못 마시는데, 그런데도 유흥업소에서 일하는 점만은 희한했다.

제니, 세희, 정심이는 파트너들과 중요한 얘기라도 하는지 정신

없었고 미자와 내 파트너는 노래하느라 정신없었다. 술을 마시는 건지 술이 술을 마시는 건지 더 이상 버틸 수가 없어 미자에게 귓속말을 했다.

"나 먼저 갈게. 계산은 하고 갈 테니까 재미있게 놀다가 와!"

그러자 미자는 언니 혼자 가는 건 안 된다며 펄쩍 뛴다.

"언니 가면 저도 갈 거예요!"

아마도 미자는 내가 일어나기만을 기다리다가, 때는 잘됐다 싶었을 것이다. 미자가 제니, 세희, 정심에게 간다고 말하자, 한창 재미나게 노는데 내가 가서 아쉽다기보다는 분위기 깬다는 표정들이었다.

세희가 째지는 목소리로 "언니, 뭐? 간다고?" 외친다.

세희 목소리가 너무 커서 옆에 있는 남자들이 놀라면서 눈치를 보고 있었다.

"미안해, 식당에서부터 너무 달렸나 봐. 너무 취해서 힘드네. 계산은 내가 하고 갈 거니까 신경 쓰지 말고 마저 놀다 가!"

그러자 내 옆에 있는 남자애가 다정하게 말한다.

"제가 데려다 줄게요."

"아니야! 내 동생이랑 같이 가면 돼!"

그리고 다음에 또 보자는 말을 남기고 미자와 택시를 타고 집으로 왔다. 그 이후에 이들은 어디까지 달렸는지 알 수 없었다.

* * *

그 이후부터 이들은 나와 더욱더 친해졌다고 생각했는지 하루가 멀다고 매일 번갈아 가며 매장으로 놀러 왔다.

나는 미자보다 늦게 출근한다. 마음 같아서는 미자보다 일찍 나오고 싶어도, 내가 일찍 나와 있기라도 하면 다음 날 미자가 더욱더 일찍 나오기 때문에 미안해서 일부러 늦게 출근한다. 미자는 내가 나오기 전에 청소부터 시작해서 매장 정리, 자신이 오늘은 어떤 콘셉트로 입을지, 심지어 내가 출근하는 시간에 맞춰 커피포트에 물까지 끓여 놓고 나를 기다린다.

내가 커피믹스만 마시는 걸 미자는 알기에 내가 내려오기만을 기다린다. 매일같이 변함없는 미자 때문에 상춘을 떠나지 못했던 것도 있었다.

그렇다. 난 아침마다 미자 때문에 감동했었다.

"언니, 오늘 이거 입고 있을 건데 어때요?"
"괜찮은데? 오늘 예약 손님은?"
"청주에서 두 분 오신댔어요. 오후에 상춘에 사시는 여사님들 오시고요, 그리고 주문 들어간 운동화하고 코트 금액은 오늘 입금하기로 했어요."
"알았어, 커피 마시자!"

출근하자마자 커피믹스로 시작해서 전날 매출을 확인하면 아침부터 와서 언제 돌아갈지 알 수 없는 미자 측근들이 온다. 점심때가 되어 다 같이 점심을 먹고 나면, 스물다섯 정도 되어 보이는 청년이 하는 카페에 가서 커피 한 잔씩 하는 것이 일상이 되어 버렸다.
　청년이 하는 데는 외져서 사람이 없는데, 그것이 그 카페에 가는 이유 중 하나였다.
　아무리 삶에 여유가 있어도 촌스러운 입맛은 도통 바뀌질 않는다. 그래서 난 커피믹스를 제일 좋아하지만, 그럼에도 애들과 맞추려 쓰디쓴 아메리카노 커피를 시킨다. 미자는 여기 오는 것조차도 나를 위해 오는 것처럼 매번 언니가 좋아하는 산책이라며 '출동'을 외치며 다들 미자 차에 태운다.
　오후 4시가 되면 난 퇴근한다. 4시 이후론 미자가 어떤 방식으로 물건을 파는지, 미자 측근들이나 어떤 사람들이 오는지, 거기에 대해서는 난 알 수가 없었고 알고 싶지도 않았다. 내가 매장에 상주하는 시간에는 모든 것에 내 돈이 들어간다. 거기에 대해서 누구 하나 고마워하는 사람도 없고, 으레 내가 내야만 하는 줄 알고 있다. 미자는 나의 고용인이기 때문에 그렇다 치지만 미자 측근들은 미자가 알아서 해결하기 바랐는데도 미자조차 그 부분에 대해서는 입을 다물었다. 어쩔 수 없이 습관처럼 지출은 내 몫이 되어 가고 있었다. 그나마 미자가 내 입맛대로 잘해 주는 대가라고 치부하며 이해하려 애썼다.

이때부터 내가 상춘에 살면서 이곳 사람들의 특징들을 하나씩 알아 가는 시기였다. 매장을 차리고 나서야 이곳이 어떤 사람들이 모여 사는지 알았다.

상춘에는 유지(有志)는 별로 없고 나처럼 타지에서 와서 정착하며 사는 사람이 대부분이었으며, 뉴스에서는 저출산이라며 한걱정들 하는데 저출산이라는 말이 무색할 만큼 이상하게 길거리에 아이들 천지였다. 기본이 한 집에 아이가 둘은 기본이고 많게는 아이가 대여섯인 가정도 봤다. 부부 금슬이 좋은 건지 아니면 본능에 충실한 건지 알 수 없지만 나는 혐오감을 느꼈다.

내가 알고 지내는 미자 측근들도 미자와 별반 다를 게 없었다.

생활이 궁핍하다 못해 하루 벌어 하루 사는 생활이 다반사였다. 그런데도 궁핍한 생활과는 무관하게 만삭이 되어 길거리를 활보하는 여자가 많았다. 어느 날부터 안 보인다 싶으면, 얼마 지나지 않아 갓 태어난 아이를 유모차에 태우고 겨우 걸어 다닐 수 있는 아이의 손을 잡고 길거리를 거니는 모습들. 그건 도희도 마찬가지였다.

"도희야! 누구 닮은 거야?"

놀라는 척 귀엽다고 호들갑 떠는, 가증스럽기도 한 또 다른 나를 발견한다.

미자 측근 중에서는 제대로 된 가정을 그다지 본 적도 없고, 나와 마찬가지로 남편 없이 홀로 애를 키우고 가장 역할을 하는 이들도 있었다. 그냥 삶의 과정이라고 예쁘게 포장하고 싶었지만, 난 아

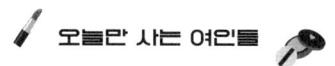

무래도 모든 점에서 부정의 끝을 달리는 사람이었다. 내면에 깔린 삶의 어두움 때문인지 축하나 격려의 말 따위는 애초에 상실해 버려, 그들의 팍팍한 삶을 외면하고 싶었다. 편견일 수도 있겠지만….

* * *

도희가 갓난아이를 매장에 데려온 날 약속이라도 한 듯 제니, 세희, 채영, 정심 모두가 한꺼번에 몰려왔다. 장사를 못 할 정도로 어수선해져서 아무래도 이날은 손님을 받을 수가 없는 분위기였다.

도희는 갓난아기와 첫나들이였다. 일부러 아이를 보여 주기 위해 나온 것 같았다. 난감했다. 미자에게 처음으로 화가 났.

미리 말해 주었다면 차라리 출근을 안 했을 텐데, 내가 눈으로 본 이상 외면할 수도 없고 미자에게 화를 낼 수도 없는 상황이었다.

"미자야! 아무래도 오늘은 장사 못 할 것 같은데?"

이런 식이라도 미자에게 무언의 압박감을 주고 싶었다. 그럼에도 이것들은 내가 빈정이 상했다는 걸 인지하지 못했다. 눈치코치가 뭔지도 모르는 이들을 보고 답답함이 밀려왔다.

"왜 문을 닫아요?"

몰라서 묻는 건지 알면서 모르는 척하는 건지, 미자의 속내를 알 수가 없었다. 거대한 유모차가 매장 한가운데 떡하니 자리를 차지하고, 신생아라서 그런지 내 몸이 들어갈 만한 가방이 바위처럼

눈앞에 놓여 있어 숨을 쉴 수가 없었다.

앉을 자리가 부족했던 채영과 미자가 선 채로 정신없이 떠들어 대는 통에 머리가 울려 죽을 것만 같았다. 거기다 제니는 강아지까지 데려왔는데, 그 개는 외부 사람이 매장 안을 들여다볼 때마다 앙칼지게 짖어 댔다. 제니는 그 소리에도 아랑곳하지 않고 수다 삼매경에 빠져 남에게 민폐를 끼치고 있는지조차 모르고 있었다.

이들에게서 배려라는 것 자체를 찾아볼 수 없었다. 매장에 모여 있는 걸 어찌 알았는지, 정심이까지 합세했다. 매장 이미지를 중요하게 생각한 이상 이런 광경을 고객들에게 보여 주고 싶지 않아, 오늘은 개인 사정으로 쉰다는 걸 고객들에게 단체 문자 보내라고 미자에게 일러두고 착한 언니의 이미지는 여기까지라고 스스로 다독였다.

"우리 도희가 출산하고 처음으로 아이와 외출했는데…. 식당에는 갈 수 없으니 점심은 내 집에 가서 먹자!"

어쩔 수 없는 이 상황은 예상치 못한 일이었다.

사람 하는 일이 마음먹은 대로 척척 이루어지면 안 될 일이 뭐가 있을까 싶다. 이런 일이 있으면 저런 일도 있는 것을…. 이왕 이렇게 된 이상 동생들에게 한 번 더 인심 쓰자고 스스로 위안을 삼으며 집으로 초대했다. 주상복합 아파트라 일 층이 매장이라서 가능했던 것이다.

이들은 어쩌면 나 같은 상대가 절대적으로 필요했는지도 모른

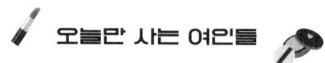

다는 생각이 들었다.

"여러 명이서 배달해 먹을 만한 음식이 뭐가 있을까?"

먼저 의견을 물어보자, 채영은 오히려 내 눈치를 보며 의중을 살폈다.

"소원 언니 먹고 싶은 거 시켜!"

"그럴 필요 없어. 너희들 먹고 싶은 거 먹어. 나 신경 쓰지 않아도 돼."

그러거나 말거나 채영 말고는 모두 들떠 있어 메뉴 선정에 관심도 없다. 인원수가 많아 메뉴 정하는 데 시간이 꽤 걸렸다. 혹시라도 음식 비용을 본인들이 낼까 봐 선뜻 메뉴 선정을 못 하는 분위기에 괜히 더 짜증이 났다.

"고민하지 말고, 미자야! 그냥 중국 음식 시키고 편의점 가서 맥주나 좀 사 와!"

나도 모르게 목소리에 가시가 들어가 있었다. 미자는 지금의 내 기분이 불편하다는 걸 느끼고 있었는지 내 말이 떨어지게 무섭게 음식을 주문하고 술을 사러 나갔다.

저번과 같은 분위기였다. 내가 끼어들 수 없는 얘기들, 같이 어울리면서도 이방인이라는 느낌. 왁자지껄 떠드는 이들 속에 내가 느끼는 감정과 즐거움을 찾을 수가 없어 그저 술만 마시며 이들이 얘기하는 것들을 그저 경청하는 것이 전부였다.

그나마 밥 한 번 같이 먹고 노래방 갔던 적이라도 있어 이들과

얘기할 맥락이라도 있다는 게 생각났다. 이들의 얘기 소리에 내 목소리를 끼워 넣었다.

"참, 그때 제니, 세희, 노래방에서 잘 놀다 들어갔어?"

제니 입가에서 미소가 싹 지워진다.

"언니, 저 그 개병신들 때문에 지금도 부인과 다니고 있어요."

귀 뒤로 머리를 쓸어 올리며 경악스러운 말들을 아무렇지도 않게 조신하게 공주처럼 얘기한다.

"왜?"

세희가 궁금해서 미치겠다며 호들갑을 떨며 제니가 빨리 말하라며 손뼉을 치며 재촉을 해 댔다.

"그 병신들하고 자고 나서부터 염증 생겼어요. 약 먹을 때만 괜찮아졌다가 다시 냄새나고, 이물질도 나오고…. 어휴, 개병신들 때문에 오빠들하고 잠자리할 때마다 냄새난다고 지랄들을 어찌나 해 대는지 짜증 나 죽겠어요."

이런 얘기들을 아무렇지 않게 얘기하는 제니가 처음에는 솔직하다고 생각해 좋았던 때도 있었지만, 가끔은 같은 여자가 들어도 민망할 정도였다. 슬쩍 미자, 세희, 도희 채영, 정심이까지 얼굴들을 살폈다. 그들은 이런 얘기에 면역이 됐는지 재밌다고 웃어 댔다. 아직까지 내가 순진한 건지 이들이 더 발랑 까졌는지는 모르겠지만, 어쨌든 듣는 내내 재미는 있었다.

장사를 못 한 나에게 보상이라도 해 주려 하는지 나만 몰랐던

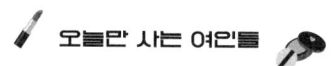

이들의 사적인 얘기들을 실컷 풀어놓는 분위기였다. 기분 좋을 정도만 술을 마셨기도 하고, 여자들만 있어서 창피할 것도 없었는지 하나둘씩 고민을 털어놓기 시작했다. 세희가 먼저 말문이 트였다.

"남편이 바람피운 걸 알았을 때는 세상이 다 무너져 내리는 줄 알았어요. 자살 시도까지 해 봤는데 미자 말 한마디가 힘이 됐어요. 형부도 남자인데 언제까지 언니 병 수발만 하고 살 수는 없다고, 때가 되면 제 자리로 곧 돌아오니 기다리라고…. 정말 미자 말대로 정리하고 들어왔지만, 막상 들어오니 꼴도 보기도 싫고 한 공간에서 숨을 쉰다는 것조차 싫더라고요."

이제서야 알았다. 왜 그렇게 미자에게 매달렸는지. 세희는 미자가 정말 점을 잘 맞추는 걸로 착각하고 있었다.

하지만 그 정도는 누구든 생각할 만한 대답이지 않은가. 음식으로 비유하자면 한국 사람은 밥심으로 산다고 하지만, 인간이나 동물이나 한 가지만 먹고 살 수 없듯이 가끔은 면도 먹고 싶을 때도 있을 것이다. 그러나 이것저것 찾다가도, 결국 밥을 다시 찾는 것이 우리네 현실이다.

이렇듯 미자의 말에는 누가 들어도 발견할 허점이 있다는 걸 세희는 깨닫지 못하는 것 같았다. 그래도 내가 저들보다 10년은 더 살아서 그런지, 얘기 들어 보면 대충 어떻게 흘러가는지 알 수 있었다. 이래서 나이는 무시 못 하는가 보다.

"미자에게 물어보지?"

어떤 말로 명쾌하게 해 주려는지 궁금하기도 했다.

"네가 원하는 대로, 미자 말대로 남편이 돌아왔으면 됐지, 뭐가 문제인데?"

이래 말해 놓고 아차! 싶었다. 세희에게도 누군가 생겼다는 것을…. 그렇지 않고서야 고민을 할 리가 없는데 말이다.

"골프 치면서 잘 챙겨 주는 오빠가 있는데 날 좋아한대요. 미치겠어요, 이 오빠 때문에. 가정도 있는 사람이…."

"넌 어쩌고 싶은 건데?"

세희가 이런 얘기를 한다는 건 본인 또한 마음에 있다는 것이고, 이런 얘기를 꺼내는 것도 여기 모여 있는 이들에게도 인정받고 싶고 본인 행동에 공감해 주길 바라는 눈치였다. 그렇지 않고서야 고민할 것도 없는 일이었다. 자기가 싫으면 그만인 것을….

세희가 듣고 싶은 대답을 해 주기 위해 직구로 물어보았다.

"그 오빠하고 잠자리까지 갔으면 마음 가는 대로 하면 되지 뭐가 문제인데?"

이 말에 힘을 얻었는지 봇물 터지듯이 자랑질을 하느라 정신이 없었다. 그렇지 않아도 서울에 작은 오피스텔까지 얻어 줬다고 오빠의 능력을 과시하고 있었다. 개뿔의 오피스텔. 자기들 밀회를 즐기기 위한 장소로 얻어 준 거라는 감이 왔다. 내년에는 딸하고 둘이 살 집을 얻어 준다고 장황하게 늘어놓고 있다. 역시 내 촉은 맞았다. 하지만 난 부럽다며 또 마음에도 없는 소리를 지껄이고 있었다.

세희 얘기에 다들 진이 빠졌는지 도희가 너무 늦었다며 애기 짐을 주섬주섬 싸고 있자, 채영 또한 내일 보험 미팅이 있다며 도희가 나서는 김에 함께 일어난다. 엘리베이터까지 배웅하러 나가자 채영이가 한마디 한다.

"언니한테 매일 신세만 져서…. 언제 한번 제가 맛있는 거 사 드릴게요."

일부러 다들 들으라고 하는 말이라는 생각에 "말이라도 고마워." 하는 말이 저절로 나와 버렸다. 도희와 채영이 나가고, 갓난아기가 없다고 생각하니 긴장이 풀어지며 담배가 급 당겼다.

내가 남의 집에 못 가는 이유도, 여행을 못 가는 이유도, 이놈의 담배 때문이다. 어디든 나가기가 꺼려진다. 도희와 채영이가 가 버리자 세희가 말을 또 이어 가려 했는데 다들 듣기 싫어하는 눈치였다.

"어떻게 할까? 나가서 한잔 더 할까? 아니면 다들 집에 갈래?"

사실 딸년 눈치가 보여 집에서 더 이상 버티고 있을 수가 없었다. 세희와 이전에 갔던 노래방을 가자고 했다. 미자가 강아지가 있어서 받아 주질 않는다고 하자, 제니는 상관없다고 노래방 가기를 원하는 눈치였다.

뭐가 됐든 일단 우리가 집에서 나가야 딸년이 거실로 나올 수 있

기에 무조건 나가는 편이 내 마음이 편했다. 제니가 즐겨 가는 노래방을 다시 찾아갔다. 제니는 역시나 대범하게 남자 둘을 부르고 세희는 전에 불렀던 남자애를 불렀다.

　나 역시 마찬가지로 기억도 안 나는 남자애를 찾았다. 정심이는 이런 경험이 있으면서도 내가 보는 앞이라서인지 제니가 지명을 해주는 대로 가만히 앉아, 남자가 술을 따라 주는 대로 조신을 떨고 있었다.

　미자는 처음부터 이곳에 오는 것을 꺼리며 제니 강아지 핑계를 대었지만, 내가 가자고 하니 어쩔 수 없이 따라가는 모양새였기에 재미가 있을 턱이 없었다. 하지만 미자로 인해 생각지도 않은 모임을 가졌고 생각지도 않은 노래방을 왔다. 심지어 모든 비용은 내가 처리해야 한다는 것을 미자도 알고 있다. 그래서 미자에 대한 미안함은 전혀 없었다.

　오늘만큼은 언니라는 타이틀은 노래방 오기 전부터 버렸다. 언제까지 나이 먹었다는 이유만으로 베풀어야 하며 오지랖을 떨어야 하는 걸까? 일찍 돌아가고 싶어 하는 미자에게 분풀이라도 하듯, 집을 나오자마자 시간 개념은 버려 버렸다. 서운해도 어쩔 수 없는 일이다.

　미자 마음을 모르는 것은 아니다. 나의 무료함과 지루함을 달래 주려는 마음도 알고는 있지만, 하루 이틀도 아니고 끝도 없이 이어진다는 생각에 짜증이 밀려왔다. 이들 또한 말보다는 행동으로 보

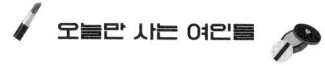

여 주는 것이 피부에 와닿을 것 같아 오늘만큼은 눈치를 보고 싶지 않았다.

남자들을 앞에 두고 난 제니의 행동에 또 한 번 놀랐다. 말만 들었던, 제니가 갑질하는 모습을 내 눈으로 제대로 보았다.

"넌 한쪽에서 강아지 보고 있고, 넌 내 옆에 앉아 있어."

이런 제니의 행동이 황당하다 못해 인성이 바닥이라는 것을 느꼈다. 제니의 당당한 그 모습들을 한동안이나마 부러워했던 것이 창피했다. 지금의 광경은 민망스럽기 짝이 없었다.

한때는 나 또한 제니만큼 놀아 본 적도 있지만, 나이가 많든 적든 직업이 무엇이든 간에 사람이라면 인성이라는 것이 내면에 내재되어 있어야 한다고 생각하고 있었다. 제니는 본인이 하는 행동이 상대방을 얼마나 비참하게 만드는지 모르는 것도 아니면서…. 제니의 행동은 얼굴이 아까울 만큼 안타까웠다.

하지만 그렇다고 입 밖으로 표현을 할 수 없었다. 나 역시 꼰대가 되기는 싫었기 때문이다.

제니에 대한 생각을 접고서야 옆에 앉아 있는 남자 도우미가 눈에 들어왔다. 평범한 얼굴, 이 친구는 지금 무슨 생각을 하고 있을까? 나보다 많이 어린 아이라서 더 궁금했다. 어떻게 하다 도우미 일을 시작하게 됐는지…. 글쎄, 제니처럼 자주 오다 보면 친해져 언젠가는 이 친구의 사연을 들을 수 있을지도 모르겠다.

"그때는 술이 너무 취해 기억이 나질 않아요. 지금에서야 얼굴을 제대로 보네요."

딱히 할 말이 없어 대충 지껄여 댔다.

"누나, 그때는 술이 너무 취해서 저하고도 말도 잘 안 하고 저쪽 누나하고 노래만 부르고 가셨어요."

"미안해. 오늘은 얘기도 많이 하고, 시간 많으니까 재밌게 놀자!"

미자가 내 쪽을 쳐다보고 있었지만 알면서도 무시해 버렸다.

다음날 숙취로 인해 출근을 안 했다. 매장 운영은 미자가 할 일이기에 전화로 오늘은 못 내려간다고 연락만 주고 다시 누워 버렸다. 이래서 수장이라는 타이틀이 좋을 때도 있었다. 며칠 뒤 채영이가 매장에 들렀다.

"이 시간에 웬일이야?"

"언니한테 매일 신세만 져서 미자하고 언니만 있을 때 맞춰서 왔어요. 다른 애들까지 점심 사는 건 저한테는 부담이 커서…."

"굳이 안 그래도 되는데 내가 더 미안하네. 덕담으로 한 말인데 내가 부담을 주었구나?"

"한 번은 언니한테 사 드리고 싶었어요."

채영이가 왜 이렇게까지 하는지 알고는 있다.

난 전부터 다른 아이들보다 채영에게 애착이 많이 갔었다. 혼자

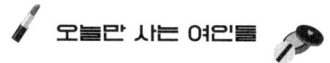

서 애 둘을 건사하며 열심히 사는 모습이 짠하고 안쓰러워서다. 그래서 딱히 보험이 필요하지 않은데도 보험을 들어 주고, 여자들의 로망인 샤넬 백을 너무 갖고 싶어 하길래 한 번도 들지 않았던 걸 반 가격으로 판 적도 있다.

어느 날은 애지중지하느라 한 번도 들고 다니질 못하고 생활비가 없다면서 다시 언니한테 팔면 안 되냐고 부탁하길래, 두말없이 판 금액의 두 배로 올려서 주었다. 미자만 알고 있었지 다른 애들은 모르는 일이었다.

지적으로 생긴 것과는 다르게 채영은 순대국밥을 좋아한다. 국밥집에서 밥을 먹으며 이런저런 얘기를 하다가, 무언가 선뜻 말하지 못하고 뜸을 들이기 시작했다. 아마도 며칠 전 세희 얘기에 힘을 얻었는지 넌지시 자기 속내를 얘기하려는 모양이었는데, 한 번도 그런 적 없었던 아이라 의아했다.

"언니, 저 소주 한잔해도 돼요?"

"그럼, 네가 일 없으면 난 상관없어."

채영이가 혼자서 낮술 마시는 것이 안쓰러워 미자에게 맥주도 한 병 시키라고 일렀다. 미자는 이미 내 성격을 파악했을 것이다. 이런 상황에 채영이가 계산하게 내버려 둘 내가 아니라는 것을. 벌건 대낮에 맥주까지 시키는 걸 보면 일찍 일어날 폼이 아니라는 것도.

"편하게 말해 봐."

채영에게 소주를 한 잔 따라주자, 채영이도 나에게 맥주를 따라

주며 한숨을 크게 쉬었다.

"언니, 살면서 이렇게 어이없는 일을 겪은 건 처음이에요."

"빨리 말해 봐요! 궁금해 죽겠어~"

미자는 답답했는지 채영이가 빨리 말을 이어 가기를 재촉했다.

채영은 둘째가 유치원생 정도 됐을 때 이혼을 했다. 지금은 첫째가 중학생이고 둘째가 초등학생이지만 전 남편한테 양육비는 받고는 있지만 둘 다 채영이 혼자서 키우며 생활고에 힘들게 살고 있었다.

채영이 대학 다닐 때 그녀를 짝사랑했던 남자가 있었는데, 그가 우연히 채영의 힘든 소식을 들었다고 한다. 그에게서 먼저 연락이 와서 몇 번 만나 술자리를 몇 번 갖다 보니 잠자리도 하였는데, 그는 본인이 어느 정도 재력가라며 지속적인 만남을 요구했다.

채영은 이혼하자마자 생활전선에 나가 생활비를 벌어야 하는 상황이었다. 녹초가 돼서 퇴근하고 나면 집안 살림까지 해야만 했기에 애 둘을 건사하는 것만으로도 너무 힘들었다. 남자를 만난다는 건 생각지도 못하는 현실이었는데, 이런 상황에 누군가 도움의 손길을 뻗어 주는 것을 굳이 외면할 필요가 있나 싶어, 기대고픈 생각이 들었다.

첫째 애가 한참 사춘기고 여자애라 임대 아파트에서 산다는 것을 친구들에게 보여 주기 싫어 예민해져 있다고 한다. 고등학교에

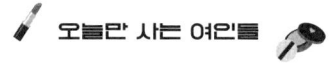

진학하는 시기라 임대 아파트를 벗어나 도시로 나가, 딸애가 도시에서 고등학교를 다니기를 원했다. 그러던 차에 때를 기다렸다는 듯이 짝사랑했던 남자가 나타난 것이다.

번화가에 아파트를 사 주겠다며 남자가 임의로 계약을 했다. 몇 번 생활비도 받았는데, 잔금 내는 날짜가 다가오자 전화를 받지도 않을뿐더러 마지막 문자만 덜렁 받았다고 한다.

[난 너에게 해 줄 만큼 해 주었으니, 나머지는 네가 알아서 처리하고 이제부터 연락하지 마.]

채영의 얘기를 다 듣고서 미자가 열이 뻗쳐 난리를 쳤다.

"그런 돌아이 같은 개새끼가 있어요? 그 개새끼 이름이 뭐예요? 생년월일 알아요? 비방이라도 쳐 줄게요!"

채영은 한숨을 쉬었다.

"내가 무슨 남자 복이 있겠어? 그 새끼는 비방도 아까워. 머릿속에 그 새끼 미워하는 것조차 아깝고…."

채영이 말을 듣고 미자와는 달리 내 심장이 쿵 내려앉았다. 지금 시급한 것은 비방 타령이 아니라, 채영이가 살 집이 공중에 떠 버렸다는 점이다. 이사한다고 살던 집은 부동산에 내놨을 테고, 새로 이사 갈 집은 잔금을 치러야 들어갈 수 있다는 것인데 지금 채영은 중간에 붕 떠 있는 상태다.

현실을 직시하지 못하는 미자와 채영. 혹시나 모든 걸 포기할까 싶어 내심 걱정이 되었다. 아니, 마냥 채영이 걱정이라고 하기에는

그것 또한 아닌 것 같았다. 채영이가 여기까지 와서 이런 얘기 꺼내는 걸 보면 혹시 금전적인 부탁이 나올까 싶어, 사실 그게 걱정이었다. 채영이 성격을 모르는 것은 아니지만 사람은 큰일이 닥치면 회로가 마비되어 염치라는 것을 구분하지 못한다.

"채영아! 이사할 수는 있는 거니?"

"언니…. 그것 때문에 나 요즘 잠을 잘 수가 없었어요. 날짜는 다 가오고 돈은 준비 안 돼 있고…. 그래도 임대 아파트 보증금하고 그 새끼가 계약금 준 거하고 몇 번 목돈 받은 거하고, 엄마한테 좀 빌리고, 다행히도 은행에서 대출이 가능해서 얼추 맞추다 보니 겨우 이사는 할 수 있어요."

속으로 다행이다 싶었다. 미자가 잠자코 듣고 있다가 채영이가 이사는 할 수 있다는 말에 그제야 한마디 거들었다.

"그 돌아이는 잘 살고 있는 사람을 쥐 흔들어 놓고, 막상 주둥이로 내뱉은 건 있어서 능력도 안 되는 것이 채영 언니한테는 가오는 잡고 싶었나 보지?"

"맞아, 미자 네 말이 맞아! 나도 그렇게 생각하고 있어!"

채영이가 미자 말에 맞장구를 쳐 주었다. 자기 심정을 알아주는 미자가 고마웠나 보다. 정작 상담사 역할이었던 난, 어떠한 말도 없이 듣고만 있었다.

여태 살면서 이런 비슷한 유형들의 일들을 많이 봐 왔고, 경험도 했었다. 어찌 보면 채영이 입장이 충분히 이해는 하지만, 나는 채영의 얘기를 다 듣고 나서는 미자처럼 채영이 편을 들어줄 수가 없었다.

　미자나 채영이가 모르는 것이 있었다. 작다고 해서 파리똥은 똥이 아닌가? 그가 채영을 짝사랑이라도 했기에 얼마라도 도움을 주었다는 것은 까맣게 잊고 있다. 계약금도 주고, 생활비로 목돈도 주고… 이유가 어찌 되었든 그가 채영이 이사할 수 있도록 물꼬를 터 준 거나 마찬가지였다. 채영이 평소 살던 대로 지냈더라면 그녀는 상춘을 벗어나지 못하고 미자의 다른 친구들처럼 살아가고 있을 것이다. 문외한 내가 봐도, 점쟁이가 아니더라도 알 수 있는 수준이었는데도 채영은 자기 연민에만 빠져 있었다.

　결과는 이렇게 됐지만, 어쨌든 채영이가 바라는 대로 임대 아파트에서 벗어나 번화가로 이사 갈 수 있게 되었다. 그런데도 임대 아파트가 아닌 자기 집이 생긴다는 것을 인지하지 못하는 꼴이 조금은 답답했다.

　그래도 이 일을 계기로 남자에 대해서 어느 정도 경계심을 가졌을 것이고, 어렵고 힘들겠지만 막상 닥치면 부채를 어떻게 상환할지 해결점이 보일 것이다. 아마 채영이라면 충분히 해낼 것이다.

　인생이란 가끔씩 생각지도 않는 파도가 닥쳐온다. 잠잠해질 때를 기다리는 것이 우리네 인생인 것을, 상춘에 사는 미자 또래 여자들은 생각도 못 하고, 알려고도 하지 않는다. 우물 안의 개구리

처럼 정말 오늘만 생각하는 상춘의 여자들. 조금만 더 멀리 볼 수 있으면 좋을 것을…. 많이 안타까웠다.

나 또한 겪어 봐서 얼마나 힘들고 아픈지, 부딪혀 가며 터득했기에 안다. 채영이 이 일에 부딪히기 전에 내가 알았더라면 조금이라도 마음고생을 덜했을 텐데, 하는 아쉬움이 있었다.

"채영아, 그래도 다행이다. 신용이 좋아 대출도 받을 수 있고…. 그리고 엄마가 감사하게도 도움을 주시니 엄마한테 잘해 드려."

낮술을 해서인지 얘기하는 동안 몇 잔 마시지도 않았는데 채영 눈에 눈물이 그렁그렁 맺혀 있었다.

"그러고 싶은데 이런 모습만 보여 드려 엄마한테 미안해 죽겠어요."

"왜? 네가 얼마나 열심히 사는데. 채영이 넌 대단해."

이 말은 진심이었다. 남편 없이 혼자 애들을 키우며 사는 것을 크게 칭찬하고 싶었다.

여자들이 모이면 남편과 시어머니를 죽일 것처럼 서로 먼저 얘기하려고 목에 핏대 올려 가며 아우성치고 영혼을 담아 욕하다가도, 밥때가 되면 남편 밥 해 주러 간다고 다들 자리에서 일어나 서둘러서 떠나는 모습을 보고 나면, 나 자신이 외롭고 허망하다 못해 공허함이 쓰나미처럼 몰려온다. 그래서일까, 채영의 마음을 다는 아니지만 어떤 마음인지 짐작이 간다. 애서 채영의 가라앉은 기분을 달래 주고 싶은 마음이 들었다.

"이젠 채영이 명의로 집이 생긴 거네? 그동안 고생한 보람이 있네! 어찌 됐든 간에 채영아, 축하해!"

채영이는 그제야 본인 명의로 집이 생겼다는 걸 인지했는지 애써 웃음을 보였다.

"고마워요, 언니. 얘기 들어줘서."

혹시라도 돈 얘기 꺼낼까 봐 내심 한걱정했던 데 미안한 마음이 들었다. 당장 필요한 것이라도 살 수 있게 얼마간의 현금과 이사 비용을 챙겨 주었다.

이 일로 인해 다른 애들과는 달리 채영이하고는 굳이 말을 섞지 않아도 보이지 않는 끈끈한 정이 생겼다. 우여곡절 끝에 채영이가 상춘을 떠났다. 그리고 채영은 한 달에 한 번씩은 나를 보러 상춘에 왔다.

* * *

그 일이 있고 얼마 안 돼서 제니에게도 일이 생겼다. 집이 없어 돈 많은 오빠와 룸메이트로 같이 살고 있었는데, 다른 여자가 생겼다고 제니보고 나가라 한다. 입으로는 심란해하면서도 겉으로 보이는 것은 걱정거리 없는 여느 부잣집 딸이었다.

스타벅스 커피 아니면 맛이 없다고 하면서, 제니와 미자는 커피와 같이 곁들일 쿠키와 케이크를 사러 나갔다. 나가는 둘을 보면서

할 말을 잃었다.

제니는 지금 처한 상황을 마치 남의 일인 것처럼 행동했다. 스타벅스 커피 타령 할 상황이 아닌 것 같은데, 믿는 구석이 있어 그러는 걸까? 내 상식으로 도저히 납득이 안 갔다. 나라면 당장 갈 곳이 없다는 사실에 목구멍에 음식이 들어가지도 않을 것 같은데. 요즘 애들은 모든 일을 쉽게 생각한다던데, 그 말이 맞나? 아니면 내가 너무 예민한가? 스스로에게 의구심마저 들었다.

애들이 상가로 들어오는 소리가 들렸다. 미자와 제니가 떠드는 소리가 상가 복도 끝에서부터 들려오기 시작하더니, 어떤 얘기에 웃음이 빵 터졌는지 알 수 없지만 미친년들처럼 낄낄거리며 문을 열어젖혔다. 소리는 어떻게 참고 있지만, 터져 나온 웃음은 미자와 제니의 입꼬리가 귀에 걸리는 것은 막지 못하고 있었다.

"뭐가 그리 재밌어?"

미자는 제니 때문에 웃겨 죽겠다며, 그 잘난 스타벅스에서 사 온 커피를 공손히 두 손으로 나에게 넘겨주었다. 제니가 쿠키를 들이밀었다.

"언니, 이것도 먹어 봐요. 맛있어요!"

군것질에는 관심이 없다 보니 맛있다는 개념을 모르겠다. 다 먹고 나면 제니의 푸념이 시작될 것이 뻔하기에 미자한테는 피곤해서 좀 일찍 들어간다고 하자 미자가 아쉬워한다.

"많이 피곤해요?"

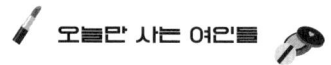

미자는 제니의 말을 같이 듣기를 원했다.

"좀 누워 있고 싶어!"

"너무 일찍 들어가는 거 아니에요? 제가 편하게 쿠션으로 자리 만들어 줄게요. 제니 얘기도 듣고, 언니가 조언이라도 해 줄 수 있는 건 좀 해 주세요. 네, 언니?"

미자를 알 수가 없었다. 왜 자꾸 자기 측근들 일에 나를 개입을 시키는지…. 그리고 남들 일에 왜 그렇게 오지랖을 떠는지. 제니가 버릇처럼 머리를 귀 뒤로 쓸어 올리며 마른기침을 하더니 얘기를 늘어놓았다.

앞서 말한 것처럼 제니는 남자가 집을 얻어 주고 생활비를 받아 가며 생활을 한다. 아슬아슬한 생활을 하면서도 품위유지는 확실하게 하고 있었다. 먹고 자는 것은 물론, 남자들이 주는 화대는 제니 치장에 소비하고 있었다. 차는 물론 외제 차이며 몸에 걸치는 것 들은 전부 명품이다. 아마도 제니는 일반 사람들에게 신분을 감추기 위해 무던히도 애를 쓰고 있는 모양이다. 돈 많은 남자를 만나기 위해 골프를 치고 돈 많은 남자를 만나기 위해 꾸미는 거 말고는 거의 하는 일은 없었다.

"오빠가 현금은 안 주고 생활비로 카드를 줘서 현금을 별로 모으질 못했는데, 갑자기 나가라고 하니까 어떻게 해야 할지 난감해요."

그렇게 말은 하지만 제니는 웃으며 간식을 먹느라 정신없었고

미자는 룸메이트 오빠를 욕하며 제니 편을 들어 주고 있다. 채영과 비슷한 처지였지만 채영만큼 걱정은 안 됐다. 제니는 아마도 이 같은 일들이 종종, 그야말로 비일비재하게 일어났기에 지금처럼 여유 있게 행동하는 것이 습관이 된 듯했다.

"미자야! 이럴 때는 어떻게 해야 해?"

딱히 제니에게 어떤 말도 해 주기 싫어 미자에게 의사를 물어보았다.

"제니가 방 얻을 때까지 우리 집에서 있기로 했어요."

굳이 나에게 상의할 것도 없었다. 제니의 처지를 나에게 알리고자 했던 건 내 집에 남아도는 방이 많아 혹시라도 방 하나를 제니에게 줄지도 모른다는 이 둘의 생각으로 날 개입시킨 것 같았다.

"그래도 한 살 차이라고 미자가 언니 노릇 제대로 해 주는데? 그래도 미자가 있어 제니는 든든하겠어."

일부러 미자의 공을 한 층 치켜세워 줬다.

"그러게요."

제니는 듣고 싶은 결과가 아니었는지, 힘없이 짧게 대답했고 미자는 말이 없었다. 분위기가 불편해 자리에서 일어났다.

"미자는 참 여러 사람한테 정말 잘해. 그래서 내가 미자를 좋아하나 봐. 난 퇴근한다!"

이때까지만 해도 미자를 그리 생각했다. 그때 그 순간 자리를 모면하려고 한 말이기도 했지만….

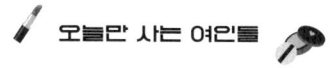

또 어떤 날은, 미자와 차를 마시며 매장에 관련된 얘기를 끝내자 미자가 속마음을 털어놓기 시작했다.

제발 가정사 얘기는 그만 좀 했으면. 내 삶도 어찌 보면 아직도 진행형이라, 누구에게 조언을 해 줄 만큼 정리된 것 하나 없었다. 이런 나에게 물어본들 정확한 답도 없는 것을, 왜 그리도 자기네 일들을 나와 함께하려 하는지 듣기도 싫었다.

시댁하고 인연을 끊고 나서야 지금까지 시엄마에게 빌려준 돈을 되돌려 받고 싶다고 한다. 어찌했으면 좋겠냐고 물어보는 미자에게 딱 잘라 '개입하고 싶지 않다'고 말하고 싶지만, 냉정하게 굴 수도 없어 어쩔 수 없이 미자 말을 경청해 주었다.

"시엄마와 금전 거래는 언제부터 했는데?"

"내림굿을 받을 때부터요. 금전 요구를 시작하더니 그때 퇴직금은 이미 바닥이 났고, 친정엄마가 죽으면서 빌라 한 채를 넘겨주면서 동생하고 아빠하고 나누었어요. 내가 돈이 있다는 걸 알고 금방 갚는다고 부탁해서 빌려 드렸는데 갚을 생각을 안 해요. 내 돈은 몰라도 우리 엄마 돈은 꼭 받아야겠어요."

"굳이 지금에 와서 금전 얘기하는 건 상황을 더욱더 악화시키는 것 같은데…?"

내가 이상하다는 듯이 고개를 갸웃해 보였다.

"지금까지 가만히 있다가 갑자기? 내 옆에서 일하고 있는 걸 시댁 식구들이 뻔히 알고 있는데…. 네 말에 어떤 대답을 해야 할지

사실 판단이 잘 안 서네? 지금의 분위기로 잘못 얘기했다가는 내가 조력자가 되는 기분인데? 시댁에 돈 빌려준 사실을 남편도 알아?"

"다 알아요."

"그럼 남편하고 상의하는 것이 맞는데?"

"아이고, 애 아빠는 그쪽 사람들하고는 말도 섞지 않으려고 해요."

"너는 어떻게 하고 싶은 건데? 구체적으로 생각해 놓은 것이 있는 거야…?"

"전 돈만 받으면 돼요. 그래서 말인데요, 어떻게 해야 받을 수 있을지 언니 말을 듣고 싶어요."

가지가지 하고 있는 미자. 사람을 불편하게 하는 것도 재주인 것 같았다.

"그쪽 사정도 있는데 혹시 갚을 의향이 없었는데 갑자기 요구하면 반감을 살 수 있어. 신랑하고 상의해서 전화로 얘기하기 껄끄러우면 내용증명부터 보내는 것이 좋을 것 같은데."

미자가 잠깐 생각에 잠긴다.

"내용증명이 뭐예요?"

말문이 막혀 말이 안 나왔다. 이러니 시댁 식구들이 미자 돈을 아무 생각 없이 갈취할 수 있었던 같았다.

"정말 너에게 돈을 빌렸는지 그쪽에서 인정을 하고, 얼마를 빌렸는지 언제까지 변제할 것인지 문서로 증거를 남기는 거야! 법무

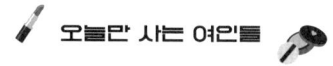

사 가서 해 달라고 하면 돼."

미자가 처음 들어본 말인지 나를 한참을 바라보다 말한다.

"이런 것도 언니가 있어서 알게 되네요."

이런 얘기를 미자와 나누고 얼마 후 가사(袈裟)를 입은 스님이 당당하게 문을 열고 매장 안으로 훅 들어왔다. 스님치고는 인물이 잘생긴 데다, 떡 벌어진 덩치에 키도 커서 꼭 거인이 소인국에 들어오는 느낌이 들었다. 절에서는 알아주는 스님이라고 들은 바가 있었다. 미자의 시아버지라는 걸 단박에 알 수 있었지만 거리를 두기 위해 모르는 척 무슨 일로 오셨냐고 묻자, 미자 시아버지라며 말이 끝나자마자 당당하게 자리에 앉아 버렸다. 어처구니가 없었.

절에서는 대단한 사람이라고 대우를 얼마나 받았는지, 거만한 행동이 몸에 배어 있었다. 내 매장에서도 거들먹거리는 것이 한마디로 재수가 없었다. 민간인한테도 그런 행위가 먹히는 줄 착각에 빠져 있었다. 보기 좋게 속세라는 걸 바로 증명해 보여 주었다.

"조 실장하고 약속은 하고 오셨나요? 어르신이 앉아 계시면 매장에 오시는 고객님이 불편하실 것 같은데, 죄송하지만 옆에 커피숍에서 기다리시면 좋을 것 같은데요? 조 실장은 금방 올 거예요."

당황하는 모습이 역력했다. 시아버지 보는 앞에서 미자에게 전화를 걸었다. 시아버지라는 사람이 매장이 왔으니 빨리 오라고 말했다. 미자가 살 수가 없다며 한걸음에 매장으로 달려왔다.

"여기가 어디라고 오셨어요? 여기는 엄연히 제 직장이에요!"

미자가 시아버지에게 앙칼지게 쏘아붙였다. 미자가 시아버지를 모시고 나가 버렸다. 갑자기 시댁 사람들이 아무것도 모르는 애를 내가 부추기는 모양새로 볼까, 그래서 불똥이 나에게 떨어질까 한 걱정되었다.

괜히 알려 주었나 싶은 생각도 들었지만 내가 미자를 아끼는 건 사실이기에 미자 혼자 골머리를 썩고 있는 것이 안쓰러웠다. 그저 미자가 잘되었으면 하는 바람이었다.

3.

　　매장을 오픈한 지 2년이라는 시간이 흘렀다. 약속한 대로 미자는 나의 손과 발이 되어 주었다. 보상이라도 하듯이 미자에게 월급 말고도 되도 않는 명분을 만들어 보너스도 두둑하게 챙겨 주었으며, 바퀴벌레 기어 다니는 오래된 빌라에서 아파트로 이사까지 하게 되었다. 평수는 작지만 세 식구가 살기에는 부족함이 없었다. 바퀴벌레 소굴에서 나온 것만이라도 미자에게는 더 이상 바람도 없을 것 같았다.

　　2년 동안 상춘에서 매장을 운영하다 보니 서울에 나가는 일이 거의 없었다. 남자친구 용희가 보고 싶어졌다. 서로 바쁘다 보니 전화통화로만 안부를 알 수 있었고 혹시라도 다른 여자 친구가 생겼는지도 궁금하기도 했다.

　　"잘 지내고는 있는 거야? 생각나서 한 번 연락해 봤어. 보고 싶기도 하고…."

　　용희는 보고 싶다는 말에 반색을 하며 자기도 보고 싶다고 한다.

　　"소원아! 서울에 한번 올라와!"

　　"그렇지 않아도 내일 너 보러 갈까 하는데 괜찮아?"

　　"당연하지! 소원이가 오는데 안 괜찮을 것이 뭐가 있어?"

　　"말이라도 그렇게 해 주니 고맙네? 내일 아침 일찍 출발할 거야!

내일 보자."

2년을 보지 못한 용희한테 혹시라도 변화라도 생겼을까 내심 신경이 쓰였다. 아침 일찍 일어나 한껏 멋을 부리고 매장으로 출근했다. 미자가 적잖이 놀라는 눈치였다.

미자에게 보이는 모습은 항상 차분하면서도 무기력했는데, 틀에서 벗어난 내 모습을 처음 본 것이다.

"오늘은 화장까지 하고 나오셨네요? 어디 가세요?"

"서울 갔다가 내일 오후쯤 도착할 거야."

"누굴 만나러 가요?"

너무 같이 있다 보니 사생활까지 알려고 꼬치꼬치 캐묻는 미자가 조근씩 신경이 쓰이기 시작했지만 아무렇지 않은 듯 웃어 보였다.

"상춘에만 있다 보니 친구들 얼굴 잊어버리겠어. 어제 통화했는데 서울에 한번 다녀가라고 하도 성화길래, 말 나온 김에 다녀오려고! 언니 보고 싶어도 참고 있어!"

우리가 각별한 사이라는 걸 표현해 주자 미자는 웃으며 주차장까지 배웅해 주러 나왔는데, 미자는 머리부터 발끝까지 한껏 멋을 부린 나에게서 눈을 떼지 못했다. 흔히들 부의 상징이라고 젊은 애들이 말하는 외제 차를 모는 내 모습을 목석처럼 서서 부러운 듯이 지켜보는 미자가 룸 밀러 거울에 비쳤다.

그 모습이 꼭 엄마를 기다리는 모양새였다.

얼마 만의 외출인가? 용희를 본다는 마음에 잠깐 야릇한 감정에 가속페달에 발을 올려놓았다. 내가 도착하자 용희는 기다렸다는 듯이 운전석에서 나를 내리게 하고 용희가 운전하며 예약해 둔 한정식 식당으로 데려갔다.

"소원이 너는 입이 참, 촌스러워. 생긴 거는 양식 스타일인데 말야? 근데 사실 나도 한식 좋아해. 어쩌면 너와 맞는 구석이 많아서, 그래서 네가 좋은가 봐."

용희는 그렇게 말하며 킥킥 웃어 댔다.

그리고 용희와 나는 말이 필요 없었다. 한정식 식당에서 밥을 먹자마자 미리 예약해 두었던 호텔로 향했다.

누가 먼저 말할 것도 없이 한 몸이 되어 상대방을 몸을 확인했다. 어떤 놈이, 어떤 년이 스치고 지나갔는지 서로의 몸을 탐색하며 진한 사랑을 나누었다.

늘 그랬던 것처럼 몇 날 며칠을 밖으로 나오지 않고 호텔 안에서 모든 걸 해결했다. 그리고 어찌 지냈는지 서로 근황을 물어보는 것도, 술을 마시며 수다 떠는 것도, 용희와 같이 있는 시간도 매번 달라지지 않는 만남의 행위도…. 같이 있으면 만날 때마다 매번 처음 같은 느낌이었다. 아마도 같이 살지 않아서 이런 감정을 갖고 있는지도 모른다.

"너, 다른 남자 생겼어?"

"아니. 넌?"

"마음에 드는 여자가 없어. 아직까진 너만 생각하고 있어!"

"웃기고 있네. 넌 장사는 잘되니?"

"요즘 경기가 안 좋아. 매출이 예전만큼 좋지가 않아. 넌? 가게는 어떻게 하고 서울에 올 생각을 다 했어?"

"어느 정도 기반이 잡혀서…. 이젠 내가 없어도 미자라는 아이가 잘하고 있어서, 혼자 있는 시간이 많아지니 갑자기 네 생각이 나더라. 상춘에서는 매장, 집, 외에는 밖에 돌아다니질 않으니 무력하기도 하고…. 너라도 있어서, 갈 데가 있어서 얼마나 다행인지. 참, 준우는 잘 있니?"

"그 자식 집에 문제가 좀 있어서 그만두었어!"

"그럼 혼자 하는 거야?"

"준우가 가져간 지분 대신 다른 동생이 지분을 채우고 같이 일해. 나보다 어린데 같이 일하고 있지. 우리와 같은 연배라 내가 없어도 알아서 잘해. 임장빈이라고, 우리 가게 오게 되면 소개해 줄게!"

"이름이 우리보다 세련미가 있다? 우리 연배라면 그런 이름 갖는 것이 흔하지 않은데 말이야! 이름만큼 얼굴도 잘생겼어?"

"잘생겼으면…?"

"잘생겼으면 만나 볼까?"

"되지도 않는 소리 하지 말고?"

"왜? 질투하는 거니?"

용희는 어이없다는 표정으로 웃고 있었다.

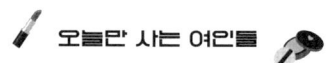

"그런데 용빈인지 원빈인지…. 임장빈 그 친구는 믿을 만한 친구야?"

"응, 집안이 있는 집 자식이라 그런지 배포도 있고, 세상 물정도 알고, 말이 필요 없는 동생이야. 그런데 몸이 좀 안 좋아. 수술까지 했다고 들었는데 딱히 어디 아픈지는 말을 안 해 주던데? 말 안 해도 어디 아픈지 짐작은 가…. 걔는 술을 너무 좋아해!"

"이런! 지금은 괜찮아?"

용희 말에 의하면 집이 부유하다 보니 흥청망청 살다 바닥까지 곤두박질 하향세로 내려가 산전수전 안 좋은 일들을 겪고, 지금은 제대로 살아 보겠다고 마음먹고 용희와 같이 일을 하고 있다고 한다.

정신 차렸을 때는 이미 삶에 회의를 느꼈을 것이다. 용희 말로는 이혼까지 강행하는 바람에 정신적으로도 많이 힘들어하고 있다고 한다. 용희와 같이 일은 하고 있지만 돈에 굶주림 없이 살던 임장빈. 세상이 얼마나 힘들고 녹록지 않은지, 그리고 지금 같은 생활을 할 거라고는 아마도 상상조차 못 했을 것이다.

이런 얘기를 들으면 측은하다는 생각보다는 배알이 꼬여 '나하고 무슨 상관? 그러게 있을 때 잘하지.'라는 말로 모른 체하게 된다.

지금껏 살아오며 쌓인 내 속의 부정적인 불신 덩어리가 딱딱하게 뭉치고 굳어서, 측은지심이나 감정적 동요 따위는 애저녁에 버리고 산 지가 오래되었다.

더욱이 남자이다 보니 딱한 사정을 듣고도 별로 감흥이 없었다. 동화책의 결말은 '행복하게 오래오래 잘 살았다'며 해피 엔딩으로 끝이 난다. 유년 시절에는 이 말을 믿었다. 나중에는 나도 행복하고 오래오래 잘 살 줄 알았다. 하지만 어른이 되어서야 알았다. 지금의 자본주의 사회에서 그런 단어는 없다는 것을. 정말 죽을 때까지 행복하게 사는 사람이 몇 명이 될까? 아니, 그런 세상은 없다. 임장빈 스토리만 들어도 알 수 있듯이 돈이 많으면 많아서 탈이 생기고 없으면 없는 대로 괴로울 것이다. 그저 일어나는 일들을 어떻게 풀어야 할지, 죽을 때까지 우리들은 숙제를 하며 버티는 것이다.

* * *

용희와 진한 밀회를 즐기고 헤어짐의 아쉬움을 뒤로한 채 상춘으로 내려왔다.

매일 같은 시간에 출근하고 점심을 먹고, 근사한 카페에 가서 먹기도 싫은 쓰디쓴 아메리카노 커피를 마시고…. 이 과정이 끝나야 오후 4시가 되면 퇴근할 수 있었다. 매장에서의 연장을 잠시나마 회피하고 싶어 나만의 세계에 빠져 술 마시며 글을 쓰고 나서야 우울증약과 수면제를 보약이라도 되는 것처럼 입안에 털어 넣고 깊은 잠에 빠지는 것을 유일한 낙으로 삼아 생활을 지탱하고 있었다. 보고 싶지 않은 얼굴들, 말조차도 안 하고 싶은 사람들을 외면하고 싶어 잠으로 지우려 해도 꿈에서도 현실을 연장이라도 하듯이 괴로움에 지쳐 결국은 일어나게 만든다. 늘 같은 시간 새벽에 커피믹스를 마신다. 꿈에 나타나는 인연들을 담배 연기에 지워 버리고 싶은 마음에 담배를 더욱더 깊이 빨아 댔다. 점점 은둔생활에 나도 모르게 젖어 가고 있었다.

딸이 결혼을 한다며 정심이가 청첩장을 건네주었다. 나보다 한참 어려 보이는 정심이는 아직까지도 너무 앳되어 보였다. 시집갈 딸이 있다는 것이 도저히 믿기질 않았다. 도대체 매치가 되질 않았다.

"시집갈 정도로 큰딸이 있었어? 정심아! 큰딸이 몇 살인데?"

"큰애는 스물다섯, 작은애는 스물이에요. 큰딸 남자친구가 결혼을 서둘러서 갑자기 날을 잡아서 어쩔 수 없이 하게 됐어요. 큰딸 결혼시키면 남편하고 이혼할 거예요."

밑도 끝도 없는 말들을 아무렇지 않게 던지는 정심이. 도대체 이해하려고 해도 이해 가지 않는 이들…. 알고 싶지도 않은 말들을 왜 들어야 하는지, 내 매장에까지 와서 표현을 하는지 점점 짜증이 밀려온다.

"경사스러운 날 잡아놓고 웬 이혼 타령?"

"애들 때문에 지금까지 참고 살았는데, 꼴도 보기 싫어요. 지금까지 제대로 된 생활비 받아 본 적이 없고, 지금까지 애들 키웠으면 감

사하게 생각할 줄도 모르고, 사람 무시나 하고…. 나이 차이가 많이 나서 같이 다니면 아버지와 딸이라 생각해요. 이혼 안 하는 것만으로도 다행인 줄 알아야 하는데, 그걸 몰라요."

어떤 상황인지 파악할 수 있었다. 정심은 친구들과 어울려 다니는 것을 좋아하고 꾸미고 치장하는 것을 좋아하며 주말마다 여행을 다니는 것을 좋아했다. 미자와 같은 나이라 그런지 사람들과 어울려 노는 걸 좋아했다.

그러다 보니 나이 많은 남편이 이유 없이 얼마나 꼴도 보기 싫었으면 이혼을 입에 달고 얘기한다. 청첩장을 보니 식장이 천안이었다. 데면데면 보는 아이인지라 식장에 간다는 건 애초에 생각지도 하지 않았다.

"미자가 대표로 가면 되겠네?"

내 말을 듣자 정심이가 성을 내기 시작했다.

"미자가 와서 뭐 해? 언니가 와야지! 언니 안 오면 다시는 언니 얼굴 안 볼 거야!"

정심이가 이래 말해 놓으니 미자가 할 말을 잊고 내 눈치만 힐끗힐끗 보고 있었다. 정심이 아직까지 내 성격을 미자에게 듣지 못한 것 같았다. 미자가 먼저 나의 의중을 얘기해 버렸다.

"언니는 상춘에서는 멀리 나가는 걸 싫어하셔. 듣는 내가 기분 나쁘네? 왜 사람 차별하고 그래!?"

미자가 버럭 화를 내는데도 정심이는 굴하지 않고 표현을 하고 있었다. 애교인지 협박인지 반강제로 투정을 부리고 있다.

"싫어, 싫어, 언니가 꼭 와야 해!"

도대체가 여기 애들은 배려라는 걸 물 말아 먹었는지, 상대방 의견은 생각지도 않는다. 저러다 미자와 정심이 싸우기 일보 직전이었다.

"기집애야, 내가 안 가면 밥값 절약되고 좋지 뭘…. 아는 사람도 없고 내가 가면 네가 신경이 쓰이지 않을까?"

되지도 않는 변명을 늘어놓았다.

"아니야. 소원 언니가 꼭 와 줘야 해!"

"왜, 내가 꼭 가야 하는 이유라도 있는 거야?"

"우리 딸 결혼은 언니가 와서 축하해 줘!"

되지도 않는 말을 지껄이고 있는 정심이는 내가 오는 것이 중요한 것이 아닌 걸 알고 있었다. 이참에 큰딸 결혼식으로 인해 한몫 단단히 챙길 욕심이라는 것도 알고 있었다. 상춘에서 미자와 지내다 보니 눈에 보이지 않았던 것들이 조금씩 나에게 보이기 시작했다.

"소원 언니, 꼭 와야 해? 안 오면 삐질 거야!"

단단히 약속이라도 한 듯 확답을 듣고서야 휑하니 나가 버렸다.

어이가 없어 미자에게 물었다.

"정심이 오늘따라 오버를 하니? 내가 정심이하고 썩 친한 것도 아닌데?"

"모르겠어요, 저도…."

미자는 정심이 때문에 기분이 상해 있어 좋게 말하지는 않을 것 같았다.

"쟤는 왜 큰일 앞두고 자꾸 이혼 얘기를 꺼내는 거야?"

"보면 몰라요?"

직업이 무당인지라 점사 치는 것처럼 정심이 옆에 남자가 보인다고 떠들어 댔다. 믿거나 말거나 관심은 없었지만 "정말?" 하고 놀라는 척 맞장구를 쳐 주었다.

"밤마다 매일 남자들하고 술 마시는데, 뻔하죠?"

좀 전에 정심이 한 말에 복수라도 하는지, 때를 기다렸다는 듯이 정심이 행동거지에 적나라하게 비난을 쏟아붓고 있었다.

"미자야! 어떻게 네 주변은 바람 잘 날이 없는 거야?"

미자는 대답이 없었다. 아마도 이 말조차도 귀에 거슬렸던 모양이다.

***

정심이 신신당부한 날이 다가왔다.

사람들이 너무 많아 현기증이 날 지경이었다. 주변에 이혼한다는 사람은 많이 봤어도 백년가약을 하겠다는 커플들이 이렇게 많을 줄 몰랐다. 꼭 공장에서 찍어내는 듯한 신랑 신부들 천지였다.

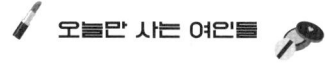

미자가 정심이를 찾아내어 나를 인도했다. 앳된 얼굴로 업스타일 머리를 하고 한복을 입고 있는 정심은 평상시 하고 다녔던 화려함은 없어지고 왠지 모르게 초라하고 촌스러워 보였다.

아마도 옆에 서 있는 남편이 정심이를 더욱더 초라해 보이게 만드는 듯했다. 정심이 말대로 남편은 키도 작고 아저씨는커녕 할아버지에 가까워 보이는 수준이었다. 내가 봐도 같이 다니기에는 창피할 정도로 늙고 초라해 보였다.

남편을 보고서야 정심이가 왜 자꾸 이혼을 입에 달고 사는지 알 수 있었다. 정중하게 인사를 하고서야 남편이 정심이에게 귓속말로 속삭였다. 내가 궁금했는지 물어보는 것 같았다.

"제일 친한 언니 옷 가게 사장님!"

다시 한번 정중하게 인사를 했다. 친척 결혼식에도 안 가는 나였기에 이 자리가 낯설고 어색하기가 그지없었다. 무어라고 말할 줄 몰라 간단하게 고개 숙여 묵례로 일축했다.

이런 자리에 오래 있지 못하는 나를 알기에 미자는 바로 식당으로 인도하며 자리를 잡아 나를 앉게 했다.

"언니는 가만히 계세요. 이것저것 알아서 챙겨 올게요!"

음식을 가지러 가는 동안 사람들을 구경했다. 북새통이 따로 없었다. 미자가 이것저것 잔뜩 챙겨 와 들이밀었다.

"언니, 축의금 낸 만큼 많이 드세요. 저는 아직 멀었어요. 여기 음식들 전부 맛은 볼 거예요!"

빈정 상했던 그날 작정을 했었는지, 뷔페 음식은 맛이 없다며 투덜대면서도 수없이 왔다 갔다 하고, 밥 먹다 말고도 누군가를 만나 수다 삼매경에 빠져 좀체 자리로 올 생각을 안 한다. 그날은 유난히도 짜증이 밀려왔다.

"미자야! 처음으로 물어보는 건데, 도대체 왜 시댁 쪽하고 사이가 틀어진 거야? 전에 보니까 시엄마, 시엄마 하며 늘 같이 다니며 사이가 좋은 줄 알았는데?"

"언니, 생각을 해 봐요. 시엄마 나이가 언니하고 같은 나이예요. 시아버지는 스님이고요. 저번에 한 번 봤잖아요? 인물값 하느라 여자들이 서로 같이 살겠다고 그런 난리가 없어요."

갑자기 생각하니 열이 뻗쳤는지, 미자가 숨도 쉬지 않고 떠들기 시작한다.

"서로가 좋으면 동거만 하고 사는 집구석인데 갑자기 저희보고 결혼식을 하라고 어찌나 성화인지 어쩔 수 없이 식을 올리게 됐어요. 배가 만삭이라 드레스 맞는 것도 없는데도 반강제로 시키더라고요. 전 정말 하기 싫었어요. 우리는 식이 끝나고 식당에서 밥 먹은 것이 끝이었어요. 신혼여행은 고사하고 축의금 들어온 돈은 전부 시엄마, 시아버지가 착복하고 만 원짜리 하나 못 받았어요. 제 쪽도 마찬가지로 식도 다 끝나기 전에 친정엄마가 축의금을 전부 챙겨 가서 식대가 모자라 제 돈으로 채워 넣었어요. 생각해 보면 시엄마 시아버지가 한참 돈이 궁해지자 우리를 이용해 한몫 챙긴 거죠!"

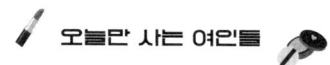

답답한 표정으로 물을 한 모금 들이켜고 탁 내려놓는다.

"도련님도 여자친구가 생기자 바로 결혼식을 강행하더라고요. 우리와 똑같이 할 줄 알았는데, 신혼여행까지 보내 주면서 경비까지 챙겨 주는 걸 보고 빡이 쳐서 그때부터 연을 끊었어요!"

"얼마나 줬길래 미자가 이렇게 화가 났을까?"

"백만 원이요!"

"백만 원 때문에 연을 끊는다고?"

"언니! 저에게는 아주 큰 돈이에요! 아이 분유 살 돈이 없어서 밥을 끓여서 먹인 적도 있었어요! 그때는 너무 힘들었는데, 그걸 보고도 십 원짜리 하나 도와주지 않더라고요. 식이 끝나면 단 얼마라도 보태 줄 거라 생각해서 저도 마다하지 않고 식을 올린 거죠. 그때 애 아빠도 저도 신용불량자라 매일 같이 빚 갚으라는 전화 오는 것도 미치겠는데, 시댁으로 인해 그렇게 됐는데도 미안하다는 말도 한마디 않고 임신한 몸으로 전화받는 것이 힘들다고 핑계를 대라고 시키더라고요! 시엄마가 시키는 대로 지금까지 살아왔는데… 언니 같으면 가만히 있겠어요?"

"네 얘기 들어보니 이해가 가네. 근데 애 아빠와 헤어지지 않는 이상 언젠가는 볼 날이 있을 건데, 나중에 괜찮겠어?"

"전 지금이라도 저에게 방해가 되는 것들은 뭐가 됐든 비방을 치는 한이 있어도 옛날로는 절대 돌아가지 않을 거예요. 언니를 만나고 나서야 제가 얼마나 바보같이 살았는지 알게 됐어요."

미자가 말하는 내내 불편하다 못해 귀에 거슬렸다. 말을 할 때마다 왜 나를 끼워 넣어 이런 얘기를 하는지 부담감이 밀려왔다. 그리고 묵묵히 나를 보며 말하는 동안 미자 눈빛이 섬뜩하게 더욱 더 가늘어져 있었다.

잠시나마 이들에게서 벗어나고 싶다는 충동이 치밀고 올라왔다.

예쁜 미모와 몸매로 하루하루를 외줄을 타고 있는 제니.

바람난 남편에게 복수라도 하듯 맞바람을 피는 세희.

돌싱으로 아이 둘을 키우며 악착같이 살아가는 채영.

어린 나이에 나이 많은 남편을 만나 펼치지 못한 날개를 지금에서 펼쳐 보려고 하는 정심.

토박이라 상춘에서 일어나는 사건 사고는 뭐든 알고 있으며, 십 원짜리 하나 남에게 베풀지 못하는 도희.

무속인의 길을 가고 있으면서도 오지랖을 업으로 생각하는지 도통 마음을 알 수 없는 미자.

그 밖의 미자로 인해 많은 사람을 만났다. 그들의 처지도 별반 다름없었다. 모이기만 하면 이야기의 주제는 늘 똑같았다. 시댁, 남편, 육아, 명품… 이들이 모이면 내 존재는 어디에 포커스를 맞추어야 할지…. 퇴근할 때까지 입에서 단내가 나도록 함구하고 경청만 해야 했다.

이런 생활은 매장을 접지 않고서는 끝이 보이질 않았다. 지금의 내 처지는 미자가 그린 그림 속 일부의 하나라고 자꾸 생각이 들었

고, 언제부터인지 알 수 없지만 이런 느낌이 들 때부터 미자가 불편해지기 시작했다. 미자 말과 행동에 어쩔 수 없이 수긍해야만 하는 나, 무언의 압박을 받고 있었다.

처음 느꼈던 고마움이 어느 순간 배려보다는 부담으로 변질이 되어 버렸다. 또한 미자 주변 사람들로 인해 상춘 생활에 점점 답답함이 밀려왔다. 조금도 변함없는 상춘의 여자들, 우물 안 개구리처럼 본인 얘기들이 다 맞는 것이고 모두가 전문 분야에 박사들이었다. 그리고 이들은 변함이 없었다.

내 눈에는 모든 주제가 살면서 기본적으로 다 아는 얘기들이거늘, 그럼에도 다음날 약속이라도 한 듯 다시 같은 얘기를 반복하며 처음 듣는 것처럼 리액션하는 모습들에 점점 소름이 돋았다.

그 모습들을 매일같이 보면서 답답함이 서서히 내 몸에 안착되는 것을 느끼며 벗어나야 한다는 생각밖에 들지 않았다. 잠시나마 정착하고 싶었던 초심은 어디로 갔는지 또다시 불안을 느꼈다.

4.

　미자와 같이 지냈던 지난 4년이 무색할 정도로 눈 깜짝할 사이에 시간이 흘러 버렸다. 잠시나마 상춘을 떠나 이들 눈에서 멀어지고 싶었다. 나를 반겨 줄 사람은 있는지 생각해 보니, 단 한 명도 떠오르는 사람은 없었다. 얼굴만 보면 죽는소리와 돈 빌려 달라는 친인척은 물론, 아버지마저도 연을 끊으려 애쓰고 있는 중이다.

　그러다 보니 갈 곳이 없었다. 처음으로 누군가에게 기대고 싶다는 생각이 들었다. 지금 내 처지가 처량해 보였다.

　"용희야! 잘 지냈어?"

　"나야 잘 지내지! 무슨 바람이 불어서 전화를 다 했어?"

　"넌 요즘 어떻게 지내?"

　"똑같지, 뭐!"

　"놀러 가도 되니?"

　"당연하지, 소원이가 온다는데 없는 시간도 만들어야지. 언제 올 건데?"

　"내일…? 괜찮아…?"

　"출발할 때 전화해…!"

　이유 묻지 않는 당연하다는 말에 천하를 다 얻은 기분이었다.

사실 전화하기 직전에 고민을 한참 했었다. 혹시라도 여자친구가 생겼을까 봐, 그래서 연락이 안 될까 봐 한걱정을 했었다. 용희를 볼 수 없다면 고등학교 동창밖에 없었다. 이년들은 돈 많은 친구라고 주변에 자랑까지 하고 다녔는데 갑자기 나타나서 힘들다고 얘기해 본들 이해 못 할 것이 뻔하고도 남았다.

"지금의 우리 처지를 봐, 너는 돈이라도 있지! 우리 처지를 보면 그런 말이 나와? 야! 복에 겨운 소리 그만하고 술이나 마셔."

훈계하듯이 잔소리와 더불어 술로 마무리할 것이다.

눈을 뜨면 친구들은 온데간데없고 식탁 위에 메모지와 해장국이 늘 기다리고 있을 것이다. 이런 모양새가 싫어 용희한테 먼저 전화를 한 것이다. 다행히도 싫은 내색 안 하고 바로 오라는 소리에 처음으로 미소가 지어졌다.

"응, 출발할 때 전화하고 출발해. 그래야 시간을 비워 두지…?"

전화를 끊자 지끈거리며 두통이 오기 시작했다. 누군가가 뇌를 쥐어짜는 것처럼 수축과 팽창이 반복적으로 이어졌다. 진통제와 수면제로 마음의 평온을 찾기 위해 잠들려고 애를 썼다.

상춘의 여자들을 만난 것을 애써 외면하고 싶었다. 아마도 정신 차리라는 뜻으로 뇌의 흐름에 잠깐 마비가 온 것 같았다.

용희를 만나러 가는 동안 들뜬 마음으로 상춘 사람들을 잊으려 애썼다. 운전대를 얼마 만에 이렇게 세게 움켜잡았는지 감도 오지 않고, 무슨 이유로 서울에 가는지 백지상태가 되어 죽기 살기로 운

전하는 데만 몰입하고 있었다. 호텔이 눈에 보이자 안도의 한숨이 나왔다.

이런 내 모습에 어이가 없어 피식 웃음이 절로 나왔다. 목적지만 생각하느라 무슨 마음으로 서울에 왜 왔는지 잠깐 잊고 있었다.

덩그러니 혼자가 되어 나만의 공간이 생기자 더욱더 공허함에 떠밀려 객실 안이 휑하다 못해 넓게만 느껴졌다. 밤인지 낮인지 구분이 안 될 정도로 커튼으로 모든 유리를 차단시켰다.

벌건 대낮인 걸 부정하고 싶었다. 미니바에서 맥주와 땅콩을 꺼내 벌컥벌컥 들이켰다. 빈속이라 그런지 목에서 위까지 맥주가 흘러 들어가는 것을 고스란히 느낄 수가 있었다. 맥주를 들이켜고 있는 지금의 내 모습…. 얼마 만에 가져 본 혼자만의 시간인지…. 미자가 우리 집에 오고 나서부터 거의 혼자 있어 본 적이 없었다.

호텔에 도착했다는 메시지를 용희한테 남기고 친구가 오기만을 기다렸다. 안 하던 장거리 운전에 피곤이 밀려왔다.

* * *

꿈속인지 현실인지 알 수 없었다. 혼신을 다하여 기도하다 말고 눈을 떠 보니 미자는 나에게 무언가 지시하고 있었다.

"언니, 최근에 입었던 속옷 좀 가져오세요."

"왜…?"

"언니 하는 일이 잘되라고 액막이를 하고 있어요."

"난 종교가 없어. 그리고 미신 같은 건 믿지도 않을뿐더러, 난 나 자신을 믿기 때문에 굳이 나를 위해 의식 같은 건 안 해 줘도 되는데…?"

"언니 눈에는 제가 하는 일이 우습게 보일 거예요. 나름 언니만을 위해 정성 들여 기도하고 있는 거예요. 제가 언니에게 보답할 수 있는 건 이거밖에 없어요."

미자가 너무 진지하게 나와 반박을 할 수 없었다. 이런 의식 같은 건 믿지 않아도 나만을 기도한다는 말에 찜찜했다.

"아, 그래? 꼭 최근에 입은 속옷이어야만 하는 거야? 창피한데…?"

"언니는 저에게 특별한 사람이라 해 주는 거예요. 다른 사람들은 해 달라고 성화를 해도 매장 일 때문에 시간이 없어서 못 해 주고 있어요."

매장이라는 단어가 튀어나오자 심기가 불편하다 못해 미자가 정말 나를 위해 기도를 하는지 의심스러웠다. 갑자기 장면이 바뀌었다. 내가 미자와 함께 산에까지 올라와 있었다. 왜? 내가 의식을 치러야 하는지 영문을 몰랐다. 주위를 둘러보아도 칠흑 같은 어둠 속에 다른 사람들의 흔적을 찾아볼 수도 없었고, 촛대에 켜 있는 불빛을 통해 여기가 산이라는 것을 알 수 있었다. 그리고 맹렬하게 기도하는 미자…. 처음 보는 광경이 왠지 미자가 낯설다 못해 으스스해 보였지만, 아무렇지도 않아 보여야만 할 것 같았다.

여름인지 겨울인지 알 수 없었다. 한복을 차려입은 미자는 바람 때문에 미친년처럼 산발한 머리카락이 눈, 코, 입에 강력 접착제로 붙여 놓은 것처럼 딱 달라붙어 숨이 막혀 죽을 것만 같은데도 개의치 않고 기도하는 데만 열중하고 있었다.

어쩌면 지금까지 기도한 것들이 허사가 되어 기도발이 떨어질까 우려하는 모습처럼 보였다. 평소라면 내 손이 저절로 미자 머리를 정돈해 주었을 것이다. 하지만 어째서인지 예전처럼 해서는 안 될 것 같은 분위기였다. 아니, 미자 자체를 만지기도 싫었다. 어떠한 핑계를 대서라도 지금 의식을 하는 미자의 행동을 멈추게 해야만 할 것 같았다. 나를 위해 액막이를 한다 했지만 지금 분위기로 봐서는 나에게 저주를 내리기 위해 기도하는 모습처럼 보였다.

"미자야! 너무 추워. 그 정도 했으면 그만하고 내려가자, 응?"

"안 돼요!"

미자는 단호했다.

"왜…?"

"기도라는 것이 빈다고 다 이루어지는 것이 아니에요! 시간과 때가 있어야 해요. 언니를 위해서 오늘 날 잡은 거예요. 오늘 해야만 해요. 그리고 집에 가서 속옷 가져오세요!"

미자가 너무 단호하게 말하는 바람에 무섭기도 하고 화가 났다. 나에게 의논조차 하지 않고 멋대로 구는 것이 무례하다 못해 감히 명령조로 말하는 것이 불쾌했다. 짜증이 밀려오면서도 그래도 감정을 억눌렀다. 나를 위해 기도해 준다는 것을 무시할 수 없었다.

"네 마음 충분히 알 것 같아. 나를 생각해 준다는 것만으로도…. 이 정도 기도했으면 동자님도 이해하실걸?"

불편한 마음에도 애써 아무렇지 않아 보이기 위해 마음에 없는 말을 했다. 그리고 미자의 표정을 읽기 위해 얼굴을 쳐다보았다.

한 번도 본 적 없는 표정, 지금까지 내 옆에 있었던 미자가 맞는가 싶었다. 머리부터 발끝까지 소름이 돋았다. 눈은 더 찢어져서 나를 째려보고 있었다. 그나마 얇은 입술마저 없어진 상태였다.

이런 상황이 왜 나에게 일어나는지 알 수 없지만, 지금으로서는 이것저것 알고 싶지 않고 무조건 도망치고 싶은 심정이었다.

"지금까지 언니가 지시하셨던 모든 일에 군말 없이 저는 따라 주었어요. 이제는 제가 언니를 위해 뭐든지 케어해 줄게요. 지금은 제가 시키는 대로 해 주세요."

도대체 미자가 말하고 싶은 것이 무엇인지 알 필요도 없지만, 지금의 상황은 미자를 빈정 상하지 않게 비위를 맞추는 것이 급선무라는 생각이 들었다. 그리고 피하고 싶었다.

"알았어, 지금 집에 가서 속옷 가져올까…?"

"이미 늦었어요. 언니 때문에 액막이는 다시 해야 해요. 언니를 위해 다시 날을 잡을 게요."

그 자리에서 도망을 치고 싶어도 미자가 주술을 걸었는지 발이

땅에 늘러 붙어 떨어지질 않았다.

"너 미쳤어? 나한테 왜 이러는 건데? 물심양면으로 널 돌봐 준 것밖에 없어. 이런 나한테 뭐 하는 짓이야!"

"언니가 나를 무시만 안 했어도 이런 일은 없었을 거예요!"

기가 막혔다. 도통 이해할 수 없는 행동들이 더욱더 나를 미치게 만들고 있었다.

"미친년이, 올챙이 적 생각은 안 하고 이만큼 사람답게 만들어 줬더니… 이런 식으로 사람을 갖고 노니?"

너무 무서워 울며 불며 고래고래 소리를 질러도 소리가 제대로 나오질 않았다. 억울하고 비통한 마음에 눈물만 쏟아 내고 있었다.

"소원아, 그만 일어나. 도대체 맥주를 얼마나 마신 거야?"

용희가 내려다보며 입가에 웃음을 지었다. 아무리 꿈이라도 왜 이렇게 기분이 더러운지 설명을 할 수가 없었다.

"언제 왔어? 네가 늦게 올 거 같아서 기다리기 무료해서 한잔했어!"

"온 지 한 시간 정도 됐을걸? 수면제 먹은 거야?"

"응."

"수면제 안 먹으면 안 돼? 술이랑 같이 먹으면 안 좋아."

"알아, 너무 오래 먹다 보니 내성이 생겨서 듣지도 않아. 그래서 가끔은 알면서도 약발 좀 받으려고 술이랑 같이 먹는 경우도 종종

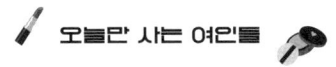

있어. 그러면 안 되는 거 알지만… 정말 깊이 잠들고 싶을 땐 어쩔 수 없이 이런 방법을 쓰지."

"무슨 일 있는 거야? 갑자기 온다고 들었을 때 좋기도 했지만 걱정되더라."

"일은 무슨 일, 시골에서 지내다 보니 무료하고 따분해서…."

솔직히 내가 지금 처한 사정을 전부 토해내고 싶었다. 투정이라도 실컷 부리고 싶었지만, 남자친구 또한 수장 자리에 있는지라 애로 사항이 많았을 것이다. 알기에 입도 벙긋 못 하고 있었다. 1박 2일은 왜 이리 빨리 가는지, 추억이 될 만한 거리도 없이 매번 아쉬움이 있었다.

어쩌면 이것이 용희와의 관계가 오래갈 수 있었던 비결이라고, 나름 그렇게 믿고 싶었다. 용희 또한 그러지 않을까 내 멋대로 생각하고 있었다.

상춘에 가야 할 시간이 다가오자 커다란 바위가 몸과 마음을 짓누르는 듯 몸이 무거운 느낌에 운전이 버거웠다. 꿈에서 본 미자의 이해 가지 않는 행동들 때문인지 알 수 없는 불안감에 선뜻 출발하지 못하고 안절부절못하고 객실 안을 서성거렸다. 그동안 마음 한쪽에 느꼈던 불안함과 이들을 신뢰하지 못하고 있는 나 자신을 되지도 않는 설정을 지어내며 신상을 볶고 있는 거라고 이해하려고 애쓰고 있었다.

혹시 용희가 더 있어 달라고 붙잡기라도 한다면 못 이기는 척하

고 있을 참이었는데, 아쉽게도 다음에 놀러 오면 재밌게 해 준다며 바쁜 일정을 장황하게 늘어놓고 있었다. 서로가 같은 오너로서 모르는 것은 아니었지만 약간의 서운함이 들었다.

 예정된 날짜 없이, 기약도 없이 언젠가 다시 만나기로… 약속하고 그렇게 상춘을 향해 내려가고 있었다. 서울로 가는 동안은 멀게만 느껴졌던 거리가 지금은 왜 그리 가까운지, 규정 속도로 가고 있는데도 상춘이 다가오고 있었다. 또다시 무거운 바위가 가슴팍을 짓누르고 있었다.

* * *

"언니, 잘 쉬다 오셨어요?"
"덕분에 걱정 안 하고 잘 놀다 왔지. 별일 없었어?"
"별일이 뭐가 있겠어요? 언니 없어도 매장은 잘 돌아가요!"
 물어보는 말에 대답만 했으면 될 것을 인정을 해 달라는 건지 비아냥거리는 건지 의기양양한 말투에 신경이 거슬렸다. 호텔에서 꿈을 꾸던 것이 연장이 됐는지 미자 얼굴을 보자 소름이 퍼지는 것을 막고자 속내를 숨기기 위해 말에 힘을 주었다.

"미자야! 커피 좀 타 봐. 그리고 이틀 동안 매출 현황은?"
"언니 없는 동안 당연히 많이 팔았지요. 제니가 도와주어서 수월하게 영업했어요."

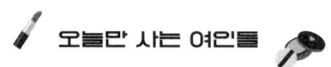

기세등등해 보였다.

"… 아 그래, 제니한테 고맙네? 제니보고 시간 나면 점심 사 준다고 한번 들어오라고 해!"

"그렇지 않아도 오늘 매장에 언니 계신다고 하니까 온다고 했어요."

예의상 한 말이었지만 미자의 대답은 참 교묘하게 사람을 질리게 만든다.

이들과 같이 생활하면서 정말 실망스러웠던 점은, 누구 한 명 천 원짜리 하나 베푸는 일이 없었고, 나에게서 받는 걸 으레 당연하게 생각하고 이들의 권리라고 생각하는 것이다. 4년이 됐는데도 변함이 없는 것이 사람을 질리게 만들었다. 그보다 사람을 미치게 만드는 건 미자가 점점 변해 가고 있다는 것이었다. 그때 미자의 달콤한 말에 의심 없이 믿었던 내 발등을 찍고 싶었다.

전에는 모든 경비는 여유가 있는 내가 지불할 수도 있겠다고 생각했다. 예전에 몰랐던 이들과 이런 문제로 불편한 관계가 있을 거라고는 미처 생각 못 했다. 이제 4년이라는 시간이 지나서야 깨달았다. 처음부터 상춘 사람들은 배려라는 건 알지 못했다. 가난이 모든 것들을 이해해 주기를 바라면서 무조건 베풀기를 바랐고 한없이 베풀다 보니 난! 한계치에 다다랐다.

이런 것들을 애초부터 알고 있었으면서도 막상 현실에 와닿고

나니 스스로가 한심하기 짝이 없었다. 이방인처럼 어울리지 못하는 나 자신이 우울하고 초라하기 그지없었다. 미자 보는 것에 불편함이 생기자 매장에 출근하는 일은 일주일에 두세 번 나가는 일이 전부였다. 이들과의 접촉과 말을 아꼈다.

끝까지 언니의 손과 발이 되어 주겠다던 미자. 외면상으로는 지키고 있었지만 내면상으로는 미자의 말이 족쇄가 되어 미자 말에 반박 못 하고 그물에 걸려들었다는 생각이 들었다.

그렇다고 잘 나가는 매장을 접을 수는 없었다. 취지는 미자에게 도움을 주기 위해 차린 매장이었으니 내 마음 편하고자 욕심을 내려놓았다. 상춘에 거주하고는 있지만 서울에 사업체가 있어 거기에만 전념하기로 마음먹었다. 매장은 전적으로 미자가 알아서 하기를 바랐다.

미자와의 신경전은 아마도 이때부터 시작되었다. 우연히 매장 앞을 지나가다 불은 켜 있고 아무도 없어 안으로 들어가려 했는데, 문이 잠겨 있었다는 것을 알았다. 하는 수 없이 다른 볼일을 보러 다녀왔는데도 아직도 매장 안에는 아무도 없었다. 출입구에는 근처에 있다는 내용과 미자의 전화번호가 적힌 쪽지가 유리면에 붙어 있었다.

급한 용무가 있어 잠깐 비우는 것이라 생각하고 마스터키를 가져와 문을 열고 들어가서 보니 금방 자리를 비운 것 같았다. 찻잔

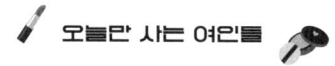

두 개가 아직까지 온기가 남아 있는 것을 보면 멀리 안 갔을 거라 생각하고 옷가지들이 널려 있는 것을 정리하며 미자를 기다리고 있었다.

하지만 아무리 기다려도 미자는 올 생각을 안 하고 있었다.

그러다 문득, 이런 생각이 들었다. 혹시 잠깐 자리를 비우려다가 어쩌다 보니 시간이 지체되는 중이라면? 만약 그렇다면 매장을 지키고 있는 내 모습을 보았을 때 미자가 난처할까 싶어, 정리했던 옷들을 다시 미자가 해 놓은 그대로 다시 그 자리에 내려놓았다.

그러고는 미자와 마주치고 싶지 않아 서둘러 문을 잠그고 나와 버렸다. 단순히 내 멋대로 생각했던 것이 맞기를 바랐다.

* * *

일주일에 한 번은 꼭 오는 여자들이 있었다. 한마디로 말하면 '진상들'이었다. 이들이 오는 날이면 정신을 차릴 수가 없었다. 옷이란 옷은 다 입어 봐야 하고 액세서리, 신발, 가방들을 착용하며 새 제품의 포장들을 다 뜯어야 직성이 풀리는 여자들이었다.

"자기야! 55 사이즈는 없는 거야?"

세 명의 여자들이 골라 놓은 것들이 스툴에 산더미처럼 쌓여 갔다. 깎아 달라며 미자와 언쟁을 하고 있었다.

"이렇게 깎으면 제 월급에서 채워야 해요."

"자기가 사장 아니야?"

"아니에요, 대표님은 따로 있어요."

"우린 자기가 사장인 줄 알았는데? 사장이 따로 있었어?"

"앉아 계시는 분이 대표님이세요!"

일제히 나를 보고 놀라는 눈치였다. 손님처럼 차 마시며 잡지나 보고 있는 장면을 매번 봐 왔을 것이다. 그들은 매번 백화점이랑 가격이 차이가 없다며 투덜댔던 사람들이며, 나는 그녀들이 미자에게 갑질하는 행동을 묵묵히 보고 있었다. 남의 일처럼 지켜만 보면서 말 한마디 소리를 내 본 적 없이 4년을 그래 보냈는데, 하필이면 오늘 괜히 출근했나 후회가 들었다.

매장을 운영하면서도 누가 사장인지 미자 측근들 빼고는 알 수 없었다. 좁은 상춘 바닥에서 나란 존재는 소문만 들었지 얼굴을 아는 사람들은 없었다.

"그럼 잘됐네! 사장님 권한으로 좀 깎아 줘. 그럼 우리가 사장님 하고 여기 실장님하고 점심은 우리가 살게."

물건값을 깎아 주는 건 문제가 아니다. 드센 여자들하고 같이 밥을 먹는 것이 문제였다.

"어쩌지요? 저는 매장에 권한이 없어요. 동생이 다 알아서 하는 문제라 감히 뭐라고 말씀을 드릴 수가 없어요."

사실 맞는 말이었다. 영업 쪽은 미자가 하는 일이라 지금까지 미자가 쌓아 놓은 룰을 깰 수가 없는 일이었다.

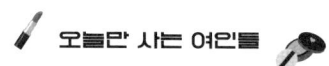

"사장 마음 아니야?"

"저희는 다른 데 하고는 달리, 사장이라고 다 마음대로 할 수 없어요"

어쩔 수 없다는 표정으로 애써 미소를 보여 주었다. 그리고 미자 얼굴을 살피자 역시나 불쾌한 표정을 짓고 있었다. 고객들 중에 한 사람이 배가 고프다며 밥 먹으러 가자고 재촉을 하고 있었다. 그러더니 자기들 차에는 한 사람만 더 태울 수가 있다고 난처한 표정을 짓고 있었다. 그것은 핑계일 뿐 미자와 나를 차별하기 위해 핑계 대는 것을 알 수 있었다. 미자 또한 느끼는 모양이었다.

미자가 사장인 줄 알고 있던 진상들은 내가 사장이라고 소개할 때부터 줄곧 나를 의식해 가며 과시라도 하듯이 더욱더 매출에 일조를 하고 있었고, 그에 호응이라도 하듯 난 미자가 빈정이 상하든 말든 안중에도 없이 고객 유치에 필사적으로 진상들의 비위를 맞추려고 애쓰고 있었다. 난 어쩔 수 없는 장사꾼인가 보다.

그 이후로는 진상들이 오는 날이면 미자의 호출이 잦았다. 성가시면서도 알게 모르게 미자의 눈치를 보게 되는 것이 짜증이 났다. 그럴수록 매장에 나가는 일을 피하게 되면서 잠시 신경을 끊었던 회사에만 전념했다.

그리고 미자가 없는 매장을 종종 볼 수 있었다. 다른 업주라면 있을 수 없는 일이었지만, 미자와 대면하는 것을 되도록이면 피하

고 싶었다. 미자에 대해 신뢰와 믿음을 갖고 있는 것처럼 포장하고 싶었다. 어쩌면 이것이 거짓이라는 것도 미자는 알까?

* * *

나름 미자에 대한 모든 것들을 다 안다고 믿었는데, 시간이 지날수록 미자 행동들이 전에 느껴 본 적도 없는 모습들이 새롭게 내 눈에 보이기 시작했다.

"요즘 무슨 일 있니? 어쩌다 지나가다 보면 가게 문이 닫혀 있어서…."

"상담해 달라는 사람들이 있어서 중간에 집에 잠깐 갔다 와요."

"매장에서는 상담 못 하나?"

"애기동자 기를 받아야만 정확히 알 수 있어서, 어쩔 수 없이 법당에 가야 해요?"

"법당이라면 네 집을 말하는 거니?"

"네!"

당당히 대답하는 미자가 마음에 들지 않았지만 불편한 기색을 보이지 않으려 애를 썼다.

"무속인 일을 안 한다고 하지 않았나?"

"처음에는 그랬지요. 그런데 사람들이 저를 찾는 사람들이 제법 있더라고요? 그리고 한 가지 일만 가지고는 돈을 모을 수가 없어

서 다시 시작했어요."

의구심이 들었다. 나를 만나기 전까지는 하루하루 겨우 끼니를 때우는 것에 감사하게 생각했던 미자가 돈에 집착을 보이기 시작했다. 지금의 미자 행동에 어쩌면 내가 일조했다는 생각에 후회가 조금씩 들기 시작했다.

초기에 두 달 정도는 월급으로 지급하다가 동기부여를 만들어 주고 싶어 4년 치 월급을 목돈으로 한 번에 주었다. 무속인들만 모여 사는 어두컴컴하고 사람조차 볼 수 없는 을씨년스러운 동네에서 애를 혼자 두고 일하는 것이 늘 마음에 걸렸다. 알아서 이사라도 할 수 있게 만들어 준다는 것이 이런 결과로 돌아올지 예상 못 했다.

그렇다고 내 입으로 이사하라는 말은 하지 못했다. 생색내는 것 같은 모양새로 보이는 것이 싫었다. 그러고도 사소한 명분을 만들어 보너스와 경조사를 챙겨 주었다. 돈에 굶주렸던 미자는 목돈이 생기자 흥청망청 쓰기 시작했다. 언제 어느 때 이사를 했는지, 뭔지 모를 편법을 써 친정아버지 명의로 나라에서 제공하는 임대 아파트로 이사한 것을 뒤늦게 알았다. 집 보증금으로 써야 할 목돈으로 자가용을 구입했다.

남편 차까지 뽑은 건 나중에 안 사실이다. 일한다는 명목으로 끼니마다 남편과 아이에게 배달음식을 시켜 주며 미자의 부재를 보상이라도 하듯 흥청망청 쓰기 시작했다.

이미 줘 버린 돈이기에 미자의 그런 행동을 보고도 뭐라고 말도

할 수 없었다. 왜 지금의 현실만 생각하는지… 돈이 있어도 어떻게 써야 할지 모르는 미자와 미자 측근들을 보면서, 내가 맥이 빠져 챙겨 주고 싶다는 마음이 바닥으로 곤두박질쳤다.

이들은 내일 따윈 없는 듯이, 지금의 현실에만 충실하게 열을 올리며 생활을 하고 있었다. 그리고 혹시나 했던, 우려했던 것을 미자는 당당하게 나에게 하나씩 보여 주기 시작했다.

"그러면 기도하러 산에 자주 가겠네…?"

"그럼요? 몸이 두 개라도 있었으면 좋겠어요. 집에 가면 애 밥만 챙겨 주고 바로 기도하러 가요!"

남이 들으면 성공한 여자 타이틀이 그림으로 보이는 상황이었다. 미자 말을 들으면서 어이가 없어 말문이 막혔다.

"피곤하겠다. 꼭 기도해야만 점사가 잘 나오나…?"

"정확한 점사가 나오게 하려면 기도밖에 없어요!"

내가 하고 싶은 얘기는 미자 걱정이 아니다. 매장에 소홀해지며 나타날 손실이 우려되었다.

"그렇지 않아도 언니한테 부탁이 있어요."

미자가 나에게 할 부탁이라는 것이 뭐가 있을까? 돈밖에 없을 텐데…. 그런 부탁이라면 들어주고 싶은 마음은 하나도 없었다.

차갑도록 굳은 표정의 미자. 표정을 봐서는 내가 거절한다 한들 듣지도 않을 것이고, 분위기상 들어는 줘야 할 것 같은 분위기였다.

"부탁? 뭔… 데?"

"저, 기도하러 중국 가요."

이건 부탁이 아니고 통보를 하는 것이다.

"무슨 기도를 중국까지 가서 하는데? … 언제 갈 예정인데?"

"이번 주 목요일에요."

어이가 없어 말이 안 나왔다. 일언반구 말 한마디 없다가 갑자기 통보를 하는 것이다. 미안하다는 기색조차 없었다. 미자는 뭐가 그리 당당한 것인지, 무속인이 마치 마성을 가진 전사처럼 행동하고 있었다. 어쩌면 미자의 뻔뻔함은 아마도 이때부터 전조를 보였는지도 모르겠다.

어쨌거나 허락을 해야만 했다. 알았다고 수긍을 하고 분위기를 바꾸어 버렸다.

"참! 그때 그 손님들 자주 오니?"

"우리 밥 사 준 그 진상들이요?"

"응!"

"이틀에 한 번은 오는 것 같아요. 그리고 꼭 언니 보러 왔다고 전화하라고 얼마나 닦달을 하는지, 적당히 제가 알아서 핑계 대고 있어요. 귀신들은 다 뭐 하고 그 진상들은 잡아가지도 않는지 몰라요!"

"… 왜, 그래도 우리 매장 VIP 고객인데 진상인들 뭔 상관인데? 매출만 좋으면 그만인 것을. 미자 네가 적당히 비위 맞춰 가며 잘 좀 해 줘."

"직접 그러지는 않지만 나를 깔보는 것 같아요. 처음에는 제가 사장인 줄 알고 조금이라도 깎을 욕심에 그렇게 아부하더니, 제가 종업원이라는 걸 알고 나서부터 얼마나 갑질을 하는지…! 성질 같아서는 비방이라도 쳐서 다 죽어 버렸으면 좋겠어요."

이 말을 듣는 순간 낯설다 못해 소름이 돋았다. 처음과는 달리 많이 변질됐다는 생각이 들었다. 나 또한 언젠가는 그들과 같은 취급을 받을지도 모르겠다는 생각에 한순간 미자에게 정나미가 떨어졌다.

미자 말을 듣는 내내 느낀 것은, 미자는 자기가 나와 같은 위치라고 착각하고 있다는 느낌이었다. 하지만 굳이 말을 꺼내지 않았던 건 미자가 나의 사생활에 깊이 들어와 있었기에 괜한 말을 했다가 꼬여 버릴 관계에 대한 걱정이었고, 다른 진상들에게 하고 싶다는 그 비방에 나 또한 속할지도 모른다는 약간의 두려움이었다.

"어쩔 수 없지. 한 명이라도 고객을 유치해야만 하는 것이 우리 일인데 뭐…. 서비스 업종은 별 수 없지. 간 쓸개 빼놓고 해야만 하는 거 알면서…?"

미자 말에 맞장구쳐서 같이 욕을 해 주었어야 했나? 미자가 듣고 싶은 대답이 아닌지 찢어진 눈으로 바닥만 쳐다보고 있었다.

"그래도 역시, 내 마음 알아주는 건 우리 미자밖에 없어!"

급히 칭찬 모드로 전환해 마음에도 없는 얘기를 지껄이고 있었다.

"언니 비위 맞출 수 있는 사람은 저밖에 없을걸요?"

내 말이 떨어지기 무섭게 단칼에 단정 지어 말하고 있었다. 예상은 하고 있었지만 몰라도 너무 모르고 있는 미자… 이 아이의 말이 상춘을 떠날 때가 왔음을 암시해 주고 있었다.

5.

　미자가 눈치라도 챌까, 난 보이지 않는 단단한 벽을 만들기 시작했다. 되도록이면 미자와 대면하기 싫어 이때부터 매장하고는 점점 멀어져 가고 있었다. 그러다 보니 집 안에만 있는 시간이 부쩍 늘어났다.

　아무리 집이 넓어도 해결되지 않는 고민이 가슴에 박혀 무엇을 해도 답답함에 미쳐 버릴 것만 같았다. 정신과 치료를 다시 받기 시작했다. 속도 모르는 미자는 눈치 없이 하루에 한 번씩 전화해 안부를 물었다.

　물주인 내가 달아날까 걱정되어 확인 차 상황을 알아보는 건지…. 어쩌면 내가 쓸데없이 미자의 진심을 왜곡했는지도 모른다는 생각으로 이리저리 다양한 각도에서 생각해 봤지만, 한번 아닌 것은 아닌가 보다. 미자에 대한 불신은 여전히 떨쳐지지 않았다.

　"언니! 집에서 뭐 하는데 매장에도 안 나오고…. 애들이 언니 걱정들 많이 하고 있어요."

　"집에만 있는데 내가 애도 아니고, 왜 걱정들을 하고 난리야…?"

　미자 말소리가 들리지 않을 정도로 뒤에서 그들의 목소리가 아우성을 치고 있다.

　"언니, 나오세요!" 제일 처음 세희 목소리가 앙칼지게 들려온다.

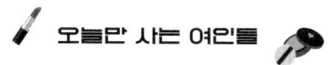

"언니, 너무해요! 우리들 보고 싶지도 않아요?"

"서운해요!" 제니 목소리도 들려온다.

"언니, 집에 남자 숨겨 놨어요?"

이것들이 내 속을 알까? 안다 해도 내 편은 없겠지.

"미자야! 애들 다들 있니?"

"네."

미자의 짧은 대답이 많은 의미가 있는 것처럼 들렸다. 이들과의 모임을 원치 않는 모양새였다.

"지금 내려갈게."

부스스한 머리, 매일 술로만 끼니를 때워서 그런지 피부색 또한 건조하다 못해 탄력이 떨어져 한눈에 봐도 병자처럼 보였다. 부랴부랴 머리에 물을 묻혀 부스스한 머리카락을 드라이로 정리해 가며 대충 화장을 하고 매장으로 내려갔다.

매장에 들어서는 순간 현기증이 날 지경이었다. 미자, 제니, 정심, 세희, 채영, 도희, 그리고 아이까지…. 어떻게 한 번에 약속이라도 한 것처럼 모였을까? 도희는 미자와 같은 아파트에 거주해서 매일 같이 출근하는 걸로 알고는 있었지만….

아무튼 이들을 보는 순간 숨이 턱까지 멈춰 버렸다. 사람 질리게 하는 것도 가지가지 한다고 느꼈다. 매장 분위기도 달라져 있었다. 다단계 제품이 진열되어 있으며 미자 이름으로 된 명함이 테이블에 비치되어 있었다. 내가 매장에 들어서는 순간까지 다단계 제

품에 대해 설명을 하고 있었는지 화장품 제품들이 즐비하게 늘어져 있었다.

"언니, 이쪽으로 앉으세요! 미자야! 언니 커피믹스 드려!"

채영이가 나를 보자 반색을 하며 나의 존재를 신처럼 떠받들자 일제히 채영이를 따라 하고 있었다.

"언니, 살이 더 빠졌어요? 무슨 일이 그래 바빠서 매장에도 안 나와요?" 채영이가 호들갑 떨어 가며 물었다.

"… 자주 놀러 왔구나? 내가 매장에 한동안 못 나오는 걸 아는 거 보면?"

"그럼요! 언니 보려고 오면 아무도 없을 때도 있고, 거의 미자만 있던데요?"

괜히 아차! 싶었다. 다른 이들하고 미자 눈치 안 보고 얘기해 본 적이 언제인지 기억조차 나질 않는다. 미자가 신경 쓰여 말을 아끼다 못해 함구하는 쪽이 마음이 편했다.

커피를 마시며 이들이 떠들어 대는 이야기에 귀를 기울였다. 도희가 빅뉴스라며 과장스러운 표정을 지으며 떠든다.

"언니, 소식 들었어요?"

"… 무슨 소식?"

"언니가 좋아하던 산책 사장이 죽었어요!"

도희는 상춘의 유지라 모르는 것이 없는 아이였다. 산책은 사람이 북적대지 않는 카페라 유일하게 마음에 들었던 곳이다. 20대 중

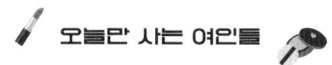

반 정도밖에 안 돼 보이는 젊은 청년이 갑자기 죽다니…. 갑작스러운 비보에 종이컵을 쥐고 있던 손이 떨렸다.

"… 아니, 어쩌다가? 지병이 있었나?"

젊은 청년은 너무 말라서 태풍이라도 불면 날아갈 수 있는 마른 체형에, 피부색은 그다지 건강해 보이질 않았지만 젊으니까 크게 걱정할 필요가 없는 정도였다. 다만 외진 곳에 카페가 있어 손님이 없을 거라 생각은 했었다.

사람이 없어 나는 좋았지만 젊은 청년은 애가 탔을 것이다. 난, 커피 맛도 잘 모르지만 남들이 인정한 카페였다. 산책 커피는 산미가 덜하면서 고소한 맛이 난다나? 이들은 자기들이 바리스타라도 되는 것처럼 떠들어 댔다.

산책 사장에 대해 도희가 열심히 설명해 주었다. 이들은 남 얘기할 때는 유난히 눈빛이 반짝반짝 빛나고 있었다. 금전 문제로 괴로움에 술 먹고 상춘으로 들어오다 가드레일을 들이받고 그 자리에서 즉사했다고 한다. 미자는 아무렇지 않게 도희가 말이 끝나기도 전에 말을 이어갔다.

"술 먹고 운전하는 자체가 제정신은 아니죠?"

"그렇지만… 젊은 나이에 이렇게 좋은 세상 얼마 누려 보지도 못하고 너무 불쌍하다. 안 그래, 도희야…?"

"술 먹고 운전하는 건 습관인 것 같아요."

그걸 몰라서 되묻는 게 아닌 걸 알면서도, 옳고 그름을 따지는

것이 얄미웠다. 난 다만 애도의 슬픔을 같이하자는 의미였다.

미자와 도희는 옳은 말만 하는 것이 꼴 보기 싫었다. 세 살 먹은 아이도 다 아는 사실을. 법은 산책 사장도 알고 있을 거다. 불법입을 분명히 알았지만 술을 먹고 운전을 했다는 건 그럴 수밖에 없었던, 우리들도 모르는 본인만이 아는 괴로움에 실수로 깜박했을 것이다. 자기들은 법을 철두철미하게 지키는 것처럼 시시비비를 따지는 것을 보고 기가 막혔다. 본인들도 편법으로 임대 아파트에서 사는 년들이 할 소리는 아닌 것 같았다. 우리나라에서 법을 제대로 지키는 사람이 몇 명이나 있을까? 털어서 먼지 안 나오는 사람이 있을까?

늘 부정적으로만 생각하는 나 또한 모순덩어리였지만 이번만큼은 내 잣대로 생각하고 싶었다.

"얼마나 힘들었으면 음주운전을 했을까? 정말 아까운 나이에 불쌍해서 어떻게 해…. 그 부모님은 얼마나 상심이 클까?"

말하며 이들 얼굴들을 살폈다. 어떤 반응이 나올지 궁금했다.

"그러게요. 음주 운전하는 건 잘못이지만, 살았다 한들 아마도 장애로 평생을 살아야 할 거예요. 어쩌면 죽는 것이 가족들에게는 다행인지도 모르죠."

미자가 정의를 내려 주었다. 제니, 세희, 정심, 채영. 일제히 한마디씩 안타까움의 표현을 한마디씩 거들어 주고 있었다. 남의 일이라 그런지 자비 없는 질타를 필터 없이 쏟아내고 있었다. 어떻게

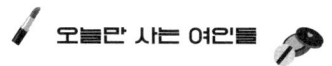

한 사람 목숨을 저렇게 아무렇지 않게 생각할까? 인정머리 없는 년들…. 이들을 믿고 함께 지내야 하나? 다른 정착지를 찾아야 한다는 생각이 썰물처럼 확 밀려들어 와 고민하게 만들었다.

"그나마 산책이 조용하고 좋았는데 이젠 갈 데가 없네…?"

미자가 걱정하지 말라는 식으로 자신만만하게 말한다.

"언니, 갈 데가 왜 없어요? 시골 바닥에 널린 것이 카페인데? 말씀만 하세요! 차도 있겠다, 언니가 원하면 어디든지 모시고 갈게요!"

"그래, 고마워!"

듣고 싶지 않은 말이었지만 가볍게 대꾸해 준다.

이들 모르게 가끔씩 혼자서 산책을 나가 혼자만의 시간을 갖는다. 아마도 한 달에 두 번 정도? 그때는 남을 의식할 필요 없이 사색을 즐길 수 있었다. 나의 모든 것을 속속들이 알고 있는 미자에게는 이것마저도 알게 하고 싶지 않았다.

미자가 또 하나의 빅뉴스를 들려주었다.

"참! 언니, 우리 매장에 자주 오는 진상들 있잖아요?"

"그 언니들은 왜?"

"진상들 중에 더 진상인 여자, 고양이상 얼굴! 그 여자도 죽었어요!"

"헉…! 그 여자는 어쩌다가… 왜…?"

"그 여자도 빛 때문에 목매달아 죽었대요! 우리 매장에 와서 되

지도 않는 것들이 있는 척하며 갑질하더니…. 알고 보면 없는 것들이 있는 척을 더 한다니까?"

"넌, 누구한테 들었어?"

"그건 말할 수 없어요."

딱 잘라 말하는 미자가 낯설다 못해 소름이 돋았다.

"언니 모르지요? 그 진상들이 왜 그렇게 뻔질나게 우리 매장에 왔는 줄 아세요?"

미자가 특종을 잡은 기자처럼 눈을 번뜩였다. 눈매가 매서웠지만 궁금한 내용이라 귀를 기울일 수밖에 없었다.

"저도 처음에는 몰랐어요. 우리 매장이 장사가 잘되니까 시내에서 우리 매장과 비슷하게 인테리어도 하고 수입이 아닌 보세 옷을 팔더라고요?"

"가 본 거야?"

"제가 뭐 하는 사람이에요? 무속인이에요! 상춘에 가만히 있어도 그 정도쯤이야 알 수 있지요."

미자의 말을 경청하는 사람은 나 혼자였다. 다른 이들은 새로 들어온 신상에 정신이 빠져 미자와 내가 나눈 대화 내용을 듣지 못하고 있었다. 장난식으로 미자에게 물었다.

"미자야! 우연치고는 장난식으로 했던 네 말이 잘 맞아떨어지는데? 혹시 네가 말끝마다 말하는 비방 친다는 게 정말로 효과가 있나 보네?"

"제가 얘기했잖아요? 내 앞에 방해되는 것들은 비방을 쳐서라도 막겠다고요."

미자 얘기를 듣는 순간 식은땀이 흘렀다. 나의 심기에 문제가 생긴 걸 아마 눈치챘는지도 모른다는 생각에 미자와 마주하고 있다는 사실만으로 숨을 쉴 수가 없었다. 본의 아니게 미자 눈치를 보고 있었다.

"미자야! 난 아무래도 집에 가야 할 것 같아. 누워 있고 싶어…."

"안 돼요. 밥은 먹고 들어가요. 분명 집에 가면 안 드실 것 같은데, 여기서라도 끼니 때우고 들어가요!"

진심으로 정말 나를 위한 건지, 각별하게 챙기는 것을 남들에게 보여 주고 싶은 건지, 미자 의도를 알 수가 없었다. 말을 듣고 있으면 '어쩜 친언니도 아닌데 저렇게 챙길까?' 할 정도로 감동스럽게 들렸을 말들이다.

밥값이 걱정돼서 하는 얘기하는 것도 아니거늘, 오늘따라 왜 그렇게 집요하게 구는지 몰랐다. 비용이 발생하는 것들은 모든 내가 결제하는 데도 말이다. 거절할 수 없는 이 상황이 사람 돌게 만든다. 원치 않는 밥을 먹으려 하니 목구멍에 밥알들이 모래알처럼 넘어가질 않았다.

간만에 모인 자리라 그런지 본인들 푸념 늘어놓기 바빴다. 미자 또한 내가 안중에도 없어 보였다.

"도대체 언니는 요즘 뭐가 그리 바빠서…. 언니 얼굴 보기가 왜

그렇게 힘들어요?"

정심이가 물었다.

"미자한테 얘기 못 들었어? 회사에 신경 쓰고 있다고?"

"미자는 생전 가야 언니에 대해 얘기를 안 하니까, 저희는 알 수가 없죠."

"매장 일로 회사가 어찌 돌아가는지 지금까지 신경을 쓰지 못해서 매장은 미자에게 맡기고 회사 일에만 전념하려고."

채영이가 되물었다.

"언니 회사도 있어요? 왜 우리에게 그런 얘기 안 했어요?"

"알고 있는 줄 알았지?"

알고 있었다. 나에 대한 구체적인 얘기는 한 적이 없다는 것을….

* * *

매장에서 미자의 다음 행보를 지켜봐야 하는 것이 두렵고 겁이 났다. 사실 회사가 돌아가는 건 직원들이 하는 일이지 내가 하는 일은 없었다. 당분간 여기 사람들을 보고 싶지 않아 핑계를 댄 것이다. 잠깐이라도 눈에 보이지 않으면 그나마 숨통이 좀 트일 것 같았다. 거꾸로 이 구실로 인해 서울에 가는 것이 빈번해졌다.

"내가 올 때까지 모든 비용은 카드로 지출하고…. 제니하고 도

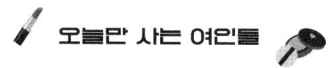

희 매일 놀러 오지? 심심하거나 무료하지는 않을 것 같은데…?"

매일 같이 혼자 매장을 지키고 있다는 것을 자주 어필하는 미자에게 동정심 따위는 없다는 것을 내비쳤다.

"현금 매출은 그날그날 통장에 입금하고…!"

나도 모르게 말투에 날이 서 있었다.

"저 못 믿으세요? 염려 마시고 편하게 일 보고 오세요!"

어쩌면 지금의 자리를 비우는 것이 선택의 기로가 될지도 모른 다른 생각이 들었다. 어쩐 일인지 미자의 표정이 밝다 못해 들떠 있었다. 꼭 기다렸다는 듯이 말이다.

서울에 있는 한 달 동안 상춘에서 하지 못했던 쇼핑을 원 없이도 해 보았고, 그 일정에 고맙게도 용희가 거의 같이 있어 주었다. 용희와 지내면서 그간 나에게 닥친 불편한 것들을 하소연하고 싶은 마음이 목구멍까지 치밀고 있었지만 참을 수밖에 없다. 용희는 원래가 긍정적이고 낙관적인 성격이라 머리 복잡한 얘기들은 좀체 듣기 싫어했으니까.

아무튼, 그렇게 한 달을 호텔에서 지내는 동안 얼마나 쇼핑을 했는지, 가져온 가방에 들어가지 않아 따로 챙겨야 했다.

밤에는 용희가 있어 주었지만 낮에는 할 일이 없어 계획에 없는 물건들을 닥치는 대로 사들였다. 상춘에 가야 한다는 현실에 심장이 조여 오는 것을 느끼며 쇼핑한 물건들을 죄다 갖다 버리고 싶은

심정이었다. 아마도 용희가 없었더라면 진작에 버리고 출발했을 것이다.

　세련된 외모와는 정반대로 절약 정신이 투철하다 못해 절약이란 것이 몸에 밴 친구였다. 어떤 종류의 음식을 먹어도 남기는 법이 없었다. 이런 행동은 지금까지 나를 거쳐 간 남자 중에 단 한 명도 보인 사람이 없었다.

　어쩌면 이런 모습에 좋아하는 감정이 한 층 깊어지게 만들었는지 모른다. 용희 눈치 보느라 사들인 물건들을 주섬주섬 가방에 챙기고 있었다. 아마도 버린다고 들었으면 그나마 남아 있는 진까지 빠졌을 만큼 폭풍 같은 잔소리를 해댔을 것이다.

　이렇게까지 용희한테 맞추는 건 더 이상 내 사람을 잃고 싶지 않은 마음도 있었지만 상처받고 싶지 않아 스스로 맞추고 있는지도 모른다.

　지금까지 고된 삶을 살면서 터득한 것이 있었다. 나를 남겨 두고 먼저 떠나 버린 언니를 생각하면 지금도 마음이 아리다 못해 아파하고 있었다. 아무리 시간이 지나도 이 상처는 아직도 아물지 않고 있었다. 미련하게도 겪고 나서야 뒤늦게 깨달았다. 같이 공감해 주고 내 주장을 아꼈더라면 그나마 생채기가 덜 아리다는 것을 온몸으로 겪고 나서야 깨달았다. 남은 생은 상처 없는 삶을 살고 싶었다. 어쩌면 용희 말을 고분고분 듣는 것이 상처에 고름이 생기는 것을 방지하고 싶어서였을 것이다.

산책 사장이 갑자기 머리를 스치고 지나갔다. 서투른 운전에 혹시 길바닥에 객사라도 하지 않을까 불안에 떨며 손바닥에 땀이 밸 정도로 핸들을 온 힘을 다해 쥐고 운전에 몰입하고 있었다. 더러운 기분을 어찌지 못해 앞질러 가는 차들에게 미친년처럼 혼잣말로 욕지거리를 방언처럼 쏟아내고 있었다.

이 더러운 기분은 유년 시절에도 느껴 본 적이 있었다. 방학이 시작되면 아버지는 새엄마 눈에 보이는 걸림돌을 치우기라도 하듯 우리를 늘 큰고모 집에 보냈다. 개학날이 가까워지고 집에 가야 하는 날짜가 다가오면 며칠 전부터 밥이 목구멍에 들어가질 않았다. 새엄마 보는 것이 너무 무서웠다. 큰고모는 안쓰러운 마음에 지금 당장 아무런 보탬이 안 되는 말들로 보이지 않는 희망을 주었다.

밥 많이 먹고 빨리 커서 집을 나오는 방법밖에 없다고 귀에 딱지가 앉을 정도로 위로를 해 주었다. 누나인 큰고모도 여자에 미친 남동생을 어찌지 못하는 것 같았다.

지금에서 생각해 보면 아버지가 조금이나마 이해는 갔지만 그 밖의 처사는 지금도 이해가 안 간다. 새엄마가 무서워 큰고모 집에서 살겠다고 억지를 피우면 한 달 만에 나타나 화를 내며 손찌검을 하는 것이 다반사였다.

그때는 제발 아버지가 우리를 버렸으면 하는 바람이었다. 무슨 똥고집인지 엄마가 필요하다는 명분만 앞세워 새엄마들만 무수히 만들어 주었다. 새엄마라는 타이틀답게 우리에게 정말 못되게 굴

었다. 지금 심정이 딱 그랬다.

상춘에 다 왔을 무렵 갑자기 많은 비가 내렸다. 소나기라고 하기엔 엄청나게 양의 비였다. 왠지 평소보다 느낌이 이상했다. 지하 주차장에 도착하자마자 모든 짐은 내버려 두고 몸만 빠져나와 집으로 올라갔다. 지금 처한 더러운 기분을 잊기 위해, 그리고 지우기 위해 수면제를 털어먹고 바로 침대에 누워 버렸다.

전화벨 소리에 눈이 떠졌다. 비몽사몽에 핸드폰 화면을 쳐다보니 용희였다.

"야! 도착했으면 전화 좀 하지? 기다렸다가 하도 연락이 없어 전화해 봤어."

"미안, 오자마자 잤어!"

용희와 한 달을 같이 지내는 동안 돈독한 애정이 생겼는지 전에 볼 수 없던 정이 한껏 묻어나는 말투였다.

전화를 끊고 나서야 시계를 보니 새벽 2시를 가리키고 있었다. 더 이상 잠은 안 올 것 같아 먹고 싶지도 않은 커피를 들고 창가로 다가갔다. 항상 바깥을 바라보던 위치에 앉아 연신 담배를 피우며 생각했다.

어디서부터 내가 처신을 잘못했는지를. 어쩌다 내 처지가 이런 상황이 됐는지. 괜한 선의를 베풀어 내 발목을 스스로 옭아맸는지를 아무리 곱씹어 봐도 잘못한 것이 없었다. 유리창 밖은 아무것도

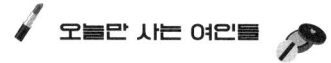

보이지 않고 칠흑 같은 어둠이 으스스하다 못해 불길함만 더하고 있었다.

* * *

부재가 길었던 만큼 매장이 어찌 돌아갔는지 궁금했다. 이상하게도 왠지 안 나가면 안 될 것 같은 느낌이 들어 점심을 미자와 함께하기 위해 열한 시쯤 내려갔다.

매장이 가까워질수록 상가 복도가 어두워지고 있었다. 이상한 생각이 들었다. 인테리어 할 때부터 조명에 포커스를 맞추어 화려하게 만들었기에, 내 매장 때문에 주변 상점들이 오히려 빛이 죽어 있었던 기억이 되살아났다. 그런 매장이었는데, 상가 복도를 들어서는 순간부터 어두웠다.

뭐지? 미자가 오픈을 안 했나? 다시 집으로 돌아가야 하나? 매장이 가까워질수록 문이 닫혀 있다는 것을 확신했다.

혹시라도 미자와 마주치면 안 될 것 같은 생각에 집으로 되돌아가려고 마음먹는 순간, 같은 상가에서 카페를 운영하는 사장이 아는 척을 하며 나를 불러 세웠다.

굳어 있는 표정에 억지로 미소를 보이려 근육을 움직이려 하다 보니 입 주위만 근육을 움직이고 있었다. 마음에도 없는 미소를 짓고 있자니, 꼭 영화 배트맨의 상대 역할인 조커와 비슷하다는 생각

이 들었다.

"얘, 요즘 너희 장사 안 하니?"

순간 어떻게 대답을 받아쳐야 할지 머릿속이 하얘졌다. 잘못 얘기 꺼냈다가는 남 얘기 좋아하는 이들에게는 도마 위 요릿감이 될 것이 뻔하다. 카페 여사장에게서 어떤 얘기가 나올지 듣고 나서야 대답을 해야만 했다.

"왜요…?"

나보다 열 살은 더 먹은 나이여서 그런지, 그 세월에 맞게 고생한 주름이 연륜을 말해 주고 있었다. 부랴부랴 매장 문을 열고 카페 사장에게 차 한 잔을 권유하자 좋다며 알 수 없는 말들을 봇물 터지듯이 수다 떠느라 정신이 없었다.

카페 사장이 말하는 것들을 듣고 있지도 않았다. 내가 없는 동안 미자 행동들을 알고 싶은 것 외엔 관심이 없었다. 처음으로 미자 없이 외부 사람과 단둘이 차를 마신다는, 생각도 해 본 적 없던 일이었다.

"얘, 너와 친해지고 싶어서 한 번씩 들르면 너는 없고 개새끼하고 노랑머리하고 갓난아기하고 애 엄마만 매일 있더니, 갑자기 다들 안 나오고 장사도 안 하고…. 도대체 너는 왜 안 나오니?"

아마도 제니와 도희를 말하는 것 같았다.

"… 서울에 일 좀 보느라고?"

"네가 서울에서 무슨 일을 해?"

"…."

"서울에 남자 만나러 다니니?"

사실 남자를 만나고 온 건 맞는 말이다. 바로 남자 얘기가 훅 들어오자 기겁을 했다. 누가 내 얘기를 하고 다니나? 서울에 남자가 있다는 사실은 아무도 모른다. 심지어 미자도 모르는 나의 사생활을 누가 얘기했을까? 그나마 손톱만큼의 남은 정나미도 떨어지고 있었다.

"누가, 내가 남자 만나러 다닌대요…?"

"꼭 그걸 말해 줘야 아니? 대충 눈치로 아는 거지! 네가 자주 서울을 왜 가겠어, 남자밖에 더 있어?"

너무 싫다. 대략 나에 대해 무슨 말들이 오고 갔는지 짐작이 갔다. 아마도 주변 상점 사람들은 궁금했을 것이다. 혼자 산다는 건 대충 눈치로 알았을 것이고, 혼자 길거리에 다녀 본 적도 없지만 항상 미자를 대동하며 움직이니 희한하게 생각했을 것이다.

"삼 일 전부터 가게 문을 열지 않아서 집에 무슨 일 있는 줄 알았어."

이 말을 듣는 순간 할 말을 잃었다. 주변 상점들은 미자가 종업원이 아니고 언니하고 동생하고 같이 운영하는 줄 알고 있었다.

"미자가 못 하면 너라도 나와야지, 손님들이 왔다가 그냥 돌아가며 나한테 물어보더라. 여기 장사 안 하냐고."

카페 사장은 직원에게 훈계라도 하듯 행동하고 있었다.

"돈을 얼마나 벌었으면 올 때마다 문이 닫히냐고, 똥개 훈련시키는 것도 아니고, 미리 알려 주었으면 괜한 발걸음도 안 한다고 투덜거리잖아. 그런데 너는 그렇다 치고 미자는 왜 안 나오니?"

짜증이 밀려오기 시작했다. 왜 내가 이 여자에게 잔소리를 들어야 하며, 자기가 뭔데 남의 사생활까지 알려고 드는지…. 정말 여기 사람들은 무엇이 그렇게도 궁금한 건지 이해할 수 없었다.

카페 사장은 물 만난 생선이 되어 자기 드레스 룸이라도 되는 양, 입었다 벗었다 하고 가격이 비싸다는 둥, 한시도 입을 쉬지 않고 떠들어 대고 있었다.

그러거나 말거나 표정을 관리하기 힘들 정도로 얼굴이 굳어 있었다. 카페 사장의 말들이 귓구멍에 들어오지 않았다. 제발 빨리 나가주기를 바라고 있었다. 속도 모르고 카페 사장은 크게 인심 쓰듯이 말을 건다.

"점심 뭐 먹고 싶어? 언니가 사 줄게!"

"어쩌지요? 아침을 늦게 먹고 와서 아직은 점심 생각이 없어요."

"미자는 언제 나오는데?"

"… 글쎄요?"

"어머! 언니가 모르면 누가 알아? 얘들이 장사를 하겠다는 거야 말겠다는 거야?"

재수 없었다. 먹을 만큼 먹은 내 나이도 오십 중반인데도 이 사람에게는 아이처럼 보였나 보다. 아니면 나이가 많은 것을 자랑하

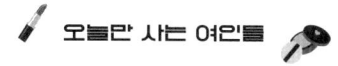

고 싶은 건가? 동안인 점이 이런 면에서는 매번 불리했다.

"서울 갔다가 어제 와서 난 잘 모르겠는데요? 어디 아픈가? 언니 가면 통화해 볼게요."

제발 좀 빨리 나가 주길 바라며 네가 가야 나도 알 수 있다는 걸 은근히 피력했다. 그녀는 내가 더 이상 대꾸를 안 해 주자 맥 빠진 얼굴을 하고 카페를 너무 오래 비웠다며 나가 버렸다.

카페 사장이 나가자 실내를 둘러보았다. 한 달 전에 보았던 매장 분위기는 별 차이는 없었지만, 다단계 화장품은 두 배로 늘어나 진열대에 빼곡히 차 있었다.

대체 미자는 왜 안 나오는 걸까? 전화를 해야 하나 말아야 하나…. 잠깐 고민을 해 봤지만, 카페 사장이 나를 본 이상 미자를 모르게 하기는 글렀다는 생각이 들었다.

마지못해 미자에게 전화를 걸었다. 신호음이 오랫동안 울려도 받지 않는다. 다행이다 싶었다. 뭐가 됐든 분명히 부재중 전화가 떴을 것이고, 내가 신경 쓰고 있다는 점을 충분히 표현했다고 본다. 내일은 출근할 거라 생각하고 일찍 퇴근했다.

다음 날, 그다음 날도… 일주일이 됐는데도 연락조차 없었다. 물론 내 전화도 받지 않았다. 어쩌면 이것이야말로 정리할 수 있는 기회이고 안성맞춤이라 생각했다. 물론 미자가 있어야 처리가 가능하겠지만, 용희와 한 달을 지내는 동안 내 마음은 다 정리해서

돌아왔다. 사람이 싫은 건 아무리 애를 써도 회복이 불가능하다.

그렇게 보름이 지났다. 연락을 해도 받지 않을 뿐 전화도 오지도 않았다. 은근히 걱정이 됐지만 그러면서도 정리할 마음은 변함이 없기에 내 임의대로 매장을 부동산에 내놓았다.

6.

그렇게 한 달이 지날 무렵이었다. 미자가 나오지 않는 동안 아르바이트생인 연주를 고용했기에 미자 없이도 굳이 애로 사항은 없었다. 그러던 어느 날, 연주와 점심을 먹고 매장에 들어서는 순간 경악을 금치 못했다.

딱히 뭐라고 어떻게 설명을 해야 할지 말이 안 나왔다. 연주도 말을 잇지 못하고 나를 쳐다보고 있었다. 같이 일했던 동생이라는 걸 단박에 아는 눈치였다.

미자가 나를 쳐다보았다. 한순간 정신을 잃을 뻔했다. 말없이 미자를 쳐다보는 채로 뻣뻣하게 굳어 있을 뿐이었다.

"사장님, 괜찮으세요? 여기 앉으세요!"

연주가 뭐라고 하는 것 같은데, 이명 때문에 들리지 않았다. 더욱더 미자를 알 수가 없었다.

나와 비슷한 얼굴이 맞은편에서 쳐 웃고 있었다.

"너… 어떻게 된 거야?"

"언니, 미안해요. 연락도 없이 안 나와서…. 제가 안 나오면 언니도 나오지 말라고 일부러 연락 안 했어요."

무슨 개뼈다귀 같은 얘기를 하는지…. 어쩌면 저렇게 다른 세계에서 사는 사람인 양 현실에 맞지 않은 말만 골라서 하는 걸까? 충

격과 환멸에 휩싸여 이 순간이 현실이 아니고 꿈이길 바랐다.

"… 도대체 얼굴은 어떻게 된 거야?"

"처음부터 언니에게 말을 하고 했어야 하는데, 언니가 못 하게 할까 봐 미리 말을 못 했어요. 중간에도 매장에 나오고 싶었는데 부기 좀 가라앉을 때까지 기다리느라…. 저 때문에 많이 화났어요?"

화를 내고 자시고도 없었다. 이제는 그냥 얼굴 보는 것조차도 싫어졌다.

여러모로 미자의 행동은 뭔가 착각에 빠져 있었다. 지금에서야 내 마음 불편한 것들을 호소해 봐야 씨알도 들어가지도 않을 것이 분명하다. 얼굴까지 나와 비슷하게 수술까지 한 마당에…. 그저 미자의 동태를 살피며 내 결정에 수긍하기를 바랄 뿐이었다.

"… 미자야! 근데 언제부터 성형하기로 마음을 먹은 거야?"

그것이 궁금했다. 매장을 정리한다는 말을 언제 꺼내야 할지 타이밍이 중요했다.

"언제부터인지 언니가 나를 멀리하는 것 같았어요. 그렇지 않고서는 도통 매장도 내려오지 않으시고…. 언니의 생각과 행동, 말들을 똑같이 하고 싶었어요. 언니 마음에 들게끔…. 그러기 위해서는 외모도 닮아야 할 것 같아서 성형을 하기로 마음먹었어요."

숨이 막혀 질식해서 죽을 것 같았다. 미자는 이해할 수 없는 말들만 지껄이고 있었다. 핑계를 대고 있다는 걸 단박에 알 수 있었다. 나에게 인정받고 싶어서가 아니라, 본인이 하는 다단계 판매에 맞는 이미지로 탈바꿈하기 위한 몸부림이었다.

미자는 머리를 쓰고 있었다. 두 마리 토끼를 잡고 싶은 것처럼 보였다.

"… 어쩜 나하고 상의 한 번 않고 네 멋대로 나와 같은 얼굴로 바꿀 수 있어? 도대체 무슨 말을 듣고 싶어 이러는 거야!?"

"전 그저 언니한테 인정받고 싶었어요…."

"… 무엇을 인정해 줘야 하는 건데?"

"… 그냥, 뭐든지…."

"네가 내 아바타도 아니고, 소름 끼쳐! 그 입 다물어!"

나도 모르게 비명처럼 소리를 질렀다. 미자의 말을 듣고 있으면서도 이것이 꿈인지 현실인지 분간이 안 되었다. 미자는 내가 듣고 싶은 얘기는 안 하고 헛도는 말만 늘어놓아 도저히 속내를 알 수가 없어 답답했다. 미자와 같이 보낸 시간들을 생각해 보아도, 한 번도 역정을 내 본 적이 없었다. 나도 모르게 격양되어 큰소리가 저절로 튀어나왔고, 그 소리에 나도 놀랐지만 미자는 나보다 더 놀라는 눈치였다. 거기다 연주까지 있다는 사실조차 잊고 있었다.

"… 연주야! 오늘은 그만하고 들어가! 연락할 때까지 나오지 마!"

나이 어린 이 친구도 내가 화내는 모습을 처음 봤는지, 단말마처럼 "네!"라는 대답과 동시에 불이 나게 나가 버렸다. 연주가 가고 나서도 한동안 서로 말을 잇지 못하고 있었다.

나는 미자가 속마음을 내비치기를 바랐다. 차라리, 무엇을 원하

는지 속 시원히 털어놓았으면…. 그랬다면 모순적인 언행을 안 했을 것을, 인제 와서 나보고 무엇을 어쩌라고 저러는 걸까? 정신병자가 아니고서야 어떻게 이토록 무모한 행동을 할 수 있을까?

상식적으로 납득이 안 갔지만, 지금에 와서 소리를 지른다고 성형한 얼굴이 돌아올 것도 아니고, 이성적으로 대화를 하기 위해 차분하게 감정을 가라앉혔다. 미자가 알아듣게 어떻게 얘기할지 생각부터 해야 했다.

아무 말 없이 바닥만 바라만 보고 있는 미자…. 정적에 파묻혀 나란 존재가 없어지고 있는 기분이었다.

"미자야! 평생을 내가 너와 같이할 거라 생각했어? 이변이 생길 수 있다는 걸 왜 인지를 못 하니? 너와 나는 남이야. 피 한 방울 나누지 않은 남이라고. 언제든지 헤어질 수도 있고, 다시 만날 수도 있고…. 우린 그런 사이야. 무슨 말인지 알겠어? 너와 같이 일하면서…. 나도 네가 느꼈던 것처럼 언제부터인지 딱히 말할 수는 없지만, 네가 부담스러울 때도 있었어. 그렇지만 지금까지 네가 나에게 해 준 행동이 있어서 참고 기다렸어. 굳이 말을 하는 것도 우습고, 내가 가벼운 사람으로 보일까 봐 말을 아꼈던 거야."

미자는 분노인지 슬픔인지 알 수 없는 눈으로 바닥만 뚫어져라 바라보고 있다. 나도 최대한 분노를 눌러 가며 말을 이었다.

"지금까지 단 한 번도 내 주장을 말해 본 적이 없었지. 난 그저 네 말을 경청하고 들어준 것밖에 기억나질 않아. 너희들이 쉽게 씸

어먹는 오징어 땅콩처럼 될까 봐, 나잇값 하느라 하고 싶은 말도 삼켜 가며 너희들과 지냈어. 생각해 봐, 미자야!"

미자는 여전히 아무 말 없이, 무슨 생각을 하는 건지 눈만 내리깔고 바닥만 응시하고 있었다.

"… 네가 한 달을 얘기도 없이 나타나지 않았을 때는 나와 일하는 것이 싫어서 피하는 줄 알았어. 내가 신이 아닌데 네가 어떤 마음을 갖고 있는지 어떻게 알아? 말을 해야지 알지…. 이번 일만도 그래. 뭐든지 결정은 네가 다 하면서 나중에 얘기하는 건 통보지. 나를 위해서 했다는 건 모순이라고 보는데, 미자 너는 내 말을 어떻게 생각하니? 너도 하고 싶은 얘기 있으면 해 봐."

미자가 나를 피한다는 것은 내가 지어낸 얘기였다. 미자는 절대 나와 인연을 끊을 마음이 없다는 것을 알고 있다. 단지 매장으로 인해 미자와의 연결고리를 끊고 싶은 마음에 하는 말이었다.

미자가 어떤 핑계로 나를 구워삶을지 알 수는 없지만, 이번만큼은 미자 말을 들어줄 마음이 전혀 없었다. 이렇게 된 이상 내 결정을 밀고 나가고 싶었다.

서로가 벙어리가 되어 눈치만 보고 있었다. 나는 미자가 먼저 말을 꺼내기를 바라고 있었지만, 미자는 어떠한 말도 없이 눈만 바닥으로 내리깔고 내 처분만 기다리는 듯이 능청스럽게 앉아만 있다. 30분이 지나서도 말이 없어 속이 터져 버릴 것만 같았다. 정적

을 깨기 위해 내가 먼저 말을 걸었다.

"… 지금 이런 말 하면 더 서운할지도 모르겠지만, 남의 입에서 듣기보다는 나한테 듣는 것이 어쩌면 네가 받아들이기엔 자존심이 덜 상할 것 같아서 말할게. 일찍 전화라도 줬으면 너와 상의하고 결정을 내렸을 텐데, 연락도 없고 나타나지도 않아서 가게는 내 임의대로 부동산에 내놨어."

이 말을 듣는 순간 적잖이 놀랐는지 미자가 눈을 동그랗게 뜨고 차마 말을 잇지 못하고 있었다. 이렇게까지 내가 강행할 줄 미처 생각 못 했는지, 갑자기 미자 눈에 눈물이 볼을 타고 흘러내리고 있었다.

휴지를 뽑아 미자에게 건네주었다. 부기가 덜 빠졌는지 수술 부위마다 울긋불긋 붉게 얼룩지고 있었다. 설마 이런 일로 울다니, 처음 보는 미자의 행동이 나를 당황스럽게 만들었다. 미자는 뺨에 흐르는 눈물을 닦아 가며 무언가 말을 하려다가, 지금의 감정을 간직이라도 하듯 입술을 꾹 다물고 말을 아끼는 모습이 보였다.

젠장…. 미자의 이런 행동은 무얼 의미하는지 궁금하기도 했지만, 결코 나에게 이로운 행동은 아니라는 건 짐작할 수 있었다. 미자가 한참을 눈물 콧물을 닦으니, 상처에 새살이 덜 돋았는지 얼굴 전체가 울긋불긋 붉게 더 번져 있었다. 그 모습을 보며 나에게 잘 보이기 위해 성형을 했다는 건 핑계고, 예전부터 하고 싶었는데 돈이 생기자 실행에 옮겼을 뿐이라는 걸 확신했다. 미자는 내가 모르고 있는 줄 알았는지 악어의 눈물을 흘리고 있었다.

미자의 행동은 '그까짓 연기쯤이야, 돈이 생긴다면 뭐든지 실행에 임할 수 있어!' 하고 보여 주는 것 같았다. 내 눈에는 그래 보였다.

"… 너를 안 지도 족히 십 년이 됐지? 너와의 인연을 계속 유지하려면 같이 일을 한다는 건 이 상황에서는 아무래도 무리라고 생각해. 그냥 언니 동생으로 지내는 것만이 우리 관계를 오래 지속할 수 있다고 생각해 선택한 거야. 이 말에 억하심정 갖지 말고 우리 멀리 보자. 난 그렇게 생각하는데 넌 어떠니…?"

솔직히 미친년이라고 소리치고 싶은 마음이 목구멍까지 차올라 있었지만, 이런 부류는 달래고 보는 것이 상책이었다. 후에 어떤 일들이 일어날지 예측할 수 없으니까. 혹시 내 말이 와전되면 일방적으로 미자 얘기만 듣고 제대로 부려 먹고 버렸다는 식으로 떠들고 다닐 것이 분명하다. 지금까지 이들의 하는 얘기들을 들어 보면 누구 하나 병신 되는 건 시간문제라는 걸 익히 보고 들었다.

미자가 돌대리가 아니라면 더 이상 지금의 상황이 변하지 않는다는 것을 알고 있을까? 미자 의견을 물어보는 척했지만, 미자의 인격을 무시하는 발언은 최대한 말을 아끼며 미자로 인해 어쩔 수 없이 아쉬운 결정을 내린 것처럼 핑계를 댔다.

미자 대답이 어떤 말이 튀어나올지 궁금하면서도 겁이 났다. 직업이 직업인지라 미자는 사람의 기를 제압하는 탁월한 언변을 갖

고 있었다. 거기에 내가 대응할 수 있을지 자신이 없어지자 신경을 곤두세우고 매장 안을 부산하게 움직이며 미자가 말을 할 때까지 촉각을 곤두세우고 기다리고 있었다. 꽤 오랜 시간이 지났는데도 어떠한 말도 하지 않고 미자는 목석처럼 앉아만 있었다. 지금의 모든 사태가 돌이킬 수 없다고 느껴서 말을 안 하는 건지… 이 분위기 정말 더 이상 버틸 수가 없었다.

"먼저 들어갈게. 대답은 천천히 해도 돼."

"아니요, 지금 이 기분으로 들어갈 수가 없어요."

몇 달을 고뇌하며 결정하고 한 말인데, 미자는 고작 몇 시간 생각하고 툭 던진다. 전혀 합리적인 말이라고는 생각하지 않았지만, 자기 나름 비장한 각오로 하는 말인 듯했다.

"… 그래, 마음의 정리가 됐어?"

"전, 언니를 위해 무엇이든 각오하고 옆에 있는 거 아시잖아요? 어떤 것이 언니 마음을 불편하게 했는지 말씀해 주세요."

이 대답을 원하는 것이 아니었는데, 미자는 알고도 일부러 저러는 건지 왠지 삼천포로 빠지는 소리를 하고 있었다.

"… 네가 나에게 헌신적으로 했다는 거 다 알아. 하지만 우리도 사람인지라 서로 아무리 잘한다 해도 조금이나마 서운함이 있을 것이고, 서운함이 쌓이다 보면 불만이 생긴다는 거 말 안 해도 다 알지? 예전에는 느끼지 못했던 그런 서운함들을 일 때문에 느끼게 되었다면, 그래서 우리 관계에 금이 간다면 그만 접는 것이 맞는 거 아닌가? 나만 느끼는 감정이 아니라고 보는데…?"

"전 그런 생각해 본 적이 없어요. 언니가 그렇게 느꼈다면 제가 죄송해요."

이렇게 시원시원하게 대답할 거면서, 아까는 무슨 생각을 얼마나 거창하게 했는지. 시간을 끌며 말을 아끼면 애가 타는 건 나였다.

"… 네가 죄송할 것까지는 없어. 넌 딱히 잘못한 것이 없으니까. 다만 내 손과 발이 되어 준 너와 끈을 안 놓기 위해 최후의 결정을 한 거야. 그리고 무료한 생활을 바꿔 보기 위해 너와 같이 일을 시작한 거 말 안 해도 알지…?"

미자의 표정을 살폈지만 읽을 수가 없었다.

"알고 있어요."

"… 그래 말해 주니 고마워! 그리고 장사는 그만하고 싶어. 너도 알고 있겠지만 돈 벌자고 하는 일도 아니고, 어찌 보면 널 위해서 한 것도 있다는 것도 알아줬으면 해. 맹목적으로 도와주는 것보다 일을 하며 대가를 받는 것이 남들 보기에도 떳떳해 보일 것이고…. 직업이 있다는 것이 얼마나 당당하니? 처음 네가 한 말 기억나? 끝까지 나와 가고 싶다고 했지? 난 두 가지 약속을 다 지켰다고 생각해. 첫째는 너에게 직업을 만들어 주는 것이었고, 둘째는 너의 재정상태가 어느 정도 기반이 잡혔기에 더 이상 내가 신경을 안 써도 되는 상황인 것 같아서 매장을 접기로 결정을 한 거야. 중요한 건 시간이 지나도 아무리 노력해도 여기 사람들과 어울리지 못할 것

같아…. 미자 네가 많이 애쓴 거 충분히 다 알고 있어. 내가 이 따위로 생겨 먹을 걸 어쩌겠어, 미안해…!"

말하는 내내 뚫어져라 내 얼굴만 관찰하고 있던 미자는 내 말이 끝나기가 무섭게 폭풍 같은 말들을 거침없이 쏟아내고 있었다.

"언니, 제가 뭐 잘못했어요? 혹시 서울로 이사 가시려고 마음먹은 거예요?"

"미자야! 내가 미안하게 왜 그래? 너 잘못 없어. 그냥 좀 쉬고 싶어서 그래…. 오너인 내가 고객들하고 말 섞는 것이 싫다고 언제까지 남에게만 의존하고만 있는 것이, 나 자신이 한심해서 민폐 끼치는 것 같아서 그래."

거리를 두기 위해 남이라 말을 일부러 덧붙여서 말했다.

"제가 남이에요?" 바로 따지고 들었다.

"아… 미안! 내 말은 내가 하기 싫다고 너에게만 떠미는 것 같아 항상 미안했다는 거였어. 내 마음 표현을 한다는 것이 서운하게 들렸다면 미안해!"

미안한 것도 없으면서 말끝마다 미안하다는 말을 하니, 전세가 역전되는 기분이 들었다. 하지만 작정하고 달려드는 미자를 달래는 것만이 지금은 최선의 방법이라고 생각했다.

"저는 한 번도 언니를 남이라고 생각조차 안 해 봤어요. 지금도 그래요!"

"… 네 마음 충분히 알겠어. 그래도 매장은 정리하기로 마음먹

은 거는 변함이 없어!"

"저도 생각할 시간을 주세요. 그리고 다른 사람이 인수하기 전까지는 마무리는 하게 해 주세요."

마치 명령처럼 말하는 미자…. 하나도 고맙지가 않았다. 느낌상 어떻게 시간을 끌까? 발악하는 모습으로만 보였다. 정리할 시간이 길어지는 동안 외부 사람들이 나와 미자의 불편한 관계를 알게 하고 싶지 않았지만, 그럼에도 미자 말도 아주 틀리지는 않는다고 생각해 매정하게 말을 못 하는 나 자신이 답답했다.

"… 끝까지 책임지고 마무리해 줘서 고마워…!"

하나도 고맙지도 않으면서 빈정 상하지 않도록 말을 고르느라 저자세로 나가는 것이 미자를 더욱더 당당하게 만들고 있었다.

"저의 속마음을 얘기해도 돼요?"

마음을 굳혔다는 걸 미자가 알아들었는지 미자 말을 듣는 것이 조금은 수월해졌다.

"물론이지!"

"… 언니가 저 말고 다른 사람들하고 친하게 지내는 것이 싫었어요."

"무슨 말이야? 너 말고는 깊은 사이는 너밖에 없다는 거 알면서… 그리고 여기서 제일 편한 사람이 너라는 것을 다 알면서 왜 이렇게 억지를 부리고 그래, 서운하게…?"

"아니요. 언니랑 둘이만 알고 지낼 때는 저만 챙겨 주고 언니의

사적인 얘기도 의논하고 뭐든지 저랑 같이했잖아요. 근데 저랑 친한 사람들을 알게 되면서부터 도희 말고는 다들 저 모르게 챙겨 준다는 것을 알았어요. 그리고 저랑 있을 때보다 제니, 세희, 정심, 채영이 언니와 있을 때 더 많이 웃고…. 그런 언니 표정을 볼 때마다 행복해 보였어요. 언니 말처럼 언제부터인지 저에게 눈길조차 주지 않으면서 매장에도 나오지 않더라고요."

지금 미자가 지껄이고 있는 말들은 남녀 사이에서도 결코 흔하지 않은, 집착에 가까운 얘기였다. 미자가 얘기하는 내내 내 귀를 의심했다.

"… 왜 그런 생각을 한 거야? 언제부터…?"

그나마 남은 정마저도 더 떨어지게 만들었다.

"오래전부터 느꼈어요. 채영이 언니가 언니에게 하소연을 할 때부터요."

"그게 언제 적 일인데…. 그때부터 네 마음이 불편했던 거였어? 그럼 진작 말하지!"

"언니가 맘에 들 때까지 노력했음에도 불구하고 언니가 모르더라고요."

"… 그래서?"

"언니에게 인정받기 위해 언니가 하는 모든 말과 행동 생각을 따라 하다 보니 시술까지 생각하게 됐어요."

미자 말을 듣고 있는 내내 누군가 닮아 있다는 생각이 들었다.

돌아가지도 않는 머리를 쥐어짜며 시술한 미자의 얼굴이 누구와 닮았는지를 생각하자 경악을 금치 못했다.

미자 얼굴에서 소선 언니가 보였다. 찢어진 눈에 앞 트임을 하는 바람에 눈은 커졌지만, 매서운 눈매가 소선과 닮아 있었다.

순간 몸이 얼어붙어 버렸다. 그저 나와 비슷하다고만 생각했지 소선은 생각도 못 했다. 헤어 스타일도 나와 같았고 키도 비슷하여 소선이 살아 돌아온 것 같았다. 이 세상에 없는 내 언니, 소선은 이미 죽었다. 그럼 나와 닮았다고 해야 하나? 그렇게 생각하니 맞은편에 앉아 있는 모습은 나였다. 미자를 대하는 것이 한계점에 다다랐다. 미자 말을 계속 듣고 있으니 속이 울렁거려 금방이라도 토사물을 쏟아낼 것 같았다.

"그래? 성형을 하고 나니 뭔가 달라졌다고 생각 드니?"

미자는 내가 묻는 말에 대답을 못 하고 있었다.

"그동안 서운한 것이 있었다면 그만 풀어. 충분히 네 마음을 알겠어."

더 이상 말도 안 되는 헛소리를 듣고 싶지 않았다.

"더 할 말이 있는 거니?"

"아니요…."

"이제부터 월급 없이 한 달 수입의 반은 네가 챙겨 가도록 해! 이제부터 매장 정리될 때까지는 네가 알아서 운영해 봐. 난 신경 안 쓰고 싶어."

"… 네!"

"먼저 들어갈게!"

단호하게 말을 하자 더 이상 나를 붙잡아 둘 명분이 생각이 안 났는지 이쯤에서 미자가 나를 놔준다.

"일찍 들어가서 쉬세요! 저는 마저 일하고 들어갈게요."

아무 일 없었다는 듯이 당당하게 말하는 미자가 두려웠다.

영화나 드라마에서도 흔히 접할 수 없는 이런 상황이 나에게 일어날 줄은 꿈에도 생각 못 했다. 여자가 여자에게 집착한다는 것은 처음 경험하고 있었다.

지금 기괴한 상황이 일어나는 현실에 하필이면 주인공이 왜 나인 건지? 제대로 발목이 잡혔다는 생각이 들었다. 집에 들어오자마자 바로 침대로 들어가 누워 버렸다. 눈만 멀뚱멀뚱 천장을 응시하며 지금의 처한 사정을 누구라도 붙잡고 하소연하고 싶었지만, 상춘에는 그럴 만한 사람이 단 한 사람도 없다는 것이 서글펐다.

지금의 내 처지가 한없이 처량하기 그지없었다는 것을, 피부로 확연히 느끼고 있었다. 전조증상도 없이 눈물이 흘러 귀밑으로 고였다.

7.

사람이란 동물은 하나같이 복잡하고 대처하기 힘든, 동물 중에서도 사악한 동물 중 하나였다. 생각할수록 바짝바짝 속이 타들어 갔다. 빨려 들어갈 것 같은 소용돌이 속에 이미 발 하나는 들어가 버렸다.

무사히 빠져나올 수 있을지 겁이 덜컥 났다. 예전 미자가 나에게 이사 가지 말라고 애걸복걸 매달렸던 그때가 생각나며 다시 정신줄이 꼬이기 시작했다. 어쨌든 지금은 매장을 처분하는 것이 급선무였다.

이제는 마냥 기다림이었다. 다시 하루를 매일같이 술로 달래고 답답함을 해소하고자 연신 줄담배를 피워 댔다. 처한 상황을 억지로 외면하고자 정신과 약과 수면제를 한 번에 털어먹고 자는 일이 일상이 되어 버렸다.

말 한마디 안 하다가 가끔 미자에게서 안부 전화가 오면 얼굴 근육이 굳어 첫마디가 제대로 나오질 않았다. 미자에게 속내를 들킬까, 목소리와 억양을 정돈해야만 했다. 미자 말에 대꾸하기 전까지 시간이 좀 걸렸다.

"언니! 식사는 하셨어요?"
"… 먹었어, 무슨 일 있니?"

"언니 얼굴 본 지가 오래도 되고, 보고 싶기도 하고…. 매장에 안 나오세요? 동생들도(정심, 도희, 제니) 언니들도(세희, 채영) 무슨 일 있기에 언니 얼굴을 볼 수가 없냐고 다들 난리예요."

"애들 놀러 오면 점심이라도 사 주고 보내, 서운하지 않게…. 나에 대해 물어보면 서울 자주 가느라 좀 바쁘다고 둘러대고…."

"안 그래도 그래 얘기하고 있어요! 언니 일 끝나고 집에 잠깐 들러도 될까요?"

"왜…?"

"언니한테 전해 줄 것도 있고, 아무래도 언니 얼굴을 한 번은 봐야 걱정을 덜 하죠!"

계속 밀어내면 눈치가 만 단인 미자가 내 속내를 알아차릴 것 같았다.

"그럼 너무 늦지 않게 와…."

"네, 언니. 이따가 봐요!"

미자와 통화가 끝나자마자 지금까지 먹었던 술병들을 치우고 샤워까지 마무리하고 미자를 기다렸다. 집에만 칩거한 날을 따져 보니 보름 정도 됐을 것이다. 6시 반 정도 됐을 무렵 현관 비밀번호 누르는 소리가 들렸다.

예전에 문을 열어 주러 현관까지 가는 것이 귀찮아 비밀번호를 알려 주었다. 아직도 잊지 않고 있다는 것이 지금은 꽤나 신경이 쓰였다. 지금에서야 미자를 너무 격의 없이 대한 것을 후회하며 미자가 돌아가면 바로 번호를 바꾸기로 마음먹었다.

"언니, 저 왔어요."

"어서 와~"

반가운 척 맞이하며 미자 얼굴을 보았다. 시술한 부위가 자리를 잡았는지 한층 더 예뻐져 있었다. 억세고 촌스러운 이미지는 찾아볼 수가 없었다. 강남에서 볼 수 있는 흔한 얼굴이지만, 상춘에서는 충분히 예쁘다는 말을 들을 수 있는 이미지로 변신해 있었다. 촌스럽고 억센 이미지는 찾아볼 수는 없었지만 매서운 눈매는 아직까지 남아 있었다.

"혼자 집에서 뭐 하는 거예요?"

윗사람이 아랫사람에게 말하듯 지껄이는 것이 거슬렸지만, 듣고만 있었다. 미자는 나와 어느 누구도 친할 수 있는 사람은 본인 밖에 없다는 것을 증명이라도 하듯 거침없이 편하게 말을 던지고 있었다.

무엇이 들어 있는지 모를 반찬 통들을 하나하나 끄집어내며 말을 이어 가고 있었다.

"내일이 언니 생일이라 나물 몇 가지 하고 떡 좀 싸 왔어요!"

내일이 생일이라…. 어쩌면 내 생일이 미자에게는 다시 한번 기회가 될지 모른다는 기대감을 갖고 바리바리 싸 왔을 것이라 생각이 든다. 하지만 한날한시에 태어나 생일이 같은 나의 반쪽이 없는 날부터, 내 생일은 없어졌었는데…. 참, 사람을 난처하게 만드는 것

도 미자의 주특기였다.

처음에 미자가 오늘처럼 했던 적이 있었다. 그땐 이런 행동이 감동의 도가니로 눈시울이 붉어져 차마 먹을 수 없던 적이 있었다. 언니 없이 혼자만의 생일을 맞이하는 것조차 죄스러워 혼자 이런 호사를 누려도 되는지 미안하면서도, 미자의 정성을 고마운 마음으로 꾸역꾸역 먹고 있는 모습으로 보답한 적이 있었다.

아마도 이때부터 내 사람이라고 생각해서 친동생 같은 마음으로 대우를 해 준 것이다. 음식을 보자 그때 생각이 떠올랐다. 이 상황에도 불편함을 표현할 수 없는 것이 괴로워서 미칠 것만 같았다.

"매장일도 바쁜데 이런 걸…."

주방으로 들어가니 한 상을 근사하게 보기 좋게 차려 놓았다. 지금의 이 모습, 미자가 다시 한번 그림을 그리기 위해 애쓰고 있는 모습…. 정말 미쳐서 돌아 버릴 것 같았다. 성질 같았으면 밥상을 뒤엎어 버리고 미친 짓 그만하고 제발 좀 눈앞에서 사라져 주길 애원하고 싶은 심정이었다. 이 계기로 난 식사라는 개념을 상실하고 말았다.

"그래, 매장 매출은 좀 어떠니? 인수한다고 가게 보러 오는 사람은 없었고?"

미자 성향에 대답을 바로 못 하는 걸 보면 할 말이 많아 어디서부터 얘기를 꺼내야 할지 고심하는 눈치였다.

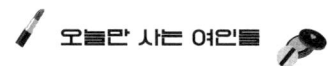

"… 없었어요! 근데 언니, 날이 갈수록 고객은 늘어나는데…?"

미자가 더 이상 말을 잇지 못하도록 말을 막았다.

"난 자신이 없어. 그게 왜?"

무슨 대답을 원하는지 짐작은 하고 있었다.

"그동안 우리가 해 놓은 것들이 있는데 남에게 넘기는 건 너무 아까워요."

당돌하게도 우리라고 말하는 것이 신경 쓰였다. 하지만 미자 말도 맞았고, 시골 촌구석에 명품 매장은 없었기 때문에 장사가 잘되는 것도 알고 있었다.

"… 그래서 말인데요…. 언니가 생각을 바꾸면 안 돼요?"

미자는 거침없이 속내를 드러내고 있었다.

"매장을 유지하면 나에게 어떤 이익이 돌아오는데?"

"… 언니는 아쉬울 것이 전혀 없다는 것도 알고 있지만, 전 생사가 달려 있어요."

"그럼 네가 인수해라. 그동안 모은 돈도 꽤 있는 걸로 아는데…!"

그동안 차마 하지 못했던 불만들을 일축해서 속마음을 드러냈다. 가만히 듣고 있던 미자가 기어들어 가는 목소리로 꿍얼댄다.

"… 인수할 돈도 없지만, 오너는 아무나 하나요? 그저 저는 시키는 일은 얼마든지 잘할 자신은 있어요. 언니, 제발 부탁이에요! 그냥 이번 한 번만 저를 위해서 생각을 바꾸면 안 돼요?"

내 집에 들어서는 순간부터 작정을 하고 왔는지 내 의견 따위는 말하는 것조차 무색하게 만들었다. 지금의 이 순간을 어떻게 모면해야 할지 머리가 돌아가지 않았다.

"미자야! 일단 밥이나 먹고 그 문제는 천천히 생각하자…!"

듣고 싶은 대답이 나오질 않자 미자의 얼굴이 굳다 못해 집안 공기마저도 굳어 있었다. 그저 그릇에 부딪히는 숟가락과 젓가락 소리만 크게 울려 퍼졌다.

"… 언니, 음식이 맛이 없어요…? 맥주라도 사다 줄까요?"

미자는 역시 내 속마음을 꿰뚫어 보고 있는 듯, 타이밍에 맞추어 내 입 안의 혀처럼 굴고 있었다.

사실 미자가 집에 들어서는 순간부터 술 생각이 났다. 먹고 싶다는 생각보다 맨정신이 싫었다. 지금의 자리가 몹시도 불편한 상황이라 회피하고 싶었고 어쩌면 시간을 벌기 위한 생각이었는지도 모른다. 기다렸다는 듯이 "사다 주면 고맙고…!" 하자, 말이 떨어지기 무섭게 미자가 현관문을 나가는 소리가 들렸다.

미자가 자리를 비우는 동안 아무리 생각을 해 보아도 지금 당장 처리할 수 있는 것이 아무것도 없었다. 매장을 인수하겠다는 이가 나타나기 전까지는 운영하는 것이 미자가 한 말대로 최선의 방법이었다. 어쩌면 내가 그저 미자 말들을 부정하고 싶은 마음에 복잡하게 일을 만드는 것처럼, 미자 눈에는 마냥 그렇게 보였을지도 모른다.

꿈인지 현실인지 구분이 가질 않아 한참을 어둠 속에서 앉아 있었다. 분명한 건 미자가 하얀 치아를 보이며 내 앞에서 활짝 웃는 모습밖에 기억이 나질 않았다. 그렇다면 미자는 나에게 듣고 싶은 대답을 들었던 거겠지.

습관적으로 핸드폰에 손이 갔다. 기억이 나질 않는 것들을 확인하는 찰나, 미자에서 온 문자를 보는 순간 먼지처럼 나 자신이 사라져 없어지길 바랐다.

「언니, 은혜는 잊지 않을 거예요. 언니, 사랑해요!」

"… 제기랄…."

한숨 섞인 소리가 짤막하게 튀어나왔다. 사람들은 알코올이 들어가면 여느 때와는 다르게 행동하기에 그 사람의 인성이 그대로 묻어 나오는 것을 확인할 수 있다.

어떤 이는 분노 조절을 못해 싸움을 일으키는가 하면, 어떤 이는 신세타령을 하다못해 우는 사람도 무수히 보았다. 나는 알코올만 들어가면 다운됐던 기분도 살아나는 경우다. 10년 넘게 봐 왔던 미자가 나의 성격을 모를 리가 없었다.

어쩌면 미자는 여기까지도 파악했을 것이다. 쥐구멍이라도 들어가 숨고 싶은 심정이었다. 정확히 미자에게 어느 선까지 베풀었는지 기억이 나질 않았다. 미자가 매장에 출근할 때까지 기다리는 것이 너무 답답해 먼저 전화를 걸었다.

어디까지 원하는 걸 들어줬는지 물어보는 나 자신이 한심하기

그지없었다.

"언니, 괜찮아요? 어제 좀 무리하게 많이 마셨어요. 언니 자는 거 보고 나왔는데…?"

"… 그런 것 같더라. 새벽에 눈이 떠졌는데 목말라 죽는 줄 알았어. 고맙게도 네가 내 방에 물을 갖다 놓고 갔더라. 다행히 주방까지 안 가고 물 먹고 다시 잤어…. 넌, 기분은 좀 어때?"

"항상 언니한테 고맙게 생각하고 있고, 늘 감사하는 마음으로 언니 옆에서 손과 발이 되고 싶어요. 이건 진심이에요."

도대체 어디까지 허용을 해 준 건지 알 수 없었다. 얼굴을 보고 얘기해야 내가 어디까지 주접을 떨었는지 파악할 수 있을까?

"말이라도 고마워. 지금도 잘하고 있는데…. 점심이나 같이 먹자!"

한 달 만에 보는 매장은 미자 위주로 분위기가 전부 바뀌어 있었다. 어수선하기는 그전과 별반 다를 것 없었다.

"우리가 어제 어떻게 마무리했는지 사실 정확히 기억이 안 나는데, 생기가 넘치는 거 보면 내가 원하는 말을 해 주었구나?"

"언니 말대로 어떻게 될지는 모르겠지만, 지금은 매장에만 전념하고 여유가 생기면 제가 인수하는 방향으로 할 생각이에요."

미자 말을 듣고 나서야 안심이 되었다.

"그리고 언니! 출근하면서 부동산에도 얘기했어요. 언니가 내놓지 않겠다고요."

"… 부동산에서는 뭐라고 하든?"

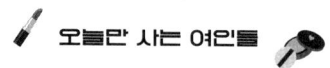

"아쉬워하는 눈치였어요. 매장을 인수한다는 사람이 있었나 봐요."

알고 있었다. 부동산에서 연락이 여러 번 왔었다. 몇 번이나 들렀는데 가게에 사람이 없다고 연락이 왔었다. 말없이 자리를 비운 미자에게 가타부타 물어보기 싫어 부동산 업자에게 대충 얼버무리고 말았다.

"미자야! 이렇게 된 이상 책임감 있게 이끌어 가 봐. 그리고 나에게 피해 가는 일은 없도록 하고. 혹시라도 차후에 변동이 생길지도 모른다는 생각도 하고 있어. 너를 못 믿어서 하는 얘기는 아니고 일이라는 것이 마음먹었던 대로 굴러가지는 않거든?"

이제야 어제 나눈 얘기들이 생각이 났다. 얼굴들을 보기 싫어 무작정 접는다는 생각을 뒤로하고 미자에게 한 번의 기회를 준 것이었다. 뭐가 됐든 서로 얼굴 붉히는 상황은 면한 것 같아 그나마 마음이 한결 가벼워졌다.

"언니, 정말 고마워요."

"고마울 것도 없어. 다른 사람에게 넘기는 것보다 너에게 인수할 수 있는 시간을 주는 거야! 대신 임대료가 밀리거나 유통업 사장들 전화나 오지 않게 해 주면 더 이상 미자 너에게는 바라는 것은 없어. 무슨 말인지 알지?"

신뢰성 없는 미자와 구두상 계약을 했다. 믿음은 가지 않았지만 당분간이라도 매장은 잊고 싶었다. 어떻게 굴러가든 미자가 인

수하기를 바랐고 미자 측근들 입에서 나와 미자에 대해 이러쿵저러쿵 헛소리가 나오지 않기를 바랄 뿐이었다. 가재는 게 편이라고, 내 편에서 옹호해 줄 사람은 없을 것이다. 눈에 안 보이면 그나마 신경이 덜 쓰일 것 같아 한 동안 서울에 가 있었다.

* * *

"너 요즘 서울에 자주 온다? 무슨 일 있지?"

용희는 내가 걱정되는지 반가운 기색보다 염려스러운 얼굴로 맞아 주었다.

"딱히 내가 할 일도 없고…. 직원이 다 알아서 운영하기에 시간이 남아도니까. 귀하신 몸이 너를 보러 서울까지 온 걸 영광이라고 생각해야지, 은근히 사람 눈치를 주고 그래? 혹시 내가 오는 것이 불편하면 말을 하든가…."

"야! 무슨 말을 섭섭하게 해? 오너가 자리를 자주 비우면 안 돼! 아무리 직원이 알아서 한다지만, 직원은 직원일 뿐이야. 넌 너무 사람을 믿는 것이 너의 단점이야. 매번 느끼는 거지만…."

"알았어! 그만해. 일단 왔으니 기분 좋게 맞아 주면 안 돼? 너는 나만 보면 잔소리밖에 할 게 없어?"

용희 마음을 모르는 건 아니지만, 지금의 복잡한 얘기를 한다면 아마도 폭풍 같은 잔소리와 함께 당장이라도 상춘으로 돌려보낼

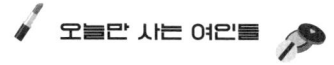

것이 분명했다.

"알았어, 알았어. 그러다 정말 화낼까 무섭다!"

"내 일은 내가 알아서 하니까 손님 대접 제대로 해 줘. 알겠어?"

아무 일 없는 것처럼 허풍을 떨어 댔지만 속은 편하질 못했다.

용희가 처음으로 자신이 운영하는 가게로 나를 데려갔다.

요식업이라는 말에 밥을 파는 가게인 줄 알았다. 하기야 입으로 먹을 수 있는 거니 요식업이 맞긴 맞았다. 서로 하는 일에 일체 얘기를 안 하니 모르는 것이 당연했다.

입구부터가 딱 봐도 일반 밥집이 아닌 것이, 너무도 화려하다 못해 어디가 어딘지 방향 감각을 잃을 정도였다. 어두컴컴한 조명 아래 아가씨들 몸매와 외모, 나이가 구분이 안 될 정도로 어두웠다. 다른 세계가 존재하고 있었다.

"왜 술장사 한다고 말 안 했어?"

"굳이 말할 필요가 있나? 괜히 말했다가 좋지 않은 시선으로 볼 것이 분명할 텐데…?"

"난 다른 여자들하고는 생각하는 것이 달라. 그렇게 꽉 막힌 여자가 아니거든!"

"소원이 너 아직도 날 파악 못 했어?"

"뭐를…?"

"내가 왜 이 나이 먹도록 여자 없이 지내는지 모르지?"

용희가 물어보는 말에 바로 대답을 못 했다. 감이 오질 않았다. 본인 여자 없는 것을 점쟁이도 아닌 나에게 왜 물어보는지, 과연 얼마나 거창한 얘기를 하려는지 갑자기 궁금해졌다.

"처음인데, 진지하게 네 얘기를 하는 건? 그만큼 나를 신뢰한다는 걸로 알 테니까, 일단 말해 봐."

"술장사를 하다 보면 여자를 만들 수가 없어. 어떤 여자들이 좋아하겠어? 그리고 난 매이며 사는 삶은 체질상 맞지도 않고, 지금의 내 삶에 만족하고 살거든. 그래서 아마도 너하고는 오래가는 것 같아! 널 만나면 편하고 친구이자 애인 같고, 내가 없는 것은 네가 갖추고 있고, 내가 없는 것은 네가 갖추고 있다는 생각…. 너는 그런 생각 안 해 봤어?"

너도 그렇지 않냐는 듯, 조금은 편안해 보이는 미소를 지으며 이어서 말한다.

"서로가 각자의 내면 속 밑바닥은 건들지 않고 존중해 주는 것. 어쩌면 이게 내가 너를 좋아하는 이유 중 하나라고 볼 수도 있지."

"영광인데? 이렇게 나를 인정해 줬다는 것은, 아마도 우리가 오래 볼 인연이라는 뜻으로 생각하면 되나?"

"내가 원하는 페이스대로만 해 준다면 나야 바랄 것도 없지!"

"너무 이기적인 발상이라는 생각은 안 드니? 그러다 평생 여자 못 만난다?"

"네가 내 옆에 있어 준다면 여자 만들 생각 없다! 골치만 아프

지. 아무튼, 내 가게에 처음으로 방문해 줘서 기쁜 마음으로 한턱 쏠게! 오늘은 너 마시고 싶은 대로 실컷 마셔!"

용희와 함께 지내며 이런 날도 있구나 싶었다. 지금까지 몰랐던 용희의 속내를 처음으로 들었다. 한 번도 진지한 얘기는 나누어 본 적이 없었다. 이 의심이 많은 존재가 어떻게 해서 이렇듯 두터운 믿음을 가졌는지 알 수는 없지만, 서로 말은 안 해도 어떤 점이 상대방의 아킬레스건인지 연륜으로 알 수는 있었다.

"참! 소원아 저번에 말한 적 있지? 준희 나가고 다른 동업자 동생이 들어왔다고? 여자친구 왔다고 하니까 누나 얼굴 보고 싶다고 자리를 만들어 달라고 하는데, 소개해 줄까?"

"나야 영광이지! 남자가 보고 싶다는데 마다할 이유가 있나? 둘이서 술 마시기에는 적적했는데 놀아 줄 남자가 있어서 좋은데, 나는? 좋아! 빨리 데려와."

"알겠어, 조금만 기다리고 있어."

"응."

용희는 내 대답을 듣자마자 룸을 나갔다. 용희는 뭐가 바쁜지 나를 덩그러니 혼자 남겨 두고 좀체 룸으로 들어올 생각을 않는다. 상춘에서의 복잡한 일들은 되도록이면 생각하지 않으려고 혼자서 양주를 연거푸 마셔 댔다. 취기가 올라오고 있었다.

얼마나 흘렀을까? 용희가 들어오면서 자리를 오래 비워두고 혼

자 있게 한 것을 만회라도 하듯 과장되게 밝은 목소리로 외친다.

"오늘따라 희한하게 바쁘네? 심심했지? 미안해!"

"괜찮아, 이해해!"

용희 뒤로 따라 들어오는 남자가 보였다. 용희가 말한 동생인 것 같았다. 훤칠하다 못해 키가 너무 커서 오히려 용희 키가 작게 느껴질 정도였다. 자리에 앉자마자 술을 따라 주며 누나 얘기는 많이 들었다고 한번 뵙고 싶었다고 한다.

너무 깍듯하게 대우하는 바람에 이 상황을 남들이 볼 때는 엄청 나이 많은 중년의 사모님을 접대하는 그림처럼 되어 버렸다.

"한번 보고 싶었어요. 친구가 아끼는 동생이라고 말은 많이 들었어요. 설마 이렇게 볼 줄 몰랐는데요?"

용희가 듣고 있다가 동생이니 말을 놓으라고 한다.

"누나, 말씀 놓으세요. 존댓말 하시면 편하게 대화할 수 없잖아요?"

넉살 좋게 받아치는 것이 노련해 보였다. 용희 말로는 많이 힘들다고 들었지만 그렇게 보이지 않았다. 아직까지도 부잣집 도련님의 자태가 남아 있었다. 여유 있는 행동거지와 말투에 묻어 나오는 아우라는 가르쳐서 뿜어 나는 것이 아닌 걸 대번에 알 수 있었다.

이 친구의 인생사를 어느 정도는 알고 있기에 이 친구가 은근히 걱정되었다. 아직까지도 자신의 처지를 깨닫지 못한 것처럼 보였기 때문이다. 한때는 부잣집 도련님이었던 사람이 이 각박한 세상을

감당할 수 있을지, 앞으로 얼마나 더 많은 고초가 기다리고 있을지 인지하지 못하는 것이 심히 걱정이 되었다. 내 알바 아니지만….

"너무 예쁜 이름을 가졌어요. 정말 본명 맞아요? 적지 않게 놀랐어요. TV에서 '빈' 자 들어가는 연예인들 보면 잘생겼잖아요? 처음 대면하자마자 말이 많았지요? 혹시 제가 결례하진 않았죠? 사실은 궁금했어요, 부잣집 도련님은 어찌 생겼는지…?"

말문이 트인 것처럼 일방적인 내 말만 지껄이며 봇물 터지듯 내면의 끼를 저절로 쏟아내고 있었다.

"전 잘생긴 남자 좋아해요."

"용희 형 정도 인물이라면 속된 말로 '에이스' 아니겠어요? 그러니 누나가 용희 형을 좋아하는 거겠죠?"

"그건 맞는 말이죠. 용희가 못생겼으면 만나지도 않았어요!"

상춘에서 하지 못한 행동들을 거침없이 행하고 있었다. 용희와 임장빈은 속으로 경망스럽게 행동하는 나를 보고 뭐라고 할까? 그러거나 말거나 나의 양면성을 스스럼없이 적나라하게 드러내고 있었다.

"우리 세대는 세련된 이름을 갖는 것이 거의 드물어요. 부모님이 세대를 앞서가시는 분인가 봐요? 저와 용희 이름만 봐도 알 수 있듯이, 우리 부모님 세대는 이름에 신경을 안 쓰거든요?"

이름 얘기가 나오자 임장빈은 할아버지가 쌀 한 가마니 주고 지은 이름이라고 기분 좋게 자랑하고 있었다. 임장빈, 이 친구야말로

금수저 물고 타고난 태생이었다.

그런 인생을 살다가 이 친구는 어찌하여 지금의 현실에 부딪혔을까? 그리고 아직도 그 풍요롭던 시절의 그리움을 떨쳐 버리지 못하고 있다는 것을, 용희와 나는 장빈의 말과 행동에서 대략 짐작하고 있었다.

장빈의 얘기를 듣자니, 나와 상반된 유년 시절을 보냈다는 것이 부러웠나 보다. 내 배알이 꼬이는 걸 보면…. 그래서인지 유년 시절을 자랑하듯 늘어놓는 그의 말들이 귀에 들어오지 않았다. 열심히 듣는 척 연기만 하고 있었다.

"전번에도 왔다 가셨다면서요? 이번에는 언제 올라가세요?"

"좀 오래 머물다 갈까 해요. 친구가 가라고 등 떠밀지 않으면… 말이죠?"

통성명이 끝나고 우린 술이 떡이 되도록 부어라 마셨다.

한 달을 지내는 동안 하루도 빠짐없이 용희 가게에 제집처럼 드나들었다. 이런 신세계가 어찌 돌아가는지 보는 것만이라도 재미를 느꼈다.

스트레스를 보상이라도 받은 것처럼, 내일이 없이 오늘만 사는 여자처럼 미친년처럼 널뛰며 유흥을 즐겼다. 그동안 만나지 못한 친구들과 만남도 용희 가게를 이용했다.

어느새 서울에서 지낸 지도 한 달이 되어 가고 있었다. 마지막

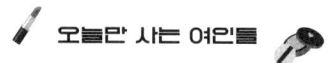

이 되는 날, 용희에게 내가 처한 사정을 맥락만 대충 들려주었다. 용희는 한참을 듣고 나서도 아무 말이 없었다. 한편으로는 서운함이 밀려왔다.

잔소리가 용희한테는 생활의 일부인데도 내 말을 듣고도 말을 아끼는 이유를 알다가도 모르겠다. 어떤 말이라도 해 주길 바랐다. 사실 용희가 무슨 말을 해 준들 해결 방법은 나만이 할 수 있는 일이라 짐작을 했는지…. 그래서 함구하고 있었는지도 모르겠다.

상춘으로 내려가야 한다는 생각에 흥이 나질 않았다. 마지막 날은 차분하게 담소를 나누었다. 보이지 않는 미래를 꿈을 각자의 인생들을 채우느라 정신이 없었다. 아주 오래전부터 알고 지낸 인연들처럼….

상춘으로 돌아왔음에도 서울에서 유흥의 재미가 아직도 미련이 남았는지 그렇게 놀고도 용희와 장빈 둘의 행동들과 말들이 자꾸만 생각이 났다. 나만 아는 아지트가 생겼다는 생각에 나도 모르게 피식 웃음이 나왔다.

8.

　어느 날 딸의 친구가 놀러 온다고 연락이 왔다. 딸 친구의 엄마도 오래 알았던지라 같이 온다고 한다. 일산에서 상춘까지 오는 데는 꽤 거리가 멀었다.

　모녀가 번갈아 가며 운전하고 온다는 얘기를 들었을 때 실감이 나질 않았다. 딸애와 나를 보러 온다는 소리에 코끝이 찡했다. 지금의 내가 처한 상황에서 어떤 돌파구가 생길지도 모른다는 생각에 알지 못하는 희망들이 꿈틀거리는 것 같았다.

　20년의 세월이 훌쩍 지나서야 처음으로 만나게 되었다. 우리가 지금 두 딸들의 나이였을 때, 삼십 대 초반에 언니를 처음 만났다. 그래서인지 딸들은 성인인데도 여전히 아이처럼 보였다. 두 딸이 주고받는 이야기를 듣고 있자 옛날 기억이 새록새록 떠올랐다. 딸애 친구 엄마도 예쁜 미모는 여전히 그대로였다. 요즘은 다들 자기 나이 맞지 않게 늙는 속도가 더디어졌다는 생각이 들었다.

　"자기는 여전히 어려 보여. 어디 나가면 엄마라고 안 하지?"

　"그래 보여? 언니도 마찬가지 아냐?"

　오랜 세월이 지났는데도 어제 본듯한 느낌이었다. 밤늦도록 딸들 얘기를 듣고 있자 옛날 생각이 떠올랐다. 애들이 초등학교 올라가서 언니를 처음 만났던 기억이 났다.

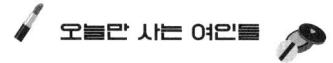

같은 임원 엄마들끼리 학교 행사 때문에 내 집에서 모여 바자회 때 먹을 음식을 준비한 적이 있었다. 그때 처음으로 언니를 만났다. 말과 행동들이 차분하면서도 다른 엄마들과는 달리 나대는 성격도 아니었는데, 조용하면서도 자기주장은 확실했다. 그때는 다른 엄마들에 비해 우리 나이가 너무 어려 감히 내 주장을 내세울 수 없는 분위기였는데 다른 엄마들과는 다르게 주눅 들어 있지 않았다. 대리 만족을 하는 건지, 그런 것들이 언니가 마음에 들어 다른 엄마들과는 달리 유난히 언니를 따랐었다. 딸애는 친구와 자기 방에 들어가 이야기에 열중하는지, 거실 밖으로 자지러지는 웃음소리가 들렸다.

우리도 방에 들어가 애들 앞에서 못다 한 얘기들을 마저 하고 있었다. 지금까지 내가 여기서 왜 생활을 하게 됐는지부터 울다 웃다 새벽까지 이야기에 열을 올리고 있었다. 언니 또한 남들로 인해 상처받았던 일들, 지금까지 아이들과 남편 때문에 버티고 살았다고 고충들을 털어놓았다.

잠이 들기 전 언니와 나는 같은 약을 복용하는 것을 알았다. 수면제와 신경안정제를 복용하는 것도 호르몬제를 먹는 것도…. 같은 맥락의 약들을 복용하고 침대 위로 올라갔다.

"자기야! 무슨 5성급 호텔에서 자는 분위기야. 침대도 호텔처럼 해 놨네? 옛날부터 느꼈지만 인테리어 하나는 아직도 죽지 않았어! 옛날에 자기 집에서 모였을 때가 기억이 나. 모든 것들을 화

이트 계열로 꾸몄지? 지금 이 집도 너무 잘해 놨어. 몸도 작고 키도 작으면서 혼자서 잘해 나가는 거 보면 기특해! 작은 거인 같아. 난 애들 아빠 없으면 할 줄 아는 것이 없어. 우리 딸은 이런 소리 하면 엄마도 혼자 다 할 수 있다고 하는데, 난 나 자신을 알지. 애들 아빠 없으면 난 못 살 것 같아."

"난 그래서 언니가 부러울 때도 많았어. 든든한 형부가 있어서…. 뭐가 됐든 형부가 든든하게 언니 뒤에 받쳐 주니, 싫든 좋든 둘이 서로 의지하며 산다는 것은 그거만큼 행복은 없을 거야. 언니가 여기까지 올 줄 몰랐어. 나 언니가 사는 데로 이사 갈까?"

"왜? 이사하려고?"

"이사는 전부터 하려고 했어. 그런데 어디로 집을 얻을지 고민하고 있었지. 언니 사는 데로 이사할까?

"자기 오면 나도 좋지!"

"정말? 알았어!"

언니가 분당과 일산을 정하지 못하고 있는 내 앞에 구세주처럼 나타나 확고하게 일산으로 갈 수 있게 내 수고를 덜어 주었다.

아침 겸 점심을 두부 요리 잘하는 맛집으로 가 점심을 먹고 차를 마셨다. 못다 한 수다를 연장했다. 그렇게 한참을 시간이 지나, 언니와 딸이 가는 모습을 배웅하며 놀러 오라는 기약 없는 약속을 하며 차 뒤 꽁무니가 보이지 않을 정도로 바라보고만 있었다. 한참을 굳어 있는 상태로 서 있자 딸애가 그만 들어가자고 재촉한다. 지금의 허한 이 마음…. 언니는 알 수 없을 것이다. 부족함이 없는 언니. 그러니 내 앞에서 투정을 부리다 못해 복에 겨운 소리만 해 대고 갔다.

* * *

언니도 돌아가고 나서, 혼자만의 시간이 한 달이 지나자 단절된 기분이 들었다. 이런 마음으로 얼마나 지났을까? 갑자기 망치로 얻어맞은 느낌이었다. 상춘에 도착해서 한 달이나 지난 지금에서 문득 깨달은 것은, 미자 측근 중 누구 하나 나에게 연락하는 이들이 없다는 사실이었다.

채영이에게 전화를 걸었다. 신호음이 한참을 울려도 받지 않고 있었다. 영업하는 친구라 못 받는가 싶어 연락 오기만을 기다렸다. 저녁이면 아이들 챙기느라 집에 들어와 있을 시간인데도 연락이 없었다.

밤 10시쯤 다시 한번 전화를 해 봤다. 분명 부재중 전화가 떴을 텐데 왜 연락이 없을까? 너무 늦은 시간인가? 다른 애들한테 전화를 하고 싶어도 남편들이 있는 시간이라 전화할 수가 없었다.

시간에 구애받지 않는 제니한테 전화를 해 봤다. 이상하게도 제니 또한 전화를 안 받는다. 불길한 이 기분은 왜 드는지 알 수 없었다. 평상시 같으면 내 전화라면 열 일 제쳐 두고 받는 아이들인데

무슨 이유로 연결이 안 되는 것인지, 더욱더 불길한 예감이 들었다.

미자와는 구두상 약조한 날부터 거리를 두고 있었다. 따로 연락하는 것은 웬만하면 안 하려고 노력하고 있었다. 어쩔 수 없이 미자에게 전화를 걸었다. 미자 또한 연락이 안 됐다. 도대체 이 상황은 뭐지?

아무리 생각해도 이해할 수 없는 상황이, 무엇인가 벌어지고 있는데도 감을 잡을 수가 없었다. 불길한 생각에 사지가 굳어 버릴 것 같았다. 한숨도 잠을 잘 수가 없었다. 연신 담배만 피우며 아침이 오기를 기다렸다. 미자를 만나면 내가 먼저 묻지 않아도 이슈되는 것들은 소식통처럼 전달해 줄 것이 분명했다.

가만히 묻어 두는 성격이 아니기에 아침까지 버티다 언제 잠이 들었는지 핸드폰 벨 소리에 비몽사몽 전화를 받았다. 채영이 목소리였다.

"어제 전화했는데 왜 이제서 하는 거야? 바빴어?"

"전화할까 말까 망설였어요."

"부재중 전화가 들어왔으면 당연히 하는 거지, 왜 망설여…?"

"… 저기, 미자가 그러는데 당분간 언니가 조용히 지내고 싶다고 되도록이면 연락하지 말라고 했다고…. 그래 말하던데요…?"

"난 그런 말 한 적 없어. 미자가 잘못 전달했겠지…? 매장에 관련된 것들은 신경 쓰고 싶지 않다고 말은 했지만, 너희들 관련된 얘기는 없었어. 설마 미자가 그래 말하지는 않았을 텐데…. 너희들

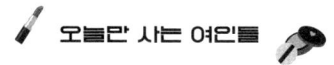

이 잘못 들은 거 아냐…?"

"저만 그렇게 생각하고 있지 않아요! 언니 없을 때 미자가 그래 말했어요? 언니한테 전화하지 말라고… 부탁 조로 말하던데요?"

뭐가 어떻게 돌아가는지 알 수 없었다. 내가 순간적으로 할 말을 잃자, 채영이 다시 조심스럽게 말했다.

"… 그럼 미자가 그런 말을 왜 했을까요? 저도 이해가 안 갔어요. 언니가 먼저 우리한테 전화하실 분이 아니라는 것도 알고는 있는데…. 그래서 언니 번호 보고 놀랐는데, 이상하다 싶어 그냥 전화했어요. 언니 혹시 무슨 일 있어요? 다들 언니 걱정해요…."

"일은 무슨 일? 아무 일도 없는데…? 그런데 애들이 내 걱정을 왜 하는데?"

"… 언니, 궁금한 것이 있는데 물어봐도 될까요?"

"뭔데…?"

"혹시 미자한테 가게 넘겼어요?"

"그게 무슨 소리야? 미자한테 가게를 왜 넘겨? 누가 그런 말도 안 되는 얘기를 하는 건데?"

채영이 무엇인가 고심하고 있는 것을 눈으로 안 봐도 알 수 있었다.

"점심 약속 없으시면 같이 먹어요. 언니 안 본 지도 오래됐고, 언니 얼굴도 보고 싶기도 하고요!"

이들을 안 본 지도 족히 석 달 정도 됐겠다 싶었다.

"난 매장에는 안 나가. 그럼, 미자 불러서 같이 먹을까…?"

미자가 그려 놓고 있는 그림을 완성하기 전에 내가 먼저 알아야 했다. 얼마나 미자 입맛에 맞게 세팅을 했는지 채영을 통해 얘기를 빨리 듣고 싶었다. 솔직한 마음은 미자와의 식사도 피하고 싶었지만, 예의상 물어본 것이다. 하지만 그와 동시에 미자와의 불편함이 묻어 있는 나의 속마음을 채영은 물론이고 다른 이들도 알게 하고 싶지 않아 은근슬쩍 마음에도 없는 소리를 덧붙였다. 그리고 내 편이 없기에 지금까지 가면을 쓰고 이들을 상대한 것도 있다. 마냥 착하고 돈 많은 언니라는 가면을 말이다.

"요즘 미자는 많이 바쁜 것 같아요. 어제도 들렀는데 없던데요?"

"그래…? 채영이가 나한테 할 말이 있는 것 같은데, 그럼 집에서 둘이 먹을까?"

"네, 언니. 몇 시쯤 갈까요?"

"집에만 있는 내가 시간 개념이 있겠어? 너 편한 시간에 와도 상관없어!"

"그럼, 좀 일찍 11시까지 갈게요!"

채영이에게 티는 안 냈지만 조바심이 났다. 얼마나 뒤로 자빠질 내용을 갖고 올지 심장이 벌렁거려 가만히 앉아서 기다릴 수가 없었다. 두 시간이 이틀 같고 한 시간이 하루가 같았다.

* * *

얼마나 지났을까? 채영이가 찾아왔다. 11시가 되기도 전에 초인종이 울렸다. 빛에 속도로 달려가 문을 열어 주었다. 채영을 보자 언제 방정을 떨었냐는 듯, 느긋하게 맞아 주는 척했다.

"어서 와! 너 연애하니? 점점 예뻐지는 거 같아~ 비결이 뭐야?"

"그럴 시간이 정말 있었으면 좋겠어요! 눈을 뜨면 그때부터 전쟁이 따로 없어요. 하루가 어떻게 지나가는지, 매일같이 다람쥐 쳇바퀴 돌듯 늘 하루가 똑같은데요…. 무미건조하게 하루하루 살아요."

"술 한잔 같이 먹어 줄 남자친구라도 만나지 그래?"

이 말은 진심이었다. 용희와 장빈하고 놀았던 생각이 아직도 여운이 남았다. 경험한 바로 나쁘지 않다는 생각에 채영에게도 권하고 싶은 생각이 들었다. 같은 처지인지라 그런지 안쓰럽다 못해 처량해 보였다.

"그래! 아침에 마저 못했던 얘기 계속해 봐. 지금도 이해가 안 가서 말인데, 한 달을 집에 혼자 있다 보니 갑자기 이상한 느낌이 들더라…. 너희들도 일체 연락도 없고 미자 또한 안부조차 없기에 처음은 '그럴 수도 있지' 하는 생각이었어. 그런데 아무래도 이상해서 가만히 있으면 안 될 것 같은 기분이 들어서 너한테 먼저 연락을 한 거야. 어찌 된 일인지 너도 연락이 안 되니까 미치는 줄 알았어. 여자들 촉은 빗나간 적이 없잖아. 다른 애들은 남편들이 있는

시간이라 전화는 못 하겠고, 제니가 생각나서 바로 전화하니까 제니도 안 받고…. 제니는 그 시간이면 주점에 있을 시간 아닌가? 그 시간이면 아가씨 대기실에 있을 시간인데, 손님 오기에는 좀 이른 시간이고…?"

아무것도 관심도 없는 줄 알았던 내가 어느 정도 이들의 스케줄을 알고 있다는 거에 채영은 놀라는 눈치였다. 그러거나 말거나 앞으로 내게 닥쳐올 일들에서 그나마 채영이가 내 편이 돼 주었으면 하는 바람을 담아, 처음으로 지금의 미자와의 불편한 상황을 말해주었다.

"… 제니도 저와 같은 마음일 거예요. 언니가 한 번도 우리에게 먼저 전화하지 않았는데, 갑자기 언니 전화에 놀라서…. 아마도 제니도 미자 말을 믿었을 거예요. 저도 그래서 언니 전화를 받을 수가 없었어요."

"미자가 어떤 식으로 와전했는지 듣고 싶어. 솔직하게 얘기해 줄래?"

채영을 쉽게 입을 열지 못했다. 신중에 신중을 기하는지 한참이 지나서 입을 열었다.

"… 언니가 사람들 만나는 것도 싫고 매장 일도 하기 싫다며 미자에게 매장을 넘겼다고 하더라고요."

할 말을 잃었다. 그동안 지금까지 있었던 미자와의 불편한 진실들을 토씨 하나 안 빼고 채영에게 들려주었다.

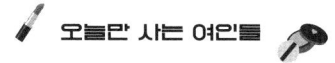

"채영아! 사실 미자가 무섭다는 생각이 들어. 십 년을 넘게 미자에 대해 다 안다고 생각했던 내가 바보 같다는 생각이 들고, 지금의 미자의 말과 행동들에 심적으로 너무 부담스러워. 모든 걸 나처럼 하려는 게 눈에 보일 정도야. 키도 나와 비슷해서 그런지 말투나 얼굴형도, 멀리서 보면 내가 봐도 착각할 정도로 똑같아. 지금의 내가 할 수 있는 건 어르고 달래서 미자가 가게를 인수할 수 있도록 시간을 주는 거 말고는 없어. 너도 알지? 남 얘기 좋아하는 여기 사람들 때문에 상춘에서 사람 하나 병신 되는 건 시간문제라는 거…. 모든 것을 놔두고 떠나고 싶지만, 떠나고 나면 아마도 나를 씹어 댈걸? 미자 말만 듣고서는, 내가 실컷 부려먹고 헌신짝처럼 버렸다고…? 아마도 미자가 툭하면 비방 타령을 해서 혹시 나에게 비방이라는 걸 치는지 신경 쓰이기도 하고. 우스운 얘기로 들리겠지만…."

"설마요?"

"나도 처음엔 너처럼 설마 하는 의문을 매번 느꼈어. 오랜 시간이 지나서야 나도 알아차렸으니까. 넌 몰라, 미자가 어떤 애인지…. 집요한 데다 말을 할 때 보면 사람을 압도하는 마력을 갖고 있다는 거…. 넌 한 번도 보지 못했으니까."

"알 것 같아요. 미자가 많이 달라져 있다는 것을. 그렇지 않아도 물어보고 싶었어요. 도대체 미자 월급을 얼마를 주는지…. 우리 같은 사람들은 말일이 다가오면 한숨이 절로 나와요. 이번 달은 잘

넘겼구나, 그렇게 안도의 한숨을 쉬며 빠듯한 생활을 하고 있어요. 언니는 이런 생활이 와닿지 않겠지만…. 샘이 나서 물어보는 것이 아니라 정말 걱정돼요. 만약에 언니가 없다면 어찌하려고 저러는지…?"

"… 네가 그래 말하니 솔직히 말할게! 지금 나도 너 같은 마음이었어. 매장 오픈하고 나서 몇 달은 월급으로 주다가 형편에 맞게 쓰라고 4년 치 월급을 한 번에 줬지. 동기부여 차원으로…."

처음 안 사실에 채영이 놀람 반, 부러움 반으로 입을 반쯤 벌리고 눈을 크게 뜬다. 도움을 줬겠거니 막연하게만 생각했지, 그렇게까지 해 줬을 거라고는 상상조차 못 했던 얼굴이다. 나는 그 얼굴을 보며 씁쓸하게 이야기를 계속했다.

"말은 안 했지만 사실 이사하라고 준 것이었는데 지금의 사태가 될 줄 꿈에도 몰랐어. 미자 살던 동네… 너도 봤지만, 무당들만 사는 동네라 무섭기도 하고 신경이 쓰여서 가만히 있을 수가 있어야지. 애만 놔두고 미자가 매장에서 늦게까지 하루를 보내는 것에 늘 신경이 쓰였거든. 하루이틀 장사하고 말 것도 아니라 아이한테 미안하기도 했고 다달이 월급 받아서 모은다는 건 너무 어려우니까, 그 돈을 대책으로 삼았으면 했어. 하지만 시간이 지나서 알았지. 규모 있게 돈을 쓸 줄 모른다는 것을…."

초연한 듯 엷은 미소를 띠며 물을 한 모금, 잠깐 뜸을 들였다. 채영은 뒷이야기가 더 듣고 싶어 눈이 반짝반짝한다.

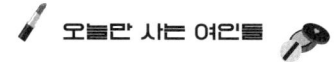

"그리고 다행히도 도희가 거주하는 같은 라인 임대 아파트로 이사도 했고, 미자가 늦는 날이면 도희가 그나마 챙겨 주어서 심적으로 마음은 좀 편해졌지. 하지만 가게에 신경 쓰는 만큼, 가정에 소홀해질 수밖에 없는 그런 부분이 걱정되어 얘기하면 미자는 늘 괜찮다고 했어. 그렇지만 신랑이 이 문제로 태클이라도 걸면…? 나는 나 혼자 장사한다는 건 생각도 안 해 봤거든? 그리고 어떻게 돈을 쓰는지 그 부분은 나야 모르지. 하지만 돈 씀씀이는 눈에 띄게 많이 달라져 있는 건 알고 있었어."

"그래서 물어본 거예요. 무슨 돈으로 얼굴 성형까지 하고…. 옛날에 보았던 미자를 찾아볼 수가 없어요. 언니 만나서 신세계를 맛보고 나서부터 미자의 행동이 눈에 띄게 달라지고 있어요."

"물론 좋은 쪽으로 달라진다면 좋은 일이지만 지금의 미자는 언젠가는 나락으로 떨어지는 행보라는 것을 나 또한 느끼고 있어."

"그래서 언니는 어떻게 하실 거예요?"

"… 어쩌다 상춘에서 자리를 잡았지만, 아무래도 여기는 내가 있을 곳이 아닌 것 같아. 매장이 정리되면 바로 서울로 거처를 옮길 참이야."

"너무 서운해요. 언니와 친해졌다고 생각하기도 전에 떠나네요?"

채영이가 이런 말을 하는 것도 이해는 갔다.

"그러게…. 하지만 3개월 정도는 미자에게 기회를 주어야 해. 언제 매장이 정리될지도 모르고 따지고 보면 당장 떠나는 건 아니니

까, 너무 서운하게 생각할 것 없어. 좀 멀어진 것뿐이지…. 대한민국 땅덩어리가 얼마나 작은데! 상춘까지 오는 데 2시간밖에 안 걸리던데? 그리고 오늘 너하고 나눈 대화는 다른 애들한테는 아직은 말 안 했으면 좋겠어. 둘만 알았으면 해."

"그럼 애들은 미자가 말한 것이 진실이라고 알 텐데요?"

"… 괜찮아. 때가 되면 알겠지."

"그럼 집에만 계실 거예요?"

"… 아마도 그러겠지…?"

"언니를 생각하면 매장이 해결이 빨리 됐으면 좋겠어요. 분명 이것들은 미자 얘기만 듣고 기정사실로 알게 될 텐데 걱정돼요. 제가 시간이 날 때마다 한 번씩 들러도 되죠?"

"그래 주면 나야 고맙지. 말이라도 고마워."

채영이가 다녀간 이후부터 다른 외부 사람들과 차단하고 생활했다. 가끔 소식통처럼 채영이 찾아와 밖에서 일어나는 일들을 보고라도 하듯 알려주었다.

채영이 말에 의하면 미자는 다단계에 빠져 헤어 나오지 못하고 있다고 한다. 우려했던 것들이 조금씩 드러나기 시작했다. 여러 거래처에서 전화가 오기 시작했다.

"사장님, 장사 안 하세요?"

"왜요? 무슨 일 있어요?"

"도통 연락이 없어서 폐업한 줄 알았어요."

"아니요? 제가 좀 바빠서 매장에 신경을 못 쓰고 있어요."

"다른 데서는 주문량이 폭주하고 있는데…?"

"… 우리 매니저한테는 연락 없었어요…?"

"네!"

어쩌면 이런 말들을 들을 거라고 예상했었나 보다. 화가 나지 않았다. 오히려 상춘을 미련 없이 떠날 수 있게 미자가 도와주고 있다는 생각이 들었다. 떠나는 날이 앞당겨질 것 같은 생각이 들었다.

"채영아, 미안하지만 오늘 내 집에 들르기 전에 매장에 좀 들렀다 올래? 뭐가 어떻게 돌아가고 있는지 알아봐 줘!"

채영이가 도시락을 가져와 예전에 미자가 하던 것처럼 나에게 들이밀었다. 예전이나 지금이나 먹는 것은 여전히 싫었다. 그저 죽지 않을 만큼만 겨우 먹었다.

"언니가 뭘 좋아할지 몰라 그냥 집에서 이것저것 반찬 좀 싸 왔어요. 우리가 먹던 대로 챙겨 온 거라 기대는 하지 마시고요?"

"미안하게 도시락까지 싸 오고 그래? 매장은…?"

도시락보다는 채영이 대답이 먼저였다.

"매장 불은 켜 있는데 문은 잠겨 있고 미자는 없어요. 그리고 언니가 들으면 기분은 안 좋을 것 같은데, 얘기는 해야 할 것 같아서요…."

"편하게 얘기해. 무슨 얘기를 하든 상관없어. 내 눈치 보지 말고…."

"… 사실은 저희들은 미자가 다단계를 하고 있는 건 예전부터 알고는 있었어요. 그때는 언니가 허락해서 하는 줄 알았어요? 언니가 정리한다고 하니까 이제서야 얘기해요. 미자 매장에 관심 없는 것 같아요. 매장은 단지 오프라인 판매나 광고 형식으로만 쓰고 있고 사람들과 모임 가질 때만 매장을 이용하고 있어요…."

본인이 말하고도 미안했는지 내 안색을 살피느라 걱정 어린 눈으로 쳐다보고 있었다. 그렇다면 상춘에 살지 않는 채영이까지 안다는 건 모두가 알고 있으면서 누구 하나 얘기해 주는 사람이 없었다는 것이다.

미자보다 이것들 얼굴이 하나하나 떠오르자 속이 울렁거려 토악질을 쏟아내고 싶었다. 그리고 채영이가 싸 온 반찬들이 구더기가 살아서 움직이는 것처럼 현기증이 밀려왔다.

"… 그런 표정으로 보지 마. 네가 미안해할 필요도 없고, 네가 말 안 했어도 짐작은 하고 있었어. 어느 부분에서 미자하고 관계를 언제 정리해야 할지 몰라 지켜만 보고 있었던 거야. 그래도 네가 지금이라도 얘기해 줘서 정리할 시간이 앞당겨질 것 같은데…? 지금의 이런 상황은 내가 아무리 잘했어도, 여유가 있다는 이유로 나한테 책임을 묻게 되는 상황일 수밖에 없어. 상대방이 싫어하는 조건 중에 하나 거든. 거기다 내 주장이 먼저 나가면 죽일 년 되는 거고…. 반평생을 살면서 숱하게 당해서 그놈의 예상은 빗나간 적은 한 번도 없었어. 그래도 미자는 많이 버텼다고 생각해. 한편으로는

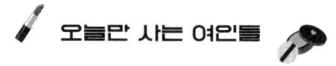

고맙기도 하고…?"

고맙게 느낀다는 말을, 거짓말처럼 아무렇지도 않게 채영이한테도 술술 쏟아내고 있었다. 지금의 말들은 모두가 진심이었다.

"혹시 제가 말실수했어요? 언니… 기분 괜찮아요…?"

"왜? 네가 보기엔 안 괜찮아 보여?"

"… 아무래도 제가 말실수한 것 같아서요."

채영은 울 것 같은 표정을 짓고 있었다. 미안하면서도 짜증이 밀려왔다. 언제까지 이것들 비위를 맞추어야 하는 생각이 들었다. 나도 여자지만 여자들 마음은 알다가도 모르겠다. 어쩌면 저렇게 자기 듣기 좋은 말만 해 주기를 바라는지…. 아무튼 나는 상춘 바닥을 떠날 때까지는 구설수에 휘말리고 싶은 생각은 없었다.

"채영아, 그만 끙끙대고 밥이나 먹자. 내가 괜한 얘기를 해서 난처했구나?"

"… 제가 언니라면 머리 싸매고 있었을 거예요?"

"걱정할 것 없어. 이런 일은 이골이 나서 아무렇지도 않아. 대신 채영아! 부탁 좀 하자. 내가 수월하게 정리할 수 있도록, 상춘을 떠나기 전까지는 네가 나 좀 도와줘. 너도 알지만 돌아다니는 모습 또한 나의 행동거지가 이곳 사람들에게 가십거리가 될 수 있거든. 그리고 미자는 지금 내가 무슨 얘기를 한들 좋게 받아 주지는 않을 거야! 그리고 내가 어떠한 결정을 내려도 뭐든 트집을 잡을 것이 분명하거든…. 그리고 미자가 하고 있는 지금의 행동은 나와 관련

짓지 못하게 빠른 시일 내에 미자와의 인연은 정리할 거야. 그러면 많은 손해를 보겠지만…. 그리고 내가 알고 있는 모든 일은 너는 모르는 걸로 하자. 나중에 미자가 알면 너 또한 좋지 않은 시선으로 볼 수도 있으니까. 나는 언제든 떠나면 그만이잖니?"

"… 알겠어요."

채영이가 돌아가고 나서 돌아가지도 않는 머리를 쥐어짜고 있었다. 당장이라도 뭔가를 손을 쓰고 싶었지만, 나이를 먹어서 그런지 즉흥적인 행동은 나도 모르게 자제를 하고 있었다. 이놈의 걱정은 죽을 때까지 하고 살아야 할 팔자인지, 자꾸 신경을 쓰다 보니 제대로 먹지 못해 몸무게가 말도 못 하게 빠져 있었다. 그러다 보니 숫자에 민감해져 체중계에 올라가 숫자 보는 것이 두려웠고 영양부족으로 현기증이 나 제대로 생활을 할 수가 없었다. 지금의 몸 상태는 최악이었다. 그만 살고 싶을 정도로 삶의 질이 바닥을 치고 있었다. 그럼에도 이놈의 담배는 멈출 수가 없어서, 손가락 사이에 담배는 부적처럼 늘 장착되어 있었다. 그래서인지 스타도 아니면서 늘 별들이 나를 감싸고 있었다. 자주 가는 병원에서도 포기했는지 담배 끊으라는 말도 하지 않는다. 병원에서도 포기한 나 자신을 나도 포기했다.

***

현기증이 나는데도 매장에 가야만 했다.

앞으로 어떤 결과물이 나올지는 모르겠지만, 지금의 선택으로 앞으로 닥쳐올 위기에서 빠르게 대처할 수 있도록 결단을 내리고 싶었다.

미자 또한 마찬가지로 빠른 시일에 정리하고 싶었다. 얼마 만에 씻었는지 거울 앞에 앉아 있는 내 모습이 창백하다 못해 핏기 하나 없었다. 대충 머리를 말리고 옷을 이것저것 걸쳐 봐도 맞는 옷이 하나도 없었다. 서울에 다녀온 이후로 이렇게 살이 빠져 있었는지 몰랐다. 옷을 걸치고 나서야 심각성을 깨달았다.

미자가 오기 전에 먼저 내려가 매장을 둘러보았다. 예전에 입고 됐던 옷들이 조명 때문인지 색이 바래 있고 다단계 화장품들만 즐비하게 늘어져 있었다. 청소를 얼마나 안 했는지 먼지들이 구름처럼 바닥에 날아다니고 있었다.

미자에게 전화를 걸었다. 신호음이 대여섯 번 울리자 미자가 반색을 하면서 언니가 이 시간에 웬일이냐며 오히려 당당하게 나오고 있었다. 기가 찼지만 인내심의 한계가 어디까지 가는지 테스트한다고 생각했다..

"미자야, 매장에는 언제 출근하니?"

"학교에 아이 데려다주고 출근할 거예요!"

"혹시나 내가 없는 줄 알고 늦게 나올까 싶어서, 나 매장에 나와 있다는 걸 알려 주려 전화한 거야!"

미자가 당황하며 말을 잇지 못하고 있었다. 미자를 보면 어떤 식으로 말을 해야 좋을지 생각해 봤지만, 마땅한 말이 떠오르지 않았다. 그냥 내가 알고 있다는 것을 그대로 표현하기로 했다. 더 이상 이 문제로 지체하고 싶지 않았다.

아마도 오늘 이후로 미자 얼굴 볼 일은 없을 것 같다는 느낌이 들었다. 미자 성격상 두 번씩이나 나에게 저자세로 나오지는 않을 것이다. 지금까지 미자의 행동거지는 거의 파악했다고 볼 수 있었다. 어제까지만 해도 없으면 못 살 정도로 살갑게 굴다가도, 마음에 들지 않으면 바로 돌아서는 행동을 여러 번 본 적이 있었다. 그런데도 나에게는 많이 참아 준 걸 알고 있었다.

11시쯤 되어서야 문을 열고 들어오며 눈물 나도록 반갑게 맞아 주고 있었다.

"언니, 커피는요?"

내가 어떤 마음으로 매장에 왔는지 미자는 속도 모르고 입이 귀에 걸려 있었다. 이 상황에서 찬물 끼얹는 말을 할 거라는 걸, 본인이 무속인이면서도 어떻게 될지 알지 못하는 것이 우스웠다.

"먹고 왔어. 오늘 너에게 할 말이 있어서 왔어."

"말씀하세요!"

뭐가 그리 당당한지 목소리에 힘이 들어가 있었다.

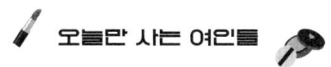

"너 매장을 인수할 마음은 있는 거니? 그럴 마음이 없다면 시간 끌지 말고 바로 정리하고 싶은데…?"

"언니가 몇 달은 알아서 잘해 보라고 말씀하셨잖아요? 그런데 지금 그렇게 말씀하시면 안 되죠."

"그래, 처음 말한 그 몇 달에서 이제 한 달 남았어. 그 한 달을 꼭 채워야 어떠한 결정이 나는 거니…? 네가 그래 말하니 하나만 묻자. 너 어떻게 하려고 다단계 빠져 있는 거야?"

"… 돈 벌려고 하는 거지요."

"누가 그래, 돈 번다고? 내가 지금까지 너를 어떤 심정으로 대해 줬는데 의논 한 번 없이 왜 마음대로 일을 벌이니? 널 남이라 생각했으면 이런 말도 안 해. 알겠어? 처음 널 만났던 그때 기억 안 나니? 네가 어떤 모습으로 나에게 다가왔는지…. 그때를 생각하면 지금은 예전보다 형편도 많이 좋아졌는데 갑자기 욕심을 부린다고 해서 당장 달라질 수는 없어. 지금까지 다단계 해서 돈 벌었다는 거, 내 주변에는 단 한 사람도 못 봤어!"

"아니요. 언니는 있는 사람이라 모르겠지만, 전 빨리 돈 벌고 싶어요. 저 이번 달에 천팔백 벌었어요!"

단호하게 말하는 미자…. 할 말을 잃었다.

"얘기 없이 바로 정리하고 싶었는데 그나마 네 의중을 물어보아서 시간 여유를 주었잖니? 네가 옷가게를 하든 화장품 가게를 하든 관심 없어. 권리금 따위도 난 필요 없고, 그저 빨리 정리하고 싶

은 심정이야. 너 지금도 결정 못 하고 있잖아. 한 달 후에 네 말대로 확실하게 인수하겠다면 다행이지만, 그냥 시간만 끌 생각이라면 그만했으면 해…. 네가 확실한 대답을 해 줘야 여기 있는 물건들을 헐값으로 처분이라도 하지. 안 그래, 미자야?"

미자는 말없이 손톱만 뜯고 있었다.

"그럼 마무리는 제가 하고 그만둘게요."

무슨 생각으로 얘기하는지 감이 잡혔다. 미자는 그저 사무실이 필요했던 것이다.

"… 아니, 그럴 필요 없어. 이제부터 네 손은 필요하지 않아! 아르바이트생 시키면 되니까, 네가 마무리할 필요 없어!"

미자는 이 말이 끝나기 무섭게 뒤도 안 돌아보고 휑하니 나가 버렸다. 점점 사람들이 네발 달린 짐승처럼 보인다. 미자가 나가고 덩그러니 남아 있는 내 모습이 그저 허무하다 못해 한심해 보이기까지 했다.

여기서 끝이구나. 미자와의 관계, 그리고 미자 측근과도, 상춘에서의 생활도, 매장의 모든 것도 정리가 됐다는 생각에 너덜너덜 만신창이 걸레가 된 기분이었다.

* * *

천근 같은 몸을 이끌고 집으로 어떻게 기어 들어왔는지 알 수

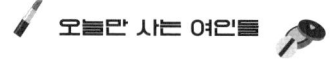

없었다. 지금까지 편치 않은 생활을 너무 오래 했는지, 집에 도착하자 다리 힘이 풀려 안방까지 가는 것조차 힘이 들었다. 미자에게 최후통첩을 하고 나서야 밀린 숙제를 끝낸 기분으로 설쳤던 잠을 취하기 위해 애를 썼다.

꿈인지 현실인지 무슨 이유인지 잊고 싶은 얼굴들이 자꾸만 눈에 보였다. 가도 가도 끝이 보이지 않는 목적지를 향해 하염없이 쉬지 않고 가고 있었다. 걸음걸이가 빠르다며 투정 부리는 언니를 뒤로한 채 알 수 없는 길을 앞으로만 전진하고 있었다.

언니가 화를 내고 소리를 지르는데도 어째 내 귀에 들리지가 않았다. 언니 목소리를 외면하고 있었다. 평소였다면 있을 수 없는 일이었지만, 이때만큼은 외면해야만 할 것 같은 기분이 들었다. 새벽인지 안개 때문에 시야가 보이질 않아 답답하기만 했다. 내 다리와 발만 바삐 움직이는 것만 보였다. 탁 트인 시야가 보일 때까지 한참을 걸어도 이상하게도 제자리걸음이었다.

누군가 다가오는 형체가 보였다. 어색한 웃음을 띠며 내 옆을 지나가고 있는 사람은 잠시 잊고 있던 산책 사장이었다. 반색을 하며 안부 인사를 한 것 같은데도 미소만 지으며 돌아오는 대답은 없었다. 그리고 그저 내 옆을 지나더니, 언제부터 언니와 친한 사이였는지 얘기를 주고받는 모습이 예전부터 알고 지낸 사이 같았다.

언니는 손사래를 쳐 가며 그저 웃겨 죽겠다는 표정을 지으며 한

번도 보지 못한 함박 미소를 지으며 웃고 있었다. 언니 웃음소리를 언제 들어봤던가? 내 앞에서 웃음을 보인 적이 없었기에 기억이 나질 않았다.

다행이다. 누군가 언니를 웃게 해 준다면 누가 됐든 상관없었다. 까칠한 언니 성격에 산책 사장하고는 마음 맞는 구석이 있다면 그저 고마울 따름이다. 이상한 것은 언니가 살아 있을 때 산책 사장을 본 적이 없다는 것이다.

뭔가 정상적이지 않다는 것을 감지하고는 진짜 꿈이기를 바랐다. 지금 내가 가고 있는 이 길이 지금까지 살면서 경험에 보지 못했던 길이라는 생각이 들면서도, 벗어나지 못하고 있는 것이 미칠 것 같았다.

도대체 어떤 길이기에 벗어나지 못하는 건지…. 생각을 하면서도 이 길을 멈추면 안 될 것 같은 생각이 들어 마냥 걷기를 수없이 반복했다. 뛰고 싶어도 다리를 무언가로 고정이라도 시켰는지 걷는 것만 허용되고 있었다.

부딪히고 싶지 않은 인연들. 지금의 내가 가고 있는 이 길에서 어쩌자고 자꾸 마주치는지 몹시도 힘들고 괴로웠다.

'사장님, 어디를 바쁘게 가는 거야?'

여러 개의 검은 형태가 가까워졌다. 갑질이 어떤 건지 미자에게 확연히 보여 주었던 고객들이 다가오고 있다. 그중 목매달아 죽은 언니도 함께 있었다. 생전에 봐 왔던 외모는 그대로였지만 나머지

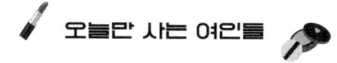

언니들은 검은 형체로만 보였다.

　이 언니는 무엇이 그토록 힘들었기에 생명의 끈을 미리 놓아 버렸을까? 이 언니 또한 엷은 미소를 보이며 내 옆을 지나갔다. 이 상황이 무엇을 의미하는지 알 수 없었지만, 그저 이 길에서 벗어나고 싶은 마음밖에 없었다. 등 뒤에서 나를 부르는 소리가 들렸다. 뒤를 돌아보니 미자가 나를 부르는 것이다.

　'언니, 여기서 뭐 하세요?'

　내 쪽으로 다가오고 있는 미자.

　'언니가 어디에 있든 저는 언니의 손과 발이 되어 줄게요!'

　어찌 된 일인지 미자와는 대화가 가능했다.

　'제발 부탁인데, 지금은 그냥 혼자 있고 싶어! 내가 알아서 집에 갈게, 응? 걱정하지 말고 돌아가도 되는데?'

　'안 돼요! 언니가 무사히 집에 가는 걸 보고 집에 갈 거예요!'

　미자가 하는 말에 더 등골이 오싹해 무서워 눈물이 났다.

　'언니, 왜 우세요?'

　아무 일 없다는 듯이 행동하는 미자의 모습에 소름 끼쳤다. 이런 심정을 미자에게 숨기기 위해 아무렇지 않게 표정 관리를 하려 애쓰다가, 결국 땅바닥에 주저앉아 엉엉 울어 버렸다.

　내가 우는 소리에 놀라 눈이 떠졌다. 손끝 하나 움직일 수가 없었다. 지금의 내가 할 수 있는 건 눈동자만 굴려 어두운 방 안을 둘

러보는 것이 전부였다. 내 방 분위기에 더욱더 공포감이 밀려왔다. 어떻게 해서라도 손가락을 움직이려 노력했지만, 좀체 움직여지지가 않았다.

　얼마나 시간이 지났을까, 손가락 하나가 움직이자 눈이 바로 떠졌다. 방에서 벗어나기 위해 몸을 일으켰지만 현기증 때문에 다시 주저앉았다. 눈앞에 하얀 점들이 떠다니는 것이 보였다.

　지금의 내 몸은 정상이 아닌 것을 감지하자마자 화장실로 뛰어 들어갔다.

　거울 속에 비친 내 얼굴이 꼭 터질 것만 같았다. 제대로 눈을 뜰 수 없을 만큼 부풀어 있었다. 겁이 덜컥 났다. 누군가의 손길이 절실히 필요했다. 지금의 내 옆에는 아무도 없었다. 미열까지 나는 건 몸속에 탈이 난 것이 분명했다. 딸의 도움이 필요했다.

　딸의 방으로 가는 것이 천 리 길 같았다. 문을 열자 딸은 없었다. 유럽 여행을 가고 없다는 게 지금에서 생각났다. 한 달 예정으로 간 여행이라 언제 올지 모른다. 이러다 고독사로 죽겠다는 생각이 머리를 스쳐 갔다.

　아무리 생각해도 핸드폰을 어디다 두었는지 기억나질 않았다. 온 집안을 기어 다니며 핸드폰을 찾고 있었다. 울고 싶은 생각은 전혀 없었는데도, 의지와는 상관없이 눈도 떠지지 않는 눈에서 눈물이 볼을 타고 턱에서 뚝뚝 떨어지고 있었다.

　어떻게 찾았는지 내 손에서 핸드폰이 쥐어져 있었다. 119에 전화한 것까지 기억이 나지만 그 이후는 기억이 나질 않았다.

눈을 뜨자 알지도 못하는 몇 개의 링거들이 대롱대롱 달려 있었다. 얼마나 지났을까? 하얀 가운을 입은 중년의 남자 의사가 들어와 지금의 내가 왜 이렇게 몸이 만신창이가 됐는지 웅장하게 병명에 대해서 설명을 해 주고 있었다. 온몸에 염증이 다발적으로 일어나고 있으며, 어떠한 원인으로 염증 수치가 올라갔는지 알 수가 없다며 항생제를 맞으면서 지켜봐야 한다고 한다.

"응급실에 보호자 없이 혼자 오셨지만 지금이라도 보호자가 있어야 합니다."

그래 말하며 쌩하니 나가 버렸다. 지금의 처한 상황에 생각을 해보아도 보호자로 와 줄 만한 사람은 없었다. 한참을 고민하고 있는 중에 딸에게서 연락이 왔다.

"어제 응급실 갔어?"

"… 어떻게 알았어…?"

"혹시 몰라서 엄마가 119 부르면 나에게 연락이 오게끔 해 놨어."

"아 그래…."

"어제 응급실은 왜 갔어?"

"… 지금 병원이야. 염증 수치가 정상보다 좀 높아서 항생제 맞고 있어…."

"왜 갑자기?"

"… 면역력이 떨어졌나 봐."

"… 지금은 어때?"

"괜찮아! 별거 아니야, 호들갑 떨지 마! 지금 넌? 여행은 잘하고 있는 거야? 나 때문에 괜한 걱정하지 말고 일정대로 재미나게 여행하고 와!"

"옆에 누구 있어?"

"미자 있어!"

"다행이네…. 그럼 걱정 안 해도 되는 거야?"

"응!"

흔히들 겪는 가벼운 감기처럼 딸에게는 아무렇지 않게 연기했다.

정말 손과 발이 되어 줄 사람이 지금으로선 절실히 필요했다. 진실이든 거짓이든 미자밖에 생각이 나질 않았다. 아직도 본인이 내뱉은 말이 유효한지 확인하고 싶었다. 심정 같아서는 하고 싶지 않았지만 어쩔 도리가 없었다.

신호음이 한참을 울리고 나서야 미자가 전화를 받았다.

"미자야! 바쁘지 않으면 병원으로 와 줄 수 있겠어?"

돌아오는 말은 냉담하면서도 귀찮아하는 말투였다.

"병원에는 왜 갔어요?"

퉁명스러운 말투에도 사정 얘기를 해 줘야 도움을 받을 수 있다는 생각에 열심히 응급실에 오기 전까지의 상황과 지금의 처한 사정을 열심히 미자에게 설명해 주었다. 돌아오는 건 전혀 예상하지 못한 대답이었다. 지금까지의 미자라고는 믿을 수 없을 정도로 무

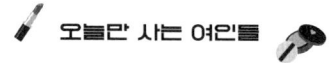

미건조한 말투였다.

"지금 나갈 수가 없어요. 손님이 와서요."

짤막하게 대답을 하고 끊어 버렸다. 핸드폰을 잡은 손이 부르르 떨리고 있었다. 기대는 안 했지만 최소한 뒤늦게라도 오겠다고 할 줄 알았다. 핑계도 없이 단칼에 잘라 말하는 미자의 인성을 몰라도 너무 몰랐던 내가 미련해 보였다.

이렇게 잔인하고 사악한 동물은 사람밖에 없다는 것을 미자를 통해 학습하고 또 학습했다.

보름을 병원에서 보내고 나서야 겨우 퇴원할 수가 있었다. 한 달을 외부와 모든 걸 차단하고 집에서 나오질 않았다. 퇴원하고 얼마 뒤 채영이가 놀러 왔다.

"어디 아파요? 언니 얼굴이 많이 부었어요."

"… 염증 나서 그래. 그래도 많이 나았어!"

"언니, 미자 때문에 바람 잘 날이 없어요."

모든 것이 끝났기에 미자 측근들 말은 더 이상 듣고 싶지 않았다.

"무슨 일 있어…?"

"도희 빼고 모두 미자와 등을 돌렸어요."

"이유는?"

"아마도 다단계 때문에 그러지 않을까요? 자세한 건 저도 만나서 물어봐야 할 것 같아요. 지금 미자는 사이비 종교처럼 미쳐 있어요."

미친년이 따로 없다고 큰소리로 질러 대고 싶었다. 그러지 못하는 지금의 현실이 내가 더 미쳐 버릴 것 같았다.

"그래도 너하고는 사이가 괜찮니?"

"저야 상춘에서 안 사니까 부탁할 시간도 없고…. 그리고 제가 여윳돈이 없는 것도 미자도 알잖아요. 제가 어떻게 이사를 했는지 미자 눈으로 확인까지 했는데 미자도 사람 봐 가며 부탁하겠지요. 저한테는 부탁이란 걸 안 해요. 그리고 제가 미자 보험도 관리하잖아요. 제가 보험을 그만둔다면 누구에게 물어보겠어요? 언니야 보험 같은 건 신경 안 쓰지만 우리들은 몇 푼 안 되는 금액이라도 청구하는 사람들이 많아요. 그래서 저에게는 미자가 봐주고 있는지도 모르죠."

"그냥 내버려 둬. 미자 하고 싶은 대로 하게…. 그것도 어찌 보면 미자 인생에 그림의 일부가 될 테니까."

"… 언니, 왜 그런 말을 하세요?"

"이젠 더 이상 미자에 관련된 얘기는 듣고 싶지 않아. 미자하고는 끝을 냈어!"

"언제… 요?"

"며칠 됐어!"

"그럼 어떻게 되는 거예요?"

"뭘 어떻게 해? 정리하는 일만 남은 거지?"

채영은 아쉬움이 묻어나는 얼굴로 조만간 또 온다고 말하며 돌

아갔다.

어찌 됐든 하나하나 정리를 해야만 빠른 시일 내에 상춘을 떠날 수 있었다. 퇴원을 하고 나서도 정상적인 몸 상태는 돌아오지는 않았지만, 매장 정리를 위해 본격적으로 세일에 들어갔다.

매장은 매일같이 사람들이 몰려 북새통에 눈코 뜰 새 없이 바빴다. 그러다 보니 제삼자 눈에는 폐업하고자 모든 걸 정리한다는 생각도 못 하고 그저 철 지난 것들을 처분하기 위해 세일에 들어가는 것처럼 보일 테다. 장사가 엄청 잘되는 그림처럼 보였는지, 그 광경을 보고 시기 질투하는 사람들이 더러 있었다.

어떤 이들은 상춘에 있는 돈은 여기 사장이 쓸어 담는다고 말도 안 되는 소문도 났었다. 그런 소문이 미자와 미자 측근들도 들었는지 오지도 않던 이들도 염탐을 하러 온 모양새로 번갈아 가며 드나들고 있었다.

매장을 정리하는 거에만 정신이 팔려 저녁이면 녹초가 되어 집에 들어오는 날이 부지기수였다. 연락도 없던 미자도 소문을 들었는지 욕심을 내는 장문의 문자가 왔다. 내용의 핵심은 퇴직금 얘기였다.

어처구니가 없었지만 미자 말을 받아 줄 마음은 없었기에 대꾸해 주지 않았다. 장문의 문자가 받고 얼마나 지났을까, 가타부타 어떠한 대답을 안 해 주자 미자에게서 연락이 왔다.

"언니, 문자 보셨어요? 답장이 없어서… 전화했어요?"

천불이 나고 뻔뻔했지만 아무 일 없었던 것처럼 반갑게 맞아 주자 오히려 미자가 어이없어하는 것 같았다.

"당연히 문자는 봤지? 미자 네가 나랑 같이 일을 한 건 알지만 넌 아르바이트나 다름없었어."

"… 언니, 무슨 말씀하시는 거예요?"

"퇴직금은 벌써 지불한 걸로 알고 있는데?"

"… 저한테 퇴직금을 줬다고요…?"

"응, 그래! 미자야. 네가 모르는 것이 있는데 설명을 해 줄게 잘 들어! 난 너를 정식 직원으로 채용하지도 않았을뿐더러 직원이라는 증빙 자료도 없어. 사대보험에 적용되는 건 정식 직원으로 등록된 내 딸만이야. 어떠한 문서에도 너를 채용했다는 서류는 없어. 네 이름은 없다는 거야. 그리고 퇴직금 운운하는데, 4년 동안 매장을 도와주었기에 수고비 조로 목돈 준 사실은 기억 못 하는구나? 그러니까 네가 이사도 할 수 있었던 거고, 차도 취득할 수 있었던 건데…. 그리고 지금 하는 다단계도 내가 목돈을 줬기 때문에 할 수 있는 걸로 아는데…? 지금까지 생활을 할 수 있는 것도 말이야…!? 거기까지 생각을 못 했구나?"

조용조용하게 인자한 말투로 조곤조곤 따져 가며 염장을 질러 주었다.

"그럼에도 퇴직금을 운운하고 싶으면 네가 잘하는 내용증명이라도 보내든가. 지금에서 생각났지만 너 시엄마한테도 지금처럼 그랬던 적 있지 않았나…? 지금 내가 말하고 싶은 건, 나는 이미 적지 않은 금액을 너에게 줬다는 분명한 사실이야. 넌 부정하고 싶겠지만, 너에게 들어간 금액들이 고스란히 내 통장 계좌에 기록으로 남아 있다는 거야…. 무슨 말인지 충분히 이해가 가니?"

어떠한 변명의 말도 미자는 하지 못했다. 없는 사실을 말하는 것도 아니었지만, 미자가 반박을 못 했던 건 증거가 있다는 그 한마디 때문이었다. 나를 향한 마지막 수작에, 내가 가진 증거가 부정할 수 없는 걸림돌이 되어 미자의 행보를 가로막았다. 그렇다고 내 말을 인정하려 들지도 않을 거라고 예상은 하고 있었다. 미자는 어떠한 대답도 없이 숨 쉬는 소리만 들려주고 있었.

"할 말 없으면 먼저 끊는다?"

이렇게라도 마음 깊은 바닥에 깔려 있던 응어리를 조금이나마 덜어내자 답답한 마음이 한결 나아졌다. 나도 한낱 여자인지라 유치하게도 갑질의 언행을 잠깐 흉내를 냈다. 이런 말들이 미자에게 그나마 남아 있던 알량한 자존심마저 박살 내 주고 말았다.

9.

한 달 만에 매장에 모든 것들을 팔아 치워 버렸다. 남은 거라고는 세련된 인테리어와 함께 값나가는 집기만 남아 있었다. 원상복구 하기엔 너무 아까워 권리금 없이 매장을 다시 부동산에 내놓았다. 그리고 금전과 관련된 모든 것들은 티끌 하나 안 남기고 깔끔하게 처리했다. 속이 후련하다 못해 날아갈 것만 같았다. 보증금만 손에 쥐어지면 바로 상춘을 떠나기 위해 서울로 집을 보러 다녔다.

"언니, 나야!"

"어머, 소원아. 웬일이야?"

"나 언니 사는 데로 이사할 거야!"

"가게는 어떻게 하고?"

"언니가 왔다 간 후로 언니한테 오려고 접었어!"

딸애 친구 엄마는 어이없어하면서도 웃겨 죽겠다고 한다.

"소원이 너는 정말 못 말려. 나야 자기 오면 좋지! 나도 친하게 지내는 사람은 없어. 남편하고 늘 집에만 있지?"

"형부는 비행 안 나가셔?"

딸애 친구 아빠는 파일럿이었기에 비행을 안 나가는 날에는 늘 언니 옆에 껌딱지처럼 있어 주었다. 혼자 살면서 그런 것들이 늘 그리웠는데, 그래서인지 언니가 늘 부러웠다.

"그래서 말인데, 언니가 집 좀 알아봐 줘. 한 번 가 봤는데 마음에 드는 집도 없고 어디가 어딘지 모르겠어. 내가 살 때하고 많이 달라져서…. 언니, 내 스타일 알지? 믿을 만한 사람은 언니밖에 생각이 안 나서….”

"그래, 알았어! 날짜는?”

"상관없어! 빠를수록 난 좋아?”

"그럼 딸은?”

"딸은 상춘에 남아 있을 거야! 개를 키우기에는 상춘이 안성맞춤이거든. 나만 올라갈 거야. 이사 가면 언니하고 실컷 놀아야지.”

한껏 아양을 떨어 댔다. 이런 내가 언니는 밉지 않은지 모든 것을 다 받아 주었다. 아마도 언니가 보고 싶어 이사까지 한다는 말에 감동을 받았는지도 모른다.

마음에 드는 집이 있었지만 두 달이 지나야 입주가 가능했다. 기다리는 동안 집에만 박혀 이사 가는 날만 손꼽아 기다리고 있었다. 상춘을 떠난다는 생각에 기다리는 것쯤이야 얼마든지 참을 수 있었다. 그러나 내가 원하는 대로 이들은 가만히 두질 않았다. 생전 연락도 없던 정심이에게서 전화가 왔다.

"어쩐 일이야! 무슨 일 있어?”

"… 언니한테 할 말도 있고…. 언니 얼굴이 어떻게 생겼는지 생각도 안 나요. 만나자고 하지도 않고 너무하시는 거 아니에요?”

"너희들이 연락을 안 했지! 난 항상 집에 있었는데? 기집애들, 너무한 거는 너희들인가 싶은데…?"

"미자가 언니한테 연락하지 말라고 해서 하고 싶어도 못 했어요. 언니 집에 계세요?"

"응, 집이지! 혹시 할 얘기 있니?"

"네! 지금 언니 집에 갈까 하는데…. 가도 돼요?"

"… 전화로 할 얘기는 아닌가 봐?"

"전화로 해도 되는데, 좀 예민한 이야기라…. 전화로 얘기하기엔 너무 긴 얘기라서…?"

"알았어, 집으로 와. 얼굴도 볼 겸!"

여전히 앳된 얼굴에 화장한 얼굴이 오히려 나이가 들어 보였다. 짝퉁이지만 명품으로 걸치고 들고 누군가에게 보여 주기 위해 한껏 치장을 한 모습이, 설마 나에게 보여 주기 위해 꾸미고 오지는 않았을 테고…. 아무래도 남자가 있는 눈치였다.

현관문을 열어 주며 영혼 없이 던지는 덕담은 누구든지 간에 늘 듣기 좋은 말만 해 준다. 사실 예뻐졌다는 둥 피부가 좋아졌다는 것들은 순전히 거짓말이었다.

"날이 갈수록 점점 더 예뻐지는 비결이 뭐야? 나도 좀 알려 줘."

"언니, 안 그래도 예쁜데 욕심이 너무 과하다고 생각 안 해요?"

여자만이 아니고 남자들 또한 때와 장소를 불문하고 예쁘다는 말과 잘생겼다는 말을 누구나 듣고 싶어 한다. 돈 들어가는 것도 아닌데 듣기 좋은 말이 설령 거짓이라 한들 어떨까? 기분 좋으면 그만인 것을….

"그래, 무슨 얘기를 하고 싶어서 혼자 우리 집에 올 생각을 다 했어? 너는 생전 가야 혼자서는 우리 집에 오지 않았는데 말이야?"

"채영 언니한테 들었어요. 연락하지 말라던 게 언니 생각이 아니고 미자가 한 말이라고."

"아마 나를 생각해서 그래 말한 것 같은데, 미자 얘기 듣고 다들 나를 미워했겠다?"

"… 누가 언니를 미워하겠어요? 그저 미자만 챙기는 것이 좀 서운한 거죠. 그런데 언니, 미자하고 싸웠어요?"

"누가 그래, 싸웠다고? 설마 정말 그렇게 믿고 있는 것은 아니겠지?"

"… 사실은 며칠 전에 다들 모여 밥 먹었어요. 미자가 이상한 소리를 하던데요?"

"뭐라고? 숨김없이 얘기해 줘! 너희들이 오해하고 있는 부분들은 설명을 해 주고 떠나고 싶어."

"… 떠난다니요? 그게 무슨 소리예요? 매장만 접는 것이 아니고 여기 집도 정리한다는 소리예요?"

"응. 더 이상 상춘에 있어야 할 명분도 없고, 미자도 나에 대해 좋은 감정이 없다는 걸 너희도 짐작들은 하고 있을 것이고…. 언제부터인지 상춘이 불편해지더라. 그리고 너희들도 미자 눈치 보는

것을 진작에 알고는 있었어. 나로 인해 불편함이 생기는 건 원치 않아. 그리고 너희들도 알고 있을 거야! 너희들 말고는 내 옆에는 아무도 없는 것을. 그동안 너희들에게 많이 고마웠고 미자도 마찬가지고…."

정심이는 떠난다는 말에 많은 충격을 받은 것 같았다.

"어디로 가는 거예요? 혹시 채영 언니 사는 동네로 가는 것은 아니겠죠?"

"왜? 채영이 가까운 데로 이사 가면 안 되는 거니…?"

"… 그건 아니지만 다들 언니하고 친해지고 싶어도 미자 때문에 그러지 못했어요. 그런데 서울로 가신다고요? 사실 여기 온 것은 미자에 대해서 언니가 아무것도 모르는 것 같아서 얘기해 주러 왔어요! 그리고 개인적으로 언니한테 부탁할 것도 있어서 왔어요."

"… 네가 나에게 부탁할 것이 있어? 미자 얘기보다 네 얘기가 궁금한데? 네 얘기부터 들으면 안 되나?"

"아니요! 언니가 먼저 알아야 할 것이 있어요."

"… 내가 꼭 들어야 하는 거야? 가게가 나가든 안 나가든 두 달 뒤면 무슨 일이 있든 간에 떠나는 건 기정사실이야! 그런 마당에 들어서 기분 나쁜 거라면 듣고 싶지 않은데…. 좋은 게 좋은 거라고 여기서의 좋았던 추억만 간직하고 떠나고 싶어!"

"… 언니 마음 다는 모르겠지만, 미자가 지금 어떤 생각을 갖고 있고 어떤 행동으로 나올지 저희들은 다 알고 있어요. 언니가 꼭

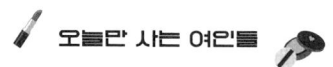

알고 있어야 해요."

듣기 싫다고 그렇게 이야기를 했는데도 이렇게까지 나오다니. 도대체 왜 나를 가만히 내버려 두질 않는지 이유를 모르겠다. 그리고 비장하게 나오는 정심이 말투에 또다시 불안이 엄습해 오고 있었다.

"언니가 미자한테 퇴직금에 관한 얘기를 어떤 식으로 말했는지 저희는 모르지만, 언니 성격상 경우 없이 막말을 했을 거라고는 생각 안 해요. 우리는 듣는 내내 이해는 안 갔지만, 미자가 핏대 올려가며 불만들은 얘기하는데, 맞장구는 아니지만 어쩔 수 없이 끝까지 들어주며 미자를 이해한다는 식으로 추임새는 해 주었어요."

"들어 보니 예상했던 대로 본인이 느꼈을 서운함을 있는 그대로 표현했네? 걱정할 것까지는 없을 것 같은데…?"

"여느 여자들처럼 징징대는 말이 아니라서…. 미자가 한 말이 마음에 걸려서요."

"… 미자가 한 말이 나에게 전해질 거라는 사실을 미자가 알고 있니?"

"아니요."

"그럼 너희들 얘기 듣고 내가 차후에 어떤 행동을 하거나 미자를 불러서 너희들에게 들었던 얘기를 따져 물어도 너희들은 상관없는 거야?"

"네! 도희 말고는 채영 언니, 세희, 제니, 저까지 합의하에 언니 집에 제가 대표로 온 거예요."

"도희는 어째서 너희하고 같이 어울리지 않는 건데?"

"글쎄요? 도희는 미자하고 동갑이기도 하고 같은 아파트에 같은 동에 지내다 보니 우리하고는 달리 각별한 사이처럼 지내더라고요. 그래서 도희는 미자 말에 무조건 수긍하는 분위기예요."

"그래…. 너희들이 듣고 여기까지 와서 나에게 전달하려 하는 핵심을 얘기해 봐."

"본인은 옛날처럼 돌아가지 않을 거래요. 그러며 하는 말이, 뭐가 됐든 아무리 언니라도 방해가 된다면 비방을 치는 한이 있어도 막을 거라고 했어요. 언니 옆에 딸도 있으면서 본인 아픈 걸 굳이 나를 찾는지 모르겠다며 퇴직금도 주지 않으면서 끝까지 본인 수족처럼 부려먹는다고…. 입에 거품 물며 헤어질 때까지 언니 욕을 하는 걸 보고 우리가 많이 놀랐어요. 언니 일이라면 뭐든 자기 손을 거쳐야 직성이 풀리던 미자가 갑자기 돌변하는 거 보고 저희들도 놀랬거든요?"

정심이 얘기를 들으면서 지금도 궁금증은 여전히 풀리지 않았다. 정말 무속인들이 하는 행위들이 정상적인 구조인지. 그래도 미자를 지켜보면서 한 가지 배운 점이 있었다. 이루고자 하는 일에 인내심을 갖고 긴 시간을 투자하는 것은 높이 살 부분이라고….

"지금도 이해가 안 가는데 정말 미자가 말하는 비방이라는 것이 효력이 있긴 있는 거니? 나도 한 번 미자에게서 들은 적이 있지만 설마 했거든. 내가 의심이 많은 건지 그런 일들은 없다고 생각하는

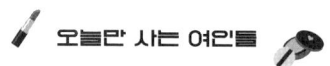

데…. 정말 그런 것이 효력이 있다면 나쁜 일에는 비방으로 해결해 주면 모든 사람이 근심 걱정 없이 행복한 날들만 있지 않을까?"

"언니! 잘은 몰라도 상춘에서는 애기동자 하면 모르는 사람들이 없어요. 언니야 상춘 사람들과 어울리지 않아서 어떻게 돌아가는지 모르지만, 애기 동자한테 상담받으려고 안달이 난 사람들이 전국구로 대기하면서 기다리고 있어요."

"그래…. 너희들이 보았을 때 내가 어떻게 했으면 하는데?"

"……."

"거 봐. 너도 딱히 할 말이 없지…? 그래, 너희들이 날 생각해서 전달해 주는 것은 정말 고마워. 이제야 너도 알았지만 난 두 달 있다 떠날 사람이야! 네가 미자 얘기하는 동안 사실 내내 듣기 거북하고 당장이라도 머리카락을 죄다 뜯어 놓고 심정이지만, 그렇게 한들 나에게 득이 되는 것은 없어. 마음만 무거울 뿐이지. 그리고 난 떠나도 딸은 여기 남아 있어서 웬만하면 분란 일으키고 싶지 않아. 지금 내 솔직한 심정이 그래! 그리고 미자는 아무리 이해시키고 좋은 소리를 해도 목적은 돈이라서 아무래도 떠날 때까지는 못 보고 갈 것 같아! 이왕 이렇게 됐지만 가기 직전까지는 미자 없이도 너희들과 재미있게 지내다가 떠나고 싶어! 언제든지 아무 때나 놀러 오고, 그리고 애들한테도 말해 줘…! 참! 할 얘기가 있다고 하지 않았어? 얘기해 봐. 무슨 일인데?"

"… 그건 조만간 다시 와서 얘기할게요. 지금은 아닌 것 같아요."

"무슨 말을 하려고 뜸을 들여?"

　"… 언니 떠나기 전까지는 저희들이 도와줄게요."

　"고맙다. 이렇게까지 너희들이 나를 생각하고 있다는 걸 지금에서 알아서 미안하기도 하고…. 마지막까지 너희들이 도와준다고 하니 기분은 좋은데…?"

　이들이 하고 싶은 얘기가 무엇인지 알았고 일단 정심이와의 대화는 여기서 끝을 맺었다. 정심이가 돌아가고 나서야 잠깐 생각에 잠겼다. 여기서 더 이상 문제가 일어날 일이 있을까?

* * *

　서울에 올라갈 준비로 딸과 짐을 정리하느라 정신이 없었다. 딸이 내 짐들은 남김없이 다 가져가라고 했는데, 남들이 들으면 냉정하게 들릴 수도 있지만 우리는 다른 모녀와는 다르게 살가운 표현을 하지 않는다. 그저 평생을 같이 가는 동반자로 생각한다. 그래서 그런지 서로가 필요한 문제들이 생기면 여러 말 없이 묵묵히 도와주었고, 이런 딸과의 관계는 고등학교 졸업과 동시에 이렇게 상호적으로 이어졌다.

　딸이 대학을 들어가고 나서부터 같이 살아 본 적이 없었다. 상춘에서 덩그러니 큰 집에 혼자 산다고 생각하니 외로움이 오래갈 것 같아 딸에게 부탁을 한 것이다. 고맙게도 딸은 군소리 없이 생

각하지도 않고 바로 달려와 주었다. 그런 면은 나를 닮았다.

"엄마 나가면 작업실과 사무실로 이용할 거야! 그러니까 엄마가 아끼는 가구나 화초들 전부 가져가. 난 관리 못 해."

"알았어!"

이런 식의 딱딱한 대화가 딸과 주고받는 평상시 나누는 대화다. 이런 광경을 보는 사람들은 모녀 사이 대화는 아니라고 의아하게 보고들 있었다. 사무적인 대화라도 우리 사이에는 보이지 않는 끈끈한 정이 들어 있다. 여러 날을 서울로 가져갈 집기를 체크하는 행위에 집중하고 있었다. 갑자기 회사에서 연락이 왔다. 내가 없어도 잘만 굴러가는 회사인지라 연락은 좋은 일이 아닌 것을 암시를 해 주고 있었다.

"대표님… 시간 나시면 한 번 사무실에 다녀가세요!"

"… 무슨 일인데?"

"나오셔서 확인해 주실 것이 있습니다."

"왜? 급한 거 아니면 이사하고 가면 안 되나? 지금 좀 바쁘기도 하지만 서울까지 가기에는 좀 무리인데?"

"… 그럼 저희가 급한 문제는 알아서 처리하고 있겠습니다."

"알았어."

급한 일이 생겼다고 해도 내가 처리할 수 있는 일은 없었다. 모든 것은 직원이 하는 일이기에 그래서 서두르지 않는 것이다. 대화 내용을 듣고 있던 딸이 걱정이 됐는지 묻는다.

"왜? 회사에 문제 있는 거 아니야?"

"글쎄, 가 보면 알겠지."

딸은 걱정이 되는지 나를 빤히 바라보고 있었다. 딸애 얼굴을 보고 피식 웃었다.

"걱정할 거 없어! 엄마가 어떤 년이야? 그 어떤 것도 지금까지 알아서 잘 헤쳐 왔어!"

"알지~ 다른 엄마들하고 다르다는 걸. 다른 사람은 몰라도 엄마는 체구는 작으면서 그런 배포는 어디서 나오는지, 일 처리 하나는 확실하게 하는 것을 난 믿지!"

"지랄하네."

당당한 내 말에 마음이 놓였는지 한바탕 웃고 하던 일을 계속했다.

그렇지만 내내 신경이 쓰였다. 어느 정도 짐을 체크하고 나서야 딸은 제 방으로 들어갔다. 내 방으로 들어가 회사에 전화를 걸었다.

"무슨 일인지 대충 얘기해 봐!"

"… 일단 저희가 할 수 있는 건 하고 있어요."

"긴말 필요 없고 본론부터 얘기해 봐!"

"… 사실 대표님이 채용한 직원이 횡령을 했어요."

"그럼 법적으로 처리하면 될 것을 무슨 고민을 하고 있어?"

"… 대표님이 그 친구를 개인적으로 챙기는 것 같아서, 대표님의 처사를 기다리고 있었어요."

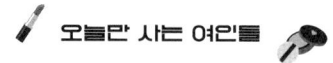

"너희들은 공사 구분 못 해? 얼마인데?"

"… 저희들이 보기에는 큰돈이지만 대표님이 보시기엔…?"

"무조건 신고해!"

"… 그것이 저희도 자료를 보아도 용의주도하게 자료상에는 문제없어요. 그런데 활동비로 약소한 금액으로 조금씩 4년 동안 한 짓 같은데…. 그래서 저희도 알아는 보고 있는데 횡령으로는 성립이 안된다고 하네요? 착복한 돈이 법인 쪽으로 한 것이 아니고 직원들이 활동비로 쓰이는 금액으로 법적으로 위반되지 않게 아주 조금씩 소액으로 챙겼는데, 4년이나 해 와서 모으면 상당한 금액이라 일일이 체크하며 액수를 맞추어 보고 있는 중입니다!"

"어떻게 해서라도 그 새끼가 착복한 돈 십 원짜리 하나라도 다 회수해. 변호사 비용이 얼마가 들든 간에, 알겠어?"

"네!"

배신이 이런 거구나 하는 생각에 잠시 생각에 빠졌다. 이 친구를 처음 보았을 때를 떠올렸다. 미자, 제니 소개로 알게 된 나이 어린 곽병진.

"채영 언니가 다른 보험사로 옮기는 바람에 관리해 주는 담당자가 바뀌었어요. 제니가 한 번 만나 봤는데 괜찮다고 해서 매장으로 오라고 했어요. 언니, 그래도 괜찮아요?"

"오라고 했다며. 그럼 지금 오고 있는 거 아닌가?"

내 말이 끝나기 무섭게 눈치를 보고 있었다.

"어째서 매번 바뀌는 거야? 저번에도 바뀌지 않았어? 그때는 바뀌었어도 얼굴 한 번 디밀지도 않더니, 이 친구는 시간이 남아도는가 봐? 상춘까지 온다는 걸 보면…?"

"저번에는 그 미친놈이 제니한테 빠져 가지고 큰 고객인 언니는 안 만나고 매번 제니만 만나러 온 거예요. 그 덕분에 저야 소고기까지 얻어먹었지만서도…."

"그러니까 어린 친구가 여기까지 왜 와? 제니만 봤으면 그만인 것을…. 관심사가 제니면 제니만 보고 가지, 여기까지 오고 난리야 부담스럽게?"

"그래도 우리 담당인데 한 번은 봐요. 언니 할 것도 없으면서 심심한데 풋풋한 어린 남자 보는 것도 힐링이 되지 않겠어요?"

얼마 지나지 않아 말끔하게 생긴 남자애가 깍듯하게 인사하며 들어오고 있었다. 상춘에서는 보기 드문 도시적인 얼굴이었다. 세련미를 보이려 나름 한껏 모양을 내고 왔지만, 내 눈엔 영업에 종사하는 사람이라는 것을 고스란히 보여 주는 차림이라 오히려 박봉에 시달리는 샐러리맨처럼 보였다.

난, 원래가 보험이란 개념을 그리 좋게 보지 않는 터라 입에 발린 소리로만 들려 곱게 보이지 않았다. 이 친구는 제니에게 누님이라는 호칭을 쓰고 있었다. 제니 또한 이 친구에게 격의 없이 이름을 부르고 있었다.

"대표님하고 여기 누님들하고 드시라고 커피하고 같이 먹을 빵

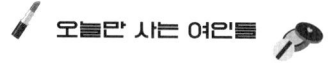

좀 사 왔는데 드셔 보세요."

나이도 어린 것이 닳고 닳은 언변으로 이미지 관리하느라 여념이 없어 보였다. 그러면서도 안 보는 척하며 나를 관찰하고 있는 것을 느끼고 있었다. 제니가 이 친구의 대변이라도 되는 것처럼 너스레를 떤다.

"병진아! 우리 언니, 나이에 비해 어려 보이지?"

"네! 대표님 나이 듣고 제가 생각하는 그 느낌이 정반대라 좀 당황했어요. 최강 동안이세요!"

어째 이런 얘기를 들을 적마다 이렇게 낳아 준 부모님께 감사하면서도, 너무도 어려 보이는 것이 정상적이지 않다는 생각이 들 때도 있었다. 아무튼 듣기 싫지는 않았다. 제니와 미자는 갖고 있는 보험이 맞게 들었는지 궁금한 것들을 연신 물어보고 보험 설계사는 열심히 설명을 해 주면서도 나를 계속 의식하고 있었.

"대표님도 궁금한 것이 있으시면 말씀해 주세요! 설명해 드릴게요!"

"아니? 알고 싶은 것도 없고, 난 보험은 별로 관심이 없어요. 동생들 때문에 보험에 가입한 거예요. 그렇지 않아도 아는 동생이 다른 보험사로 갔기 때문에 조만간 해지할 참이에요. 전 신경 쓰지 마세요."

내가 그렇게 말하자 실망하는 눈치였다.

"대표님이 얼마나 여유가 있는지 저야 잘 모르겠지만, 따님 이

름으로 연금보험 들으시면 증여세 없이 상속할 수 있어요."

'얼마나 여유가 있는지'란 말에 미자와 제니는 바로 내 얼굴을 보고 당황하고 있었다. 당돌하다 못해 사람을 들었다 놨다 하는 것이 여우 새끼가 따로 없었다. 나이가 어려서인지 겸손함이 부족해 보였다. 그러면서도 의아한 것이 있었다.

그는 보험 설계사란 것에 당당하면서도 자부심을 갖고 있었다. 높이 살 만했다. 내가 지금까지 본 보험 설계사는 이런 것이 맞나 싶을 정도였다. 직업은 귀천이 없다지만 지금까지 주변의 언니들이 보험을 하게 된 계기들을 돌아보면, 집안이 망해서 또는 평생을 가정주부로 있다가 남편과 불화가 생기면서 마지막으로 선택하는 것이 보험 설계사였다. 고객 한 명이라도 유치하기 위해 개인적으로 만나 저녁 식사와 술자리를 기본으로 깔고 들어가고, 마지막 코스는 모텔로 이어지는 것을 무수히 봐 왔었다. 그렇지 않은 여자들도 있지만 내 주변에는 그런 여자들만 거쳐 갔다. 그래서일까, 보험 설계사라면 색안경을 끼고 보는 습관이 생겼다.

"설계사 님은 나이가 어떻게 되는데 우리 제니를 누님이라고 불러요?"

"… 서른 하나 됐어요!"

제니 나이가 사십에 임박한 걸로 안다. 그럼에도 제니가 더 어려 보였다.

"내 딸하고는 두 살 차이 나네요? 저하고는 이십 년 차이가 나

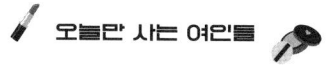

고요."

딸애 나이를 듣고서야 놀라는 눈치였다. 미자가 여기까지 왔으니 보험 하나 들어 주면 안 되냐고 물어본다. 미자가 먼저 병진이를 각별하게 생각하는 것이 아무래도 아무 거라도 들어 줘야 할 것 같았다. 제니와 미자의 입김으로 상춘까지 온 것이 분명했다.

"전 보험에 대해서 잘 모르기도 하지만 별로 선호하지는 않아요. 그래도 괜찮은 상품 있으면 하나쯤은 들 수는 있어요. 저에게 맞는 상품 추천해서 보여 주세요."

"네, 알겠습니다! 다음에 올 때는 추천할 만한 상품을 갖고 오도록 하겠습니다!"

"전 급하지 않으니까 굳이 저 때문에 일부러 찾아오실 필요는 없어요. 근처 오실 때 가져오세요."

이 말을 남기고 자리에서 일어났다. 아쉬운 표정을 짓고 있는 것을 대번에 알 수 있었다.

"오늘 만나서 반가웠어요. 미자야! 나는 이제 퇴근할게, 너희들끼리 재미나게 놀다가 퇴근해!"

주책없이 끝까지 버티고 있는 것이 민망해 보였다.

그렇게 며칠이 지났다. 어느 날 미자가 조금은 호들갑을 떨며 말한다.

"저번에 걔가 오늘 언니 보험 갖고 온다고 연락 왔어요!"

"걔는 온 지 며칠이나 됐다고 벌써 온다니? 내가 보험에 가입 안 하면 어쩌려고?"

"언니 같은 고객을 동생이 모르겠어요? 그런 눈치도 없을까 봐요?"

아군인지 적군인지 내 의향은 물어보지도 않고 멋대로 구는 미자가 마음에 걸렸지만, 미자와 제니가 나를 든든한 백그라운드처럼 여기는 것을 알기에 가끔은 일부러 질질 끌려다녀 주기도 했다.

"너희들은 병진이하고 언제부터 돈독한 사이가 된 거야? 남들이 보면 친동생인 줄 알겠어~"

"저 그 동생이랑 매일 전화 통화해요!"

자랑을 하고 있었다.

"그래? 그런 동생도 사귀면 다방면으로 도움이 되겠다? 근데, 얘도 언제 그만둘지 모르는 일이고, 거기다 나이가 어려서 믿음이 안 가. 그리고 보험 들어놓고 막상 일 닥치면 그만뒀다고 본사로 직접 연락하라고 하거나, 아니면 연락 두절이고…. 믿을 수가 있어야지?"

"누님, 안녕하세요!"

병진이 내 말이 끝나기 무섭게 매장문을 열고 들어오며 미자와 오래전부터 아는 사이처럼 친근감 있게 굴었다.

"대표님도 같이 계셨네요?"

"그러게요. 설계사님 오신다고 미자가 얘기해 줘서 기다리고 있

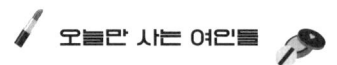

었어요."

혹시 내가 한 말을 들었을까 천연덕스럽게 거짓말을 하고 있었다.

"동생, 커피 뭐 줄까? 언니는 믹스 드릴까요?"

미자의 사귐성은 그 누구도 따라올 수가 없었다. 그 덕분에 나와도 친분이 두터운 사이가 됐지만 말이다. 설계사는 미자가 커피도 주기도 전에 가방에서 서류를 주섬주섬 꺼내기 시작했다. 나에게 다른 사람들은 상상도 못 하는 금액이 적힌 상품은 들이밀고 있었다. 여기까지 달려온 보험 설계사답게 역시나 제 일에 충실히, 나에게 매진하고 있었다. 사람 부담 주는 것도 여러 가지였다. 어쩌면 이것 또한 이 친구에게는 영업의 전략이었을 것이다.

설계사가 뭐라고 지껄이는지 알 수 없는 설명을 한참을 떠들어 대고 있었다. 아무런 말 없이 설계사가 시키는 대로 여기저기 사인했다. 따져 묻지 않고 쉽게 사인한 것은 두 번 보험료만 내고 해지할 생각이었기 때문이다. 보험 설계사는 쾌재를 불렀을 것이다. 고액의 보험을 한 번에 쉽게 성사시켰다는 자부심을 가졌을 것이다. 차후에 변심하여 해지할 거라는 걸 전혀 인지 못 하고 있는 것에, 병진에게 조금 미안한 생각이 들어 바로 퇴근해 버렸다.

또 며칠이 지났다.

"언니, 병진이가 언니하고 나하고 밥 사 준대요. 조금 있으면 도

착할 거예요."

"아니, 걔는 왜 그렇게 뻔질나게 오는 거야? 사람 부담되게?"

지금 생각해 보면 미자와 설계사가 모종의 거래를 했는지도 모른다는 생각이 들었다. 나름 설계사의 능력에 맞지 않는 풀코스로 나오는 고깃집에 데려갔다. 맛도 없으면서 더럽게 비싸기만 했다. 내 예상대로 해지하겠다는 의사를 미자에게 보이자 쏜살같이 내려온 것이다. 두 달만 유지하고 해약하면 원금은 돌려받을 수 있다. 서울에서 상춘까지 오는 길은 꽤 멀었을 것이다. 그럼에도 불구하고 달려오는 거 보면 애가 타는 모양이었다. 가타부타 말없이 편하게 성사시켜 줬으면 그만한 대가가 있다는 것을 보여 준 것뿐이다. 사람 살면서 마음먹은 대로만 되는 것은 단 하나도 없다는 것과 '얼마나 여유가 있는지는 모르겠지만'이라며 당돌하게 지껄였던 그 말에 본보기를 보여 준 것뿐, 다른 의도는 없었다.

"누님, 뭐가 문제인지 말씀하시면 알아듣게 설명해 드릴게요."

울기 직전의 표정이었다.

"네가 먼저 누님이라고 말하니 나도 편하게 이름 불러도 되니?"

"네, 말씀하세요."

"병진이 넌! 사회생활을 좀 더 겪어 봐야 할 것 같아. 영업은 매뉴얼대로 간, 쓸개 빼놓고 상대방에게 굽히며 해야 하는 것을 이론적으로 교육받았을 텐데, 은근슬쩍 사람의 심리를 이용해 자존심을 건드리면 쉽게 성사될 것 같았니? 머리 나쁜 나 같은 년도 알겠

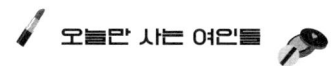

던데? 모르겠다면 어쩔 수 없는 일이고…. 삼백만 원씩 십 년을 저금한다고 쳐도 십 년 후의 돈의 가치가 지금의 가치와 똑같을까? 글쎄, 다른 고객들은 이해할지 몰라도 난 그렇게 생각 안 하는데…. 거래 성사가 안 됐으니 다신 안 보겠지만 이 말은 꼭 해 주고 싶었어…. 미안해."

얼굴색이 변해 있었다. 심기가 불편했는지 얘기가 끝나자마자 화장실 핑계 삼아 나가 버렸다. 미자도 말이 없이 굳은 표정으로 손톱만 뜯고 있다. 언니 말을 듣고 나서야 일리 있는 말이라고 맞장구를 쳐 주었지만, 그다지 공감하는 것 같지는 않았다. 병진이가 돌아오기 전에 퇴근해 버렸다. 더 이상 볼 일은 없을 것이기에.

다음날 병진이가 뭐라고 얘기하고 돌아갔는지 물어보았다. 다음에는 일적으로 오는 일은 없을 것이고, 자주 놀러 온다고 말을 하고 갔다고 한다. 일주일이 지나서 정말로 놀러 왔다. 무엇이 이 친구를 상춘에 오게 만들었는지는 잘은 모르겠지만, 올 때마다 점심을 같이하고 커피를 마셔 가며 사적인 얘기들로 수다를 떠는 횟수가 늘어나다 보니 나도 모르게 경계심은 없어지고 미자와 제니처럼 편한 동생 사이가 되어 가고 있었다. 그래서 그런지 안부 문자도 종종 보내 주었다. 몇 개월은 줄기차게 상춘을 찾아 주었다. 병진이가 상춘에서 놀다가 저녁이면 혼자 내려가는 모양이 왠지 도움을 청해도 받아 줄 것 같은 생각이 들었다.

"병진아, 부탁 좀 하자. 서울로 올라갈 때 심심하지 않아?"

음악을 들으며 간다고 괜찮다면서도 나에게 묻는다.

"저한테 부탁할 것이 있어요?"

"실은 장거리 운전을 잘 못 해. 그래서 말인데 한 달에 두 번만 내려왔다가 올라갈 때는 나 좀 태워 가서 호텔에만 내려 줄래?"

병진이의 표정을 살피자 좋아하는 눈치였다. 서울은 왜 올라가는지 물어보았지만, 일이 있다고만 했지 구체적으로는 말을 하지 않았다.

나에겐 원래 운전을 해 주는 사람이 있었는데 병진이가 오기 전 그만두게 했다. 혼자이기에 운전해 줄 만큼 갈 데도 없었고 아프기까지 해서 그만두게 했다. 내 옆에서 더 일을 하고 싶어 했지만, 아픈 사람에게 일을 시킨다는 건 말도 안 되는 일이었고, 뇌출혈로 쓰러진 전적이 있어 심적으로 부담되어 옆에 두고 싶지 않았다. 아니, 사실 무서웠다. 아픈 언니를 간병하며 내 몸 좀 편하기 위해 운전하는 사람까지 두었지만 이 친구까지 간호하느라 죽는 줄 알았다. 어느 정도 회복되어 그만두게 한 것이다. 병진이는 일 년을 내 말처럼 해 주었고 그만한 보수도 지불했다. 그러면서 병진의 사정도 들을 수 있었다. 보험 일은 일 년 넘게 했다고 들었는데, 그렇다면 보험 쪽 일은 베테랑이 아니라는 것도 알았다. 그러면서 본인 입으로도 합법적인 사기나 마찬가지라고 떠벌렸다. 병진이를 그렇게 알게 되었다.

횡령이라…. 키는 작은데 예쁘장한 얼굴, 잠시나마 믿었던 병진. 직원의 말대로 사실 다른 직원들과 달리 편의를 많이 봐준 건 사실이다. 병진이가 불미스러운 행동을 했다면 일부의 책임은 나한테도 적용되는 것이다. 듣기 좋은 말만 해 주었으며 너무 많은 배려가 지금의 사태를 만든 것이다. 나를 등에 업고 지금 미자처럼 행동하고 있었다. 병진, 미자 둘 다 교활한 여우로 비유하고 싶었다. 깨달은 것이 있다면, 잃을 것이 없는 사람은 무서울 것도 없다는 사실이다. 어쩌면 미자의 비방이 맞아가고 있는지도 몰랐지만, 어쨌든 분명한 사실은 이들이 나를 괴롭히고 있다는 것이다.

생각하니 머리가 지끈지끈 아파 오기 시작했다.

10.

　지난번에 못한 부탁을 마저 하러 정심이가 찾아왔다. 궁금했지만 먼저 말을 꺼내기를 기다리며 미자의 행보가 어디까지 왔는지 알고 싶었다.
　"요즘 미자는 어떻게 지내고 있니?"
　"말도 마세요. 남동생까지 끌어들여 같이 하고 있어요. 잘 다니던 직장까지 때려치우게 하고, 미자 밑으로 거미줄처럼 치기 위해 대출까지 받게 하고 물건 내리느라 혈안이 돼 있어요."
　"그쪽 일은 난 아무것도 몰라서 물어보는데, 꼭 물건을 많이 내려야 하는 거야? 그때그때 필요한 만큼만 내리면 안 되나?"
　"언니, 그 구조가 천만 원의 물건을 사면 육백만 원이 통장에 입금되는 구조예요. 저한테도 하라고 해서 제가 쓸 목적으로 오백만 원어치 사 주었어요. 그런데 고맙다는 말도 없어요! 왜 그런지 아세요? 미자 밑으로 들어갈 점주를 원하는 거지 단지 화장품을 사 주는 것은 달갑지 않아 해요. 언니도 알겠지만 돈 있는 사람들이 들어본 적도 없는 화장품을 쓰겠어요? 그만큼 물건을 내리면 팔아야 하는데, 팔지는 못하고 통장에 돈 꽂히는 맛에 마냥 물건만 내리고 있어요. 이 구조가 피라미드라 위에 있는 사람들만 돈을 버는 거지 지금에 와서 이 일에 합류하는 건 끝물이라 돈을 벌 수가 없어요. 나중에 빛만 늘어나는 거지요 지금 미자 집에 방 하나가 화장품으로 꽉 차 있어요. 빨리 화장품을 소비해야 하는데, 상춘에서 언니 말고는 몇백만 원어치 화장품 살 수 있는 사람이 있겠어요?"

"야! 나도 몇백만 원 하는 건 못 사! 어쩐다니?"

"어쩌긴 뭘 어쩌겠어요? 지금만 생각하면서 본인이 하고 싶다는데…. 잘 됐어요. 언니를 배신하고 협박까지 하고 꼬셔 죽겠어요. 나중에는 빚더미에 앉아 예전으로 돌아가는 건 시간문제예요."

정심이 말에 속은 후련했지만 정심이도 믿을 수가 없었다. 미자의 근황은 정심이가 말을 해 줘서 알았지만, 고소해 죽겠다는 말은 혹시라도 와전되어 내가 한 말로 전달될까 싶어 일부러 어떠한 대답도 맞장구쳐 주질 않았다. 그러면서 나의 근황을 얘기했다.

"정심아, 이런 얘기를 해도 되는지 모르겠지만 요즘 일이 하나 생겼어."

"언니한테 지금 이 일 말고 생길 일이 뭐가 있겠어요?"

회사의 벌어진 사소한 일들을 간단하게 얘기해 주었다. 바로 정심이는 미자의 비방을 들먹였다. 사실 이런 뉘앙스를 듣고 싶었는지 아니면 다 같이 미자의 험담을 해 주었으면 하는 마음인지 나도 헷갈렸는데, 정심이가 내 마음을 용케 알았는지 핵심을 얘기했다.

"설마? 요즘 세상에 비방이라는 것이 정말 있을까?"

"언니, 그거 무시 못 해요. 다들 안 믿는다고 하지만 궁지에 몰리고 일이 안 풀리면 다들 점집에 가서 돈이 얼마가 들든 간에 빚

을 내서라도 굿도 하고 부적도 몸에 지니고 다니잖아요? 그렇게 해서 덕을 본 사람들 더러 본 적 있어요. 언니만 봐도 그래요. 돈 많은 언니가 이런 일이 왜 생기겠어요?"

말끝마다 '돈 많은 언니'라고 하는 것이 자꾸 신경에 거슬렸다. 그냥 편하게 밥 먹고 사는 정도인 건데, 여기 사람들은 부풀려 말하는 것이 일상이다. 정말 못 말리는 이들이 처음에는 순진하다고만 생각했다. 들으면 들을수록 적응하기 힘들었다.

"언니 몸도 아프고 가게도 접고, 미자가 소개해 준 병진이도 언니를 속였으면 어느 정도 미자의 비방 때문에 영향이 있는 거 아니겠어요? 딱 봐도 미자가 비방을 친 거예요. 안 그래요, 언니…?"

"네 말 들으니까 그런 거 같기도 하고…?"

"맞다니까요? 언니 가게 내놓으셨다면서요?"

"그건 어떻게 알았어?"

"언니, 여기가 어디예요? 상준이에요! 아는 사람은 다 알아요. 장애인 협회 사장님도 여기로 사무실로 쓸까 생각하고 있던데요? 그래서 득달같이 언니한테 온 거예요? 보증금만 받고 나간다고 하시길래…. 회장님이 인수하기 전에 제가 인수하고 싶어요."

정심이가 인수한다는 소리에 그나마 한 가지라도 해결되는 느낌이었다.

"잘됐네? 그래도 우리 식구가 한다면 두말없이 넘겨야지. 지금이라도 당장 들어와서 장사하면 되겠네?"

"근데 제가 갖고 있는 돈이 별로 없어서, 일단 계약금 먼저 드리고 돈 마련될 때까지만 기다려 주시면 안 돼요?"

"잔금 날짜가 기약이 없다는 거지? 너도 알고 있듯이 가게 정리되면 바로 이사할 거야! 부동산 개입 안 하고 하는 거라 마냥 기다릴 수만은 없어. 통상적으로는 10% 계약금을 받아야 하는 거는 너도 알지? 30% 주고 잔금 마련될 때까지 기다려 줄게. 그리고 부동산에 내놓은 것은 철회하고."

"… 그런데 언니, 매장에 집기는 다 가져갈 거예요?"

"소파나 테이블, 모든 집기는 값나는 것이 대부분이라 이사 가면 쓸려고 하는데 왜? 마음에 든 거라도 있으면 말해. 어느 정도는 선물로 주고 갈게."

"매장에 있는 가구랑 소품들…. 다 맘에 들지요."

"욕심도 많네? 계약금은 언제 입금할 거니?"

"내일 입금할게요."

"그럼 입금하고 매장 가서 표시라도 해. 빼놓고 포장해야 하니까."

매장 문제는 일단락 끝은 맺었다. 속이 후련하다 못해 몸에 한기가 느껴졌다. 정심이 말대로 나도 액막이라도 하든 무슨 수작이라도 해야 하는가 아닌가 싶었다.

무슨 이유에서 몸이 아픈지 모르겠지만, 내 몸에서 염증들이 축

제라도 하는지 몸 밖으로 비집고 나오기 시작했다. 피부질환으로 인해 탄력도 없는 피부가 푸석푸석하게 수분들이 말라 가고 있었다. 정말 미자가 제대로 비방을 치는가 보다. 병원에서 일주일을 보내고 나왔다. 채영이와 정심이는 얼마 남지 않는 날을 자주 나와 함께해 주었다.

채영이와 하룻밤을 같이 보냈다.

"언니, 이렇게 아픈데 이사하는 데 무리는 없겠어요?"

"내가 일하나? 그저 나는 지켜보는 일밖에 더 있어? 괜찮아…!"

"언니한테 도움도 못 주고 매일 신세만 져서 미안해요. 이젠 상춘은 안 오시겠네요?"

"… 아마도 그럴 가능성이 높지. 다행히도 넌 상춘을 떠난 것은 잘한 것 같아. 난 십 년 넘게 살았어도 상춘하고는 맞질 않나 봐."

"저도 여기가 고향이고 여기서 결혼도 하고 애도 낳고 살았지만, 저도 좋다는 생각은 들지 않았어요. 여기는 사생활이 너무 없어요. 처음 언니 같은 분이 산다고 미자한테 들었을 때 의아해했어요. 저런 분이 뭐가 아쉬워 여기서 사는지 궁금도 했고요."

"소선이가 상춘에 먼저 와서 살다가 여기에 무슨 매력을 느꼈는지 여기서 살기를 원했지, 아픈 언니가 원하는데 거절할 수가 없어서 살게 된 거야. 언니가 떠나고 나도 떠나려고 마음먹었는데 미자 때문에 정착하게 된 거야!"

"무거운 마음으로 떠나시는 것이 제가 부끄럽고 몸 둘 바를 모

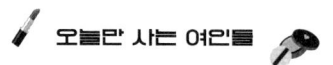

르겠어요. 그리고 언니, 혹시라도 먼 훗날 미자가 연락하더라도 받아 주지 마세요."

"왜?"

"미자 언니가 시엄마에게 내용증명까지 보내면서 다시는 시댁 식구들하고 상종 안 한다고 학을 떼며 몸서리쳤던 거 보셔서 알지요? 그랬는데도 지금은 돈에 미쳐 시엄마까지 끌어들이기 위해 다시 만나고 있어요. 다단계 하면서 자기 밑으로 하나라도 점주를 만들기 위해 수단 방법을 안 가리고 있어요. 안 만났던 사람들을 찾아다니느라 혈안이 되어 있어요. 미자 시엄마도 이상해요. 미자도 그렇고…. 버릴 때는 과감히 버리고 아쉬울 때는 다시 보는 거 보고 놀라웠고, 언니 욕을 하며 돌아다니는 거 보고 입을 다물지 못했어요. 미자에게 도움조차 주지 못하는 우리들은 어떻겠어요? 여기서는 미자가 사는 방법이 맞는 건지, 우리가 사는 방법이 맞는 건지 기본적인 판단도 할 수가 없어요."

"… 채영아! 나도 떠나는 마당에 어느 누구한테든 미운 감정을 갖고 떠나기는 싫어. 한때는 미자를 친동생으로 생각할 만큼 절대적 믿음을 가졌었고 미자도 나를 챙겨 주었던 건 사실이고, 떠나기 전에 만나서 나에 대한 서운함을 풀고 가고 싶어. 미자가 말한 대로 퇴직금은 못 주지만 약간의 성의 표시도 할 생각이야. 조만간 밥이나 같이 먹자. 얘들한테는 네가 얘기해."

채영은 한참을 생각하다 비장한 각오로 나에게 부탁했다.

"언니, 미자에게 성의 표시 정도로는 눈에 차지도 않아요. 더 이상 미자한테 그 어떤 것도 낭비하지 마세요!"

"… 어째 나보다 미자에 대한 불만이 더 많아 보인다?"

채영이가 어째서 미자에 대한 불신이 이렇게 많아졌는지, 내가 모르는 또 뭔가 있는 건지 궁금했지만 더 이상 물어보질 않았다. 지금에 와서 안다고 달라질 게 없기 때문이다.

채영이와 이런저런 얘기를 나누고 며칠이 지나 식당에 모였다.

식사 자리에 미자와 도희는 나오질 않았다. 음식들이 나오자 다들 먹느라 정신없었다.

"너희들, 아무도 미자하고 도희한테 전달 안 했어?"

정심이 아무렇지 않게 대꾸한다.

"우리가 언니하고 점심 먹는 거 몰라요."

"말이라도 해 보지? 나중에 미자가 알면 서운할 텐데…?"

"미자는 언니에 대한 불만이 상상 이상이에요. 말한들 오겠어요? 언니하고 식사하는 것도 몰라요."

"난 떠나면 그만이지만 너희들까지 미자한테 미운털 박히면 어쩌려고…?"

"우리를 미워할 이유가 뭐가 있어요?"

제니가 말하는 의도는 알 것 같았다. 언니 일은 언니 일이고 자기들 하고는 상관없다는 의미로 들렸다.

얼마 후에 설마 했던 일들이 터졌다.

정심이가 매장을 인수했다는 것과 정심, 채영이가 우리 집을 번갈아 가며 방문한 것과 다 같이 밥을 먹은 것도 미자가 알아 버렸다. 식당에서 밥 먹은 것은 알 수밖에 없을 것이다. 도희 엄마도 밥집을 하고 있기에 아마도 미자 귀에 들어가는 건 시간문제였을 것이다. 문제는 채영과 정심이가 내 집에 온 것을 어떻게 알았는지 그것이 궁금했다. 보름 정도 지났을 무렵 채영이가 갑자기 찾아왔다.

"웬일이야 미리 전화도 없이?"

"… 언니, 아무래도 찜찜해서…. 언니도 알고 있어요?"

"뭘?"

"제니가 교통사고 났어요!"

"뭐? 많이 다쳤어?"

"제니는 병원에 입원했어요, 차는 폐차해야 한대요."

"운전이 미숙하다면 모르겠지만 운전 하나는 남자 못지않게 잘하는 제니가 어째서?"

"미자가 하고 있는 일에 단체 인원수를 채워야 하는 건지 세미나에 참석만 해달라고 사정사정 부탁을 했나 봐요. 거기에 따라갔다가 오는 길에 가드레일을 받았는데, 차는 복원할 수 없는 지경까지 갔는데도 미자는 그 어떠한 말도 없나 봐요. 미안하다는 말만 했어도 제니가 서운하지는 않았을 텐데…."

채영이하고 병원으로 달려갔다. 중환자실에 있어 제니의 얼굴

은 보지 못하고 제니 식구들만 수술장에서 동동거리며 수술이 끝나기만을 기다리고 있었다. 수술장에서 기다리는 건 아무래도 옛 기억이 되살아날 것 같아 일반 병실로 입원하면 다시 오겠다고 가족들에게 인사만 하고 나왔다.

이사 가는 날은 보름도 안 남았다. 빨리 시간이 지나갔으면 좋겠다. 더 이상 이들 일에 말리고 싶지 않았다. 정말 정심이 말대로라면 정말 미자의 행보를 말리고 싶은 마음이었다.

심란한 마음으로 시간만 지나가기를 기다리고 있었다. 정심이한테서 연락이 왔다.

"미자한테 고객 명단을 여러 번 부탁했는데도 주질 않아요. 무슨 생각으로 저 지랄을 하는지 모르겠어요."

"… 나 때문에 그러지 뭐…?"

"배은망덕한 년! 언니한테만큼은 그래 해서는 안 되죠?"

"고객 명단은 나도 있어. 와서 받아 가! 제니는 어떠니?"

"일반 병실로 옮겼어요."

"다행이네! 너도 한참 바쁘지, 매장 때문에?"

"인테리어를 너무 잘해 놔서 손댈 것도 없어요. 언니한테 너무 고마워요!"

"무슨 소리…. 장사나 잘해!"

정심이가 다녀가고 정심이 또한 미비한 교통사고가 났다. 제니만큼은 아니지만 일주일은 병원에 입원했다. 설상가상, 회삿돈을

횡령한 병진이도 4년 동안 인생을 허비했다며 미자의 행보를 동일한 방법으로 인용하고 있었다. 정말 미자가 비방을 쳐서 이런 일들이 일어나는 건지, 미신 같은 건 믿지도 않는 나 또한 돈을 들여서라도 액막이를 해야 하나 의심마저 들 정도였다.

정심이가 퇴원하고 나서 채영이하고 정심이가 찾아왔다. 처음부터 이들은 모든 것이 미자의 계략이라고 떠들어 대고 있었다.

"미자 행위라고 끼워 맞추려 하는데 그러지 않았으면 좋겠어. 너희들이 말하는 비방 같은 건 없어."

난 부정하고 싶었다. 생각하기 나름이라고⋯.

"가기 전에 내가 미자를 만나 볼 생각이야."

정심이와 채영은 나를 말렸다. 미자와 더 이상 마주하지 말라며⋯. 더 이상 언니가 상춘에서 피해 보는 것이 싫다고들 한다. 진심인지는 모르겠지만 나로 인해 생긴 일들이라면 수습을 하고 떠나고 싶었다. 채영은 내심 걱정 어린 눈으로 나를 바라본다. 체구도 작은 데다 타지역에서 이런 일들을 고스란히 받아들이고 있는 내 모습이 불쌍했는지 측은하게 바라보고만 있었다.

"언니, 그러지 마세요! 누가 봐도 언니가 잘못한 건 하나도 없어요! 미자가 돈에 눈이 멀어 언니를 괴롭히는 거, 도희 말고 저희들은 다 알고 있어요! 세희 언니한테도 미자 밑으로 점주가 돼 달라고 징징댔나 봐요? 세희 언니도 다단계라면 학을 떼는 사람이라 단칼에 잘랐더니, 그렇게 하루가 멀다고 붙어 다녔던 세희 언니도

미자하고 등을 돌렸어요! 우리도 마찬가지고요!"

"나로 인해 너희들이 싸우고 외면하게 되는 건 원하지 않아. 내가 상춘에서 없었다면 이런 일들이 벌어졌을까? 원래대로 돌려놓고 떠날 생각이야!"

여기 모인 이들 중에 미자에게 도움이 되는 사람은 채영이었다. 동네 병원을 가더라도 미자는 몇천 원이 나와도 보험사에 청구한다. 이런 일들은 채영이가 살뜰이 챙겨 주는 것을 보았다. 미자를 혼자 대면하기는 싫었다. 혹시라도 무슨 일이 닥칠지 모르니 방패막이 필요했다. 이들 중 누군가와 대동해서 간다면 채영이 적임자일 수밖에 없어 채영이와 같이 미자를 대면할 생각이었다. 내 마음을 읽었는지 채영이가 먼저 언니한테 할 말이 없다며 미안하다는 말을 한다.

"너희들이 뭐가 미안한데…. 오히려 나로 인해 일어난 일이라 내가 더 미안하지."

"어쩌면 언니가 재력이 있다는 이유로 지금까지 도움만 받으려고만 생각했지, 언니를 전혀 배려하지 않았다는 생각이 들었어요. 처음 언니를 대면했을 때가 기억나요. 미자가 언니에 관한 얘기를 수없이 했지만, 키도 작고 몸도 작아서 언니를 보고 생각했던 이미지하고 매치가 안 돼서 한때는 적응하기 힘들었어요."

"왜?"

"너무 귀여웠어요! 그랬던 언니가 지금은 미자로 인해 몸 상태도 좋아 보이지도 않고 자주 병원에 입원하는 모습을 보니 제가 죄

짓는 기분이 들어요…."

"아이고, 그래 말하니 쑥스러워. 더 이상 못 듣겠다."

채영, 세희, 정심, 제니까지 미자하고 등을 돌렸다는 걸 알았다. 그리고 여기 사람들은 미자 같은 사람들이 판을 치는 동네라고 한다. 정심, 채영 한마디씩 한다.

언니가 떠나는 건 서운하지만, 언니를 위해서라면 떠나는 것이 맞다고 하며 얼굴 보러 한 번은 꼭 놀러 온다고 한다.

"그럼 채영이한테 부탁 좀 해도 돼?"

"아유, 언니 부탁이라면 뭐든 해 드릴게요!"

"떠나기 전에 미자를 만나 볼 생각이야. 채영이 네가 내 옆에 있어 줬으면 좋겠어. 그리고 내가 전화하면 안 받을 수 있으니 채영이 네가 자리 좀 만들어 줘."

"네! 이사 가는 날 얼마 안 남았죠? 빨리 자리 만들게요!"

* * *

집에는 미자를 들이기 싫어 커피숍에서 만났다. 채영이와 미자가 내가 들어오는 것을 보고 있었다. 소선이가 앉아 있는 모습이었다. 내가 자리에 앉았는데도 미자는 어떠한 말도 건네지 않고 꿈쩍도 않고 있었다.

채영이가 민망했는지 뭘 먹겠냐고 물어보았지만, 미자가 앞에

앉아 있는 것만으로도 신경이 온통 미자에게 쏠려서 채영이 말하는 소리가 귀에 들어오지가 않았다.

묵직한 침묵이 주변 사람들의 움직임도 마비시키고 있었다. 한참이 지나도 누가 먼저 말하는 사람이 없어 천상 내가 먼저 입을 열어야 했다.

"내가 상춘을 떠난다는 것은 알고는 있지? 떠나기 전에 마지막으로 네 얼굴도 볼 겸 채영이에게 자리 좀 만들어 달라고 부탁한 거야. 나한테 하고 싶은 얘기 있으면 해! 들어줄 수 있는 건 들어줄게…. 그리고 여기 남아 있는 언니, 동생들하고 화해하고 예전처럼 사이좋게 지냈으면 좋겠어. 어째서 지금의 사태가 일어났는지는 모르겠지만, 가벼운 마음으로 떠날 수 있게 해 주면 안 될까?"

무엇을 어떻게 준비를 해서 왔는지 한참 뒤에야 미자가 입을 열었다.

"다른 건 바라지 않아요! 단 얼마라도 퇴직금을 챙겨 주셨으면 해요."

미자의 당당한 말을 듣는 순간 나도 모르게 채영이 얼굴을 바라보았다. 채영이 또한 나를 보고 있었다. 퇴직금을 아직도 미련을 버리지 못한 걸 보면 아무래도 미자의 재정에 문제가 생겼다는 걸 알 수 있었다. 앞으로의 미자가 겪어야 할 일들이 영상처럼 스쳐 지나가고 있었다.

"지금 말한 퇴직금 받으면 예전처럼 지낼 수 있겠어?"

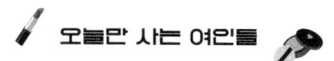

미자는 말이 없었다.

"제니의 일은 많이 안타까워. 서로 도와주고 싶은 마음에 생각지도 않는 일들이 터져 미자 너도 난감한 상황이라는 걸 알고는 있어. 제니하고는 원만하게 해결했으면 좋겠어."

"… 그건 제니 실수이지 내가 잘못한 건 없어요. 그 차에 내가 탔으면 몰라도, 저는 제 차 몰고 가는 상황이고 동료들하고 가느라 사고 나는 현장을 보지도 못했어요. 도착해서야 제니가 전화 와서 알았는데, 어디까지나 제가 책임을 져야 할 부분은 없어요."

"… 그럼 미안하다고 말이라도 했어?"

"미안할 게 있어야 하지요. 그 말은 제 책임이 있다고 인정하는 거잖아요?"

할 말을 잃게 만들었다. 제니의 일은 더 이상 들추면 안 된다는 생각이 들었다.

"그래…. 그 문제는 미자 네가 알아서 잘하겠지…? 참! 뭐 하나 물어봐도 될까?"

"… 이런 마당에 제가 언니한테 말 못 할 게 뭐가 있겠어요? 물어보세요."

"병진이하고는 만난 적이 있니?"

"… 전화가 왔어요. 언니가 나오지 말라고 했다고. 그러다 나도 너와 같은 처지라고 얘기를 했더니 병진이가 하는 말이, 언니가 피해자 코스프레를 하고 있다고 말했어요."

"그 말을 듣고 미자 너는 병진이의 말에 의심 같은 건 들지 않았어?"

"… 그때는 저도 병진이와 같은 처지라 병진이 말을 믿을 수밖에요."

그래 말하는 미자의 말을 신뢰한다는 표정으로 바라보았다. 분위기상 더 이상 말을 이어 가는 것이 힘들었다. 장소가 바뀌면 조금 더 부드러운 분위기가 될 것 같았다.

"우리 점심이나 먹고 헤어지자. 어때?"

채영이가 좋다고 맞장구를 쳐 주었다. 말은 없었지만 미자도 따라 나오고 있었다. 아마도 미자가 바라는 것을 들어준다는 얘기에 어쩔 수 없이 같이하는 것 같았다.

밥을 먹으러 이동하면서 채영이와 미자는 내 앞으로 걸어가며 조곤조곤 얘기를 주고받고 있었다. 그 둘을 뒤에서 지켜보며 한숨만 나왔다. 저것들이 뭐라고 내가 이 나이 처먹고 눈치를 봐야 하는지, 쓴 물이 넘어왔다. 전에 셋이서 순대국밥 먹었던 기억이 나 순대 국밥집으로 들어갔다. 채영이와 미자는 순대국밥을 좋아하는 것을 알기에 데려온 것이다. 나는 먹지도 못하는 순대국밥….

순대국밥이 나오자 미자가 수저를 세팅하고 있고 채영은 각자 할당량의 국밥들 주인을 찾아 주었다.

"채영아, 오늘이 나와 마지막 식사인데 술 한잔해. 미자 너는 음료수라도 먹던가?"

조용하게 "네."라는 대답이 들려왔다. 미자가 아줌마를 불러 소주 한 병, 맥주 한 병, 사이다 한 병을 알아서 주문하고 있었다. 그나마 마음이 풀렸는지 커피숍에서 본 이미지와는 다르게 한결 부드러워 보였다. 밥을 먹으며 채영이와 나는 술도 한 잔씩 해 가며, 재미있었던 일들만 끄집어내어 웃는 분위기로 만들려 애쓰고 있었다.

"미자는 술 못 마시니까 사이다라도 짠 하는 것 어때?"

채영이도 덩달아 내 말에 맞장구를 쳐 주었다. 그리고 미자는 보일 듯 말 듯 웃음기를 보여 주었다. 미자가 나에게 처음으로 말을 건넨다.

"언니, 서울로 이사 가는 거 맞아요?"

"응, 맞아! 미자 너 언니한테 놀러 올 거지? 전에 네가 내가 서울 가면 한 달에 한 번은 나한테 놀러 온다며?"

"… 지금은 언니도 알다시피 제가 좀 바쁜 거 아시잖아요?"

"그래. 바쁘면 좋지, 그만큼 많이 번다는 의미지? 미자야! 언니 떠나기 전에 로또 1등 되게 번호 좀 알려 주면 안 되니?"

"언니, 그걸 알면 제가 이렇게 살겠어요? 구름을 타고 다니죠?"

"왜? 너 웬만한 점사는 나온다며?"

"그런 점사는 없어요."

다음 말들을 듣기 위해 무척이나 공을 들여 가며 미자 비위를 맞추고 있었다. 은근슬쩍 병진이에게 일어난 일들을 의논했다. 미자는 오지랖으로 자기 사람으로 만드는 천부적인 재주가 있었기에

마지막으로 미자에게 아직도 자기를 의지한다는 걸 느끼게 만들고 있는 중이었다.

"미자야! 병진이가 사고를 쳤어."

말을 던져 놓고 미자의 표정을 살폈다.

"사고요? 저한테는 그런 말은 없었는데요? 어떻게요?"

"횡령을 했다고 직원이 알려 주더라. 자세한 얘기를 본인 입으로 듣고 싶어 통화를 했지. 자기는 그런 적 없다고 팔짝 뛰며 거짓말만 하는데 어쩌겠어? 직원이 거짓말하는 것은 아닌 것 같고…. 지금 상황은 직원들이 횡령한 부분에 대해서 밤샘 작업을 하며 일일이 대조하고는 있는데, 액수가 큰 금액부터 소소한 금액까지 조금씩 드러나고 있어. 무턱대고 퇴사를 시킬 수는 없고, 이제부터 내 얼굴 볼 생각하지 말고 모든 것들을 내 딸한테 의논하고 결제받으라고 했더니 그만둔다는 식으로 문자가 왔더라. 어떻게 해야 하니, 미자야?"

한참을 듣고 있는 미자의 얼굴이 굳어 있었다.

"애초에 언니가 너무 잘해 줘서 똥인지 된장인지 분간을 못 하는 거지요!"

"… 그러게 말이야."

본인 처지와 같다는 생각은 안 하고 있는 건지 알 수 없지만, 더욱더 느끼게 만들고 싶었다. 듣고 있던 채영이 아무것도 모르는 양 장단을 맞추고 있었다.

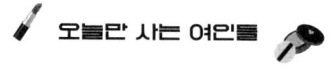

"어머, 나이도 어린 것이 돈에 눈에 멀어 은혜를 이런 식으로 갚는 새끼가 어디 있어요? 그래서 언니, 손해는 얼마나 본 거예요?"

"얘기하면 미자한테 욕먹을 것 같은데…. 지금까지 확인한 금액은 몇억은 되는 것 같더라. 확실한 금액은 더 가 봐야 알겠지만?"

내 말을 듣고 있던 미자가 버럭 화를 내고 있었다.

"처음부터 그 자식 마음에 들지 않았어요! 몇 년을 해 처먹은 거예요?"

아마도 큰 금액이 병진이 손에 들어간 것이 미자는 아까워하는 눈치였다.

"글쎄… 제니와 네가 소개해 준 날이…. 생각해 보니 병진이도 매장 오픈한 지 얼마 안 돼서 만났으니까 4년쯤 된 것 같은데…?"

"어머, 말이 4년이지 그런 식으로 해 먹었으면 엄청나겠네요?"

채영이 센스 있게 잘도 받아치고 있었다. 미자는 내가 안쓰러운 건지 돈이 아까운지 표정 관리가 되질 않고 있었다.

"전, 그것도 모르고 저랑 같은 처지라 생각해서 물어보는 말에 퇴직금이라고 받고 나오라고 부추겼어요."

내가 듣고 싶은 얘기를 정확하게 말해 주고 있는 미자….

"네 탓 하려고 물어본 건 아니야. 너무 답답해서 너한테 조언이라도 듣고 싶어서 물어본 거야."

"… 언니 하고 싶은 대로 하세요! 감방에 보내 콩밥을 먹게 하든, 그놈이 가져간 거 어떻게 해서라도 뺏어 오세요!"

"정말 미자 말대로 해 볼까? 재판까지 가게 될 거야. 내가 승소해서 병진이가 횡령한 돈을 받을 수 있다면 미자의 은공으로 알고 애기동자에게 보시라도 해야겠는데…?"

"… 제가 비방 쳐 드릴게요! 그놈 생년월일만 일러 주세요. 지금이라도 당장 요절을 내고 싶네요. 언니한테 미안하기도 하고요!"

"알겠어. 미자가 하라는 대로 할게! 설마 나한테는 비방 같은 건 안 했겠지? 하도 나에게 좋지 않은 일들만 생겨서 우리 미자가 나한테도 비방이라고 쳤나 그렇게도 생각은 해 봤지?"

기분 나쁘지 않게 미자에 대한 의심을 웃음 속에 감추었다. 미자의 눈동자가 흔들리고 있었다.

"… 서운한 마음에 잠깐 해 본 적은 있었어요. 양심상 며칠 안 하고 접었어요. 제가 어쩌다 언니한테…. 지금 생각해 보니 언니한테 미안하네요…."

이래 말해 놓고 나를 똑바로 쳐다보지 못하고 있었다. 예상했던 대로 비방을 쳤던 건 사실이다. 그것이 아무리 현실에 없는 얘기라 할지라도 듣고 나니 기분 좋지는 않았다.

"미자야! 난 미신 같은 건 믿지 않는다고 했지. 미안해할 필요 없어. 떠나기 전에 미자 얼굴 봤으면 됐어!"

미자의 눈빛이 떨리며 미안함과 동시에 안도를 머금는다.

"미자야! 지금 하는 일에는 차질 없이 마음먹은 대로 일은 잘되고 있는 거니?"

오늘만 사는 여인들

"어찌나 바쁜지 애 학교 보내고 나면 천안으로 출근하느라 정신없이 돌아다니다 저녁 늦게야 상춘에 와요."

"애는?"

"도희가 봐주고 있어요."

"미자 정말 많이 벌어야 하겠다. 도희에게 보답하려면."

"그러게요?"

"우리 밥 다 먹고 여기 근처 노래방 가서 실컷 노래라도 부를까? 미자 노래 좀 들어 볼까?"

둘 다 쉽게 대답을 안 한다.

"제니가 가는 그런 노래방 말고 셋이서 30분 부르고 오자. 한 곡씩만 부르면 30분은 금방 지나가. 추억 거리 좀 만들자."

미자가 그런 의미로 가는 거면 시간 낼 수 있다고 한다. 채영이 또한 가자고 하자 바로 일어나 노래방으로 갔다. 정말 한 사람당 한 곡식만 부르니 딱! 30분 걸렸다. 미자는 할 일이 있다며 먼저 간다고 하며 돌아서려 하고 있었다.

"미자야! 나 좀 보고 가!"

가방에서 봉투를 꺼냈다. 미자는 봉투를 보자 미안한 표정을 지었다. 그러면서도 주춤거리면서 내미는 봉투는 마다하지 않고 받고 있었다.

"너 퇴직금 줄 만한 금액은 안 되고…. 언니가 요즘 손해를 너무 많이 봐서 여력은 없지만 미자 아들에게 장학금 주는 거야. 너 쓰

라고 주는 것 아니니까 편하게 받아. 그동안 미자야 고마웠고, 감사하다는 말도 하고 싶어!"

미자가 아무 말도 못 하고 고개를 푹 숙인 채 봉투만 뚫어져라 바라본다.

"미자야! 올 기회가 생기면 꼭 놀러 오고…. 잘 가!"

처음 우리집에 놀러 온 날이 생각나 미자가 했던 행동을 보여 주었다.

"미자 안녕, 빠이빠이….''

갑자기 미자가 대성통곡을 하며 뒤통수만 보이며 뛰어갔다. 알 것 같았다. 두 마리 토끼를 잡으려다 한 마리 토끼는 벌써 떠날 준비를 하고 있으며, 한 마리 토끼는 직업이 없어졌다는 걸. 설상가상으로 다단계에 들인 돈이 언제 달아날지 불안 속에 가슴 언저리가 꽉 막힌 기분일 것이다. 아무래도 가슴이 뻥 뚫린 시린 마음을 알고 있었다. 얼마나 마음이 아렸던지, 미자에게 달려갔다.

"너 우니? 너 같은 강단 센 년이 울면 어떻게 해? 울지 말고 웃으며 헤어지자. 그리고 병진이에 대한 건은 복채 제대로 줄 테니까 비방 좀 제대로 해 주고? 내 얘기 듣고 있는 거야…?"

미자는 눈물 때문에 말을 이어 가지 못하고 고개만 끄덕인다. 미자가 돌아가는 뒷모습을 한참을 지켜보고 있었다. 채영이 또한 나와 똑같은 모습으로 미자를 바라고 서 있었다.

"채영아, 너도 빨리 들어가 봐야 하는 거니?"

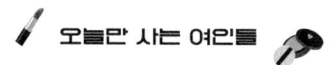

"오늘은 언니 일에 맞추려고 일정 비워 두었어요."

"그럼 우리 집에서 있다가 늦게 갈 수 있니? 내일 떠나는데 이렇게 헤어지기는 싫어서…."

"네, 그래요!"

맥주를 사러 채영이와 마트에 들렀다.

"채영아, 너도 마실 거니?"

"네, 저도 술이 좀 부족했어요."

"그럼 대리 불러 가면 되겠네?"

"언니하고 마시다가 택시 타고 들어갈게요."

"차는?"

"그 핑계로 아침에 와서 마지막으로 언니 얼굴 보고 갈까 해요."

"그래? 고마워!"

"… 근데…. 언니 딸 집에 있죠? 괜찮아요?"

"물론이지. 아직까진 딸년이 내 눈치를 보고 있어! 그리고 내일 떠나는데 그런 눈치도 없을라고?"

집으로 들어와서 채영이에게 실내복을 건네주었다. 단 몇 시간이라도 편하게 있게 해 주고 싶었다.

"아이고, 언니 옷이 저한테 맞겠어요?"

"채영이 너 몰라서 묻는 거야? 내가 옷 장사했다는 걸 잊는 건 아니지? 그 사람 몸만 봐도 대충 감은 오지!"

채영이가 숨이 넘어갈 듯 웃는다. 고객들에게 내가 직접 판매하

는 모습을 본 적이 없어 이런 말이 나오는 것이 당연하다. 술에 맞는 안주와 글라스 두 개를 식탁에 세팅하고 있는 채영이 모습을 보자 코끝이 찡해 온다.

"언니, 오늘 정말 잘하셨어요 체구는 작으면서 어떻게 일 처리를 그렇게 잘해요?"

"딸년을 두고 가는데 걱정도 되고, 그래 해야만 하고…. 생각해 보면 내가 좋아서 서로들 시기 질투하는 건지, 어쨌거나 나로 인해 분란이 일어났다는 생각도 들었어. 아쉬운 것이 있다면 시기 질투 때문에 선을 넘는다는 거지?"

"사실 조마조마했어요. 미자가 언니한테 함부로 굴어서 싸움 날까 봐 한걱정했어요."

"채영아, 난 싸우는 것을 정말 싫어하는 사람이야! 너희들 중에 미자가 나에게 하는 것처럼 했다면 가만히들 있었을까? 죽기 살기로 싸우겠지. 우리들 중에 성격이 원만한 애들 봤어?"

"언니 말이 맞아요."

"나 안방에 좀 잠깐 갔다 올 테니까 술 마시고 있어."

사실 미자에게 건네주기 위해 봉투를 준비하면서 채영이에게 줄 것까지 준비를 했었다. 혹시 몰라 채영이 거는 다시 꺼내 서랍에 넣어 두었다. 돈봉투 두 개를 가져 나와 채영이에게 디밀었다. 채영은 놀라면서 "언니, 이게… 뭐예요?"

"오버하지 말고 두말없이 받아. 너 주는 거 아니야! 하나는 딸

대학 등록금이고 하나는 네 아들 용돈이야! 이번 일에 네가 많은 도움도 줬잖니. 네가 있어서 미자하고도 원활하게 마무리되었으니, 감사의 표시야! 미자가 항상 돈 많은 언니라고 하지만, 너희들이 생각하는 것만큼 돈 많은 언니도 아니고 남에게 빌리지 않을 만큼밖에 안 돼. 정말 돈이 많으면 제니나 세희에게도 모두에게 성의 표시하겠지만, 그만한 형편은 안 돼."

"… 전 처음부터 언니가 마음이 따뜻한 사람이라는 걸 알았어요. 그래서 많이 걱정도 되고 안타까웠어요. 언젠가는 언니가 얘네들 때문에 치일 것 같은 느낌이 항상 들었어요. 결국은 이런 일이 일어나 언니가 떠나는 것이…. 전 답답하기만 해요."

"시간 나면 놀러 와. 미자한테 말한 건 진심은 아니야. 더 이상 미자 심기를 건들고 싶지 않아 던져 본 거야."

채영이가 병진이는 어떻게 할 건지 물어본다.

"음…. 자료는 흠잡을 수 없게 정확하게 잘도 꾸며 놨더라. 머리가 아둔한 건지, 너무 정확해서 횡령이라고 눈에 딱 보이던데? 직원들은 지금 하는 것들을 평생 업으로 삼은 사람들인데 이런 걸 못 잡아내겠어? 나를 기망한 거나 마찬가지야. 제대로 세상이 만만치 않다는 걸 보여 줘야 다시는 그런 짓 안 하지. 시간은 걸리겠지만 법대로 할 생각이야."

"괜찮겠어요?"

"처음에는 못 받아도 그만이라고 생각했지만, 미자가 연결해 준

사람이기에 악이 받치더라? 그렇다고 그 돈 없어서 생활을 못 하는 것도 아니고, 나이 어리다고 편리를 봐주고 해 달라는 대로 다 해 주었더니 미자처럼 상식에 어긋난 생각을 갖고 있더라고. 미자는 여자라고 봐주었지만, 병진이는 내가 지는 한이 있어도 지금까지 쌓였던 분풀이를 병진이한테 할까 해."

다시 생각하니 또 열이 올라서 술 한 모금으로 목을 축였다.

"내가 한 소리했더니 누구처럼 팽을 당했다나 어쨌다나, 기가 막혀서…. 팽 당할 만큼 회사에 지가 일조를 쥐뿔도 한 것도 없으면서 나를 등에 업고 나이 맞지 않게 호사를 누려 놓고, 말 같지도 않는 소리 하지 말라고 했더니 피해자 코스프레 그만 좀 하라고 하더라. 그래서 법으로 가는 거야. 함부로 주둥이 놀린 걸 후회하게 만들어 주려고. 다행히도 4년 동안 내 수족같이 써먹어서 그다지 분하지도 않아."

"… 언니 혼자 그동안 얼마나 힘들었어요? 거기다 미자는 미자대로 저렇게 나오고…. 딸도 알아요?"

"회사 일은 아직 모르고 미자에 대해서는 알고는 있지. 딸년이 그래 얘기하더라. 친절을 돈으로 베풀지 말라고. 그러면 그것이 당연한 권리라 생각하고 시간이 지나면 고마움도 모르고 자기 걸로 착각할 수 있다고. 나를 안 보는 척하면서도 자기 눈에는 전부 보였나 봐? 딸년 얘기가 다 맞는 말이더라. 얼마나 얼굴이 화끈거리는지, 상춘에 와서 다시 한번 인생 공부했다고 생각해."

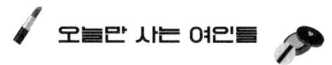

"그럼 딸하고 같이 가는 거 아니에요?"

"응, 딸은 여기서 살아. 그래서 미자하고도 원만하게 끝낸 거야. 딸년은 여기 사람들 싫어해서 교류가 없어. 혼자만의 시간을 즐기지, 누가 말 거는 것도 싫어하고…. 프리랜서로 일을 하니까 밖에 나가는 일도 없고, 강아지 산책 가는 거 말고는 밖에도 안 나와."

"그래도 장은 봐야 집에서 해 먹지 않아요? 그럼 제가 반찬이라도 해다 줘도 되는데."

"그럴 필요 없어! 지금도 내 손님 있으니까 나오질 않고 있잖아?"

"그럼 저 때문에 안 나오는 거예요? 그럼 제가 가야 하는 거 아니에요?"

"내 말은, 남이 이유 없이 도움 주는 것도 싫어하고 남이 관심을 보이는 것도 싫어해. 상춘에서 장은 절대 안 봐. 차 타고 백화점 가서 장 봐! 어쩌면 그런 모난 성격 때문에 믿음이 가서 나 혼자 떠나는 이유도 있어! 무슨 말인지 알 것 같지?"

"알 것 같아요."

채영은 아침 일찍 온다며, 12시가 다 돼서 택시를 불러서 갔다.

다음 날 아침, 일찍 이삿짐 업체가 와서 짐을 싸기 시작했다. 사다리차가 오고 인부들이 왔다 갔다 하니, 생전 안 보던 이웃 주민까지 찾아와 이사를 왜 가는지 한 마디씩 물어보고 가는 것이 성가셔 죽겠다. 영혼 없는 대답을 해 주며 억지웃음을 보였더니 입가에 근육이 파르르 떨림이 있었다. 아침 일찍 채영이가 들렀다.

"언니, 가면서 드시라고 김밥 몇 줄 싸 왔어요."
"출근하려면 바쁠 텐데, 이런 걸 준비하고 그래?"
"언니, 마지막 가시는데 줄 것도 없고…. 언니 입이 짧아서 점심을 부실하게 먹을까 봐 싸 봤어요. 김밥은 대충 생겼어도 맛없지는 않아요."
"알았어! 빨리 출근해~!"
"한가할 때 꼭 한번 언니 보러 갈게요!"
"채영아! 네가 오는 날 생각해서 맛있는 맛집 알아 둘게. 안녕…."

마지막 정착지라고 생각했던 상춘. 소선이가 떠난 이후론 눈물 한 방울 흘린 적 없었던 내가 슬프지 않은데도 그냥 눈물이 흘러내렸다. 미자 말대로 정말 잘 맞추는 점술인이 있다면 내 삶의 답을 물어보고 싶었다.

상춘에서 생활했던 일들을 되짚어 보면, 죽을 때까지 풀어야 할 숙제를 일부 했다는 생각이 들었다.

상춘에서 터득한 것이 있다면, 인격이라는 건 설명하기 힘든 만큼 각양각색으로 다양한 형태를 가지고 무수히 부딪히며 살아가고 있다는 점이었다. 그 안에서 나는, 그저 나 자신이 어떤 형태인지 알아 가는 과정을 겪고 있을 뿐이다.

첫인상이 착해 보인다고 속까지 착하지 않다는 것을 알았고, 순

수해 보이는 것들이 시간이 지나면 변질이 된다는 것을 알았다.
 앞으로 얼마나 더 여러 형태를 가지고 있는 사람들이 나를 기다리고 있을까? 남은 인생도 이와 같은 일들의 연속이라면 숨 쉬고 사는 것이 버거워 삶을 내려놓을지도 모르겠다. 더 이상 이런 일이 생기지 않을 거라고, 스스로 최면을 걸고 살아가야 한다는 것이 서글프다.
 그럼에도 불구하고 이것들을 감수하고 살아가려 한다면 나는 모든 것을 부정적인 눈으로 바라보며 살 수밖에 없을 테고, 그래야만 하는 현실이 전보다 더 나를 어둡게 지배하며 짓누르고 있었다.
 그나마 상춘에서 일부 학습을 마쳤기에, 남은 학습을 마치기 위해서 난 서울로 올라가고 있었다.